五十载春秋，我不过是法治长河中的一滴水。但这滴水有幸折射出了时代的光芒，见证了新中国法治建设从初创到蓬勃发展的全过程。从青葱岁月到白发渐生，我亲历了法律体系日臻完善、法治理念日益深入人心的历史进程。能够以法律工作者的身份参与这个伟大的时代，是我莫大的荣幸。如果说此生有何欣慰之处，那就是始终秉持着对法治的初心，在力所能及的范围内，为这份事业贡献了自己的绵薄之力。

上海律界往事

一个法律人的激荡五十年

STORIES IN THE LEGAL CIRCLE OF SHANGHAI:
A LAWYER'S TURBULENT FIFTY YEARS

范西园 著

法律出版社 LAW PRESS·CHINA
北京

范西园

现为公司律师、文史作者，上海市律师协会公司律师专委会委员。研究方向主要有法治建设研究，投资并购与竞争反垄断法律研究，制度史、思想史研究等。曾参与《上海市依法行政状况白皮书》《上海法治发展报告》的编写，并著有《读一页就上瘾的唐朝史》《诸子百家的黄金时代》等非虚构作品。

左侧（时代背景）

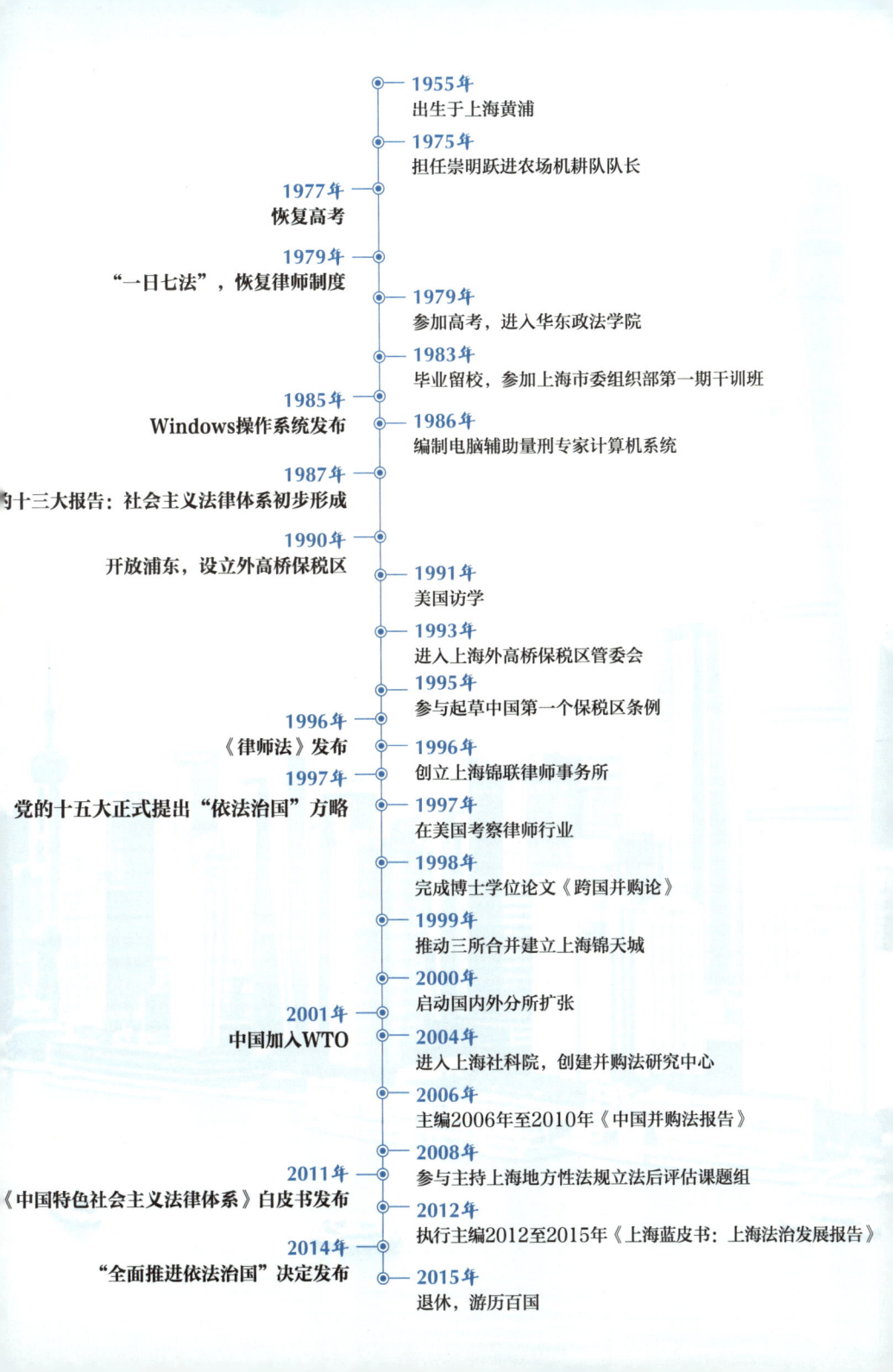

- **1977年** 恢复高考
- **1979年** "一日七法"，恢复律师制度
- **1985年** Windows操作系统发布
- **1987年** 党的十三大报告：社会主义法律体系初步形成
- **1990年** 开放浦东，设立外高桥保税区
- **1996年** 《律师法》发布
- **1997年** 党的十五大正式提出"依法治国"方略
- **2001年** 中国加入WTO
- **2011年** 《中国特色社会主义法律体系》白皮书发布
- **2014年** "全面推进依法治国"决定发布

右侧（个人经历）

- **1955年** 出生于上海黄浦
- **1975年** 担任崇明跃进农场机耕队队长
- **1979年** 参加高考，进入华东政法学院
- **1983年** 毕业留校，参加上海市委组织部第一期干训班
- **1986年** 编制电脑辅助量刑专家计算机系统
- **1991年** 美国访学
- **1993年** 进入上海外高桥保税区管委会
- **1995年** 参与起草中国第一个保税区条例
- **1996年** 创立上海锦联律师事务所
- **1997年** 在美国考察律师行业
- **1998年** 完成博士学位论文《跨国并购论》
- **1999年** 推动三所合并建立上海锦天城
- **2000年** 启动国内外分所扩张
- **2004年** 进入上海社科院，创建并购法研究中心
- **2006年** 主编2006年至2010年《中国并购法报告》
- **2008年** 参与主持上海地方性法规立法后评估课题组
- **2012年** 执行主编2012至2015年《上海蓝皮书：上海法治发展报告》
- **2015年** 退休，游历百国

序一

我与建三相识多年。20世纪80年代时，我刚刚在上海社科院法学所留校任教不久，就曾耳闻了建三在"电脑量刑"方面的创新研究。后来他跨足律师界，成为沪上知名律师。即便在律师事业如日中天之时，建三仍不忘初心，笔耕不辍，发表过很多关于跨国并购相关法律问题的专题论文，展现了其学者型律师的风采。

法律之关键在于执行。而律师正是法律实施中的重要执行者之一，是他们用一个个具体的法律案件，将法律条文呈现为"看得见的正义"。有鉴于此，我前些年主编了《上海十年经典名案》《名律师谈名案》《沪上名律师访谈录》等书，也是希望让更多人看到，那些疑难的经济社会问题，是如何通过律师之手，得到公正、妥善的处理。而在编写这些书的过程中，得到了建三的大力支持，贡献了许多他本人和他所在律所的生动案例。

后来，建三又在上海社科院任教，这是我与他的新一重交集。在此期间，我们还在立法后评估、地方法治研究等方面的工作中共同合作。我们在其中做的每一件事情都是在踏足前人未曾涉入的领域，大胆而小心地摸索着前进，如今回顾起来，已经是蔚然成林了。

如今，建三的学生用心写成了这样一部书稿。书中的许多情节，我都是参与者或者见证者，读起来也是颇多感慨。此书其实不仅讲述了建三自己纵跨政、企、律、学多个领域的故事，更是以小见大，从他的视角，窥见上海乃至中国数十年法治发展的脉络。

告诸往而知来者。愿这部作品能够启发更多的法律人，继续在法治的道路上坚定前行。法治的探索之路不易，年轻一代的法律人，清楚了如今的成就如何而来，才能明白今后的路将如何走下去。

沈国明[1]

---

[1] 沈国明：教授，上海市社会科学界联合会副主席。现任中国法学会学术委员会委员。2010年至2016年任上海市社会科学界联合会党组书记、专职副主席。曾任上海社会科学院法学研究所副所长、信息研究所所长、副院长，上海市法学会会长，市人大常委会法工委主任、市人大法制委员会主任委员；曾任中国法学会立法学研究会常务副会长、中国法学会法理学研究会副会长、上海交通大学凯原法学院讲席教授。

序二

收到史建三老师的学生范律师撰写的《上海律界往事》书稿,十分欣喜。作品生动鲜活,文笔挥洒流畅,字间情意绵长,人物跃然纸上,读来欲罢不能,掩卷令人回味。于是,许多往事历历在目,一一呈现……

史建三教授是我们华东政法学院七九级本科的大师兄,是老师级的校友。记得在学校读研究生时,同学们都竞相传阅他的"刑事审判电脑辅助量刑"论文,一时间"华政纸贵"。那时候没有电脑,也无邮件,更无微信,连复印也难,只能小卡片奋笔摘抄。一不留神,当年初出茅庐的史建三师兄,已经成为AI赋能法官审判的首倡之人、数字法院建设的创始者。

史建三老师创立锦联律所,特别是发起设立锦天城律师事务所,是富有传奇色彩的故事,在上海律师行业发展史上堪称浓墨重彩,也奠定了他的律界大师级别、法坛大咖段位。

佛家有偈语言:"诸法从缘起。"说的是我们所看到的万千现象,都是由特定的因缘促成的。参加锦天城的活动,我经常给大家讲,锦天城律师事务所与万国律师事务所有缘。锦天城的"天"字号天合所,就是由我们万国所原合伙人聂鸿胜、沈国权二位师兄创办;而"锦之锦联，史建三老师办所之前还专门到万国所在地的百乐门大酒店，与我切磋，于我而言是向他请教由大公司支持办律所的优劣之比较分析（万国律所由当时全国最大的证券公司上海万国证券公司支持，于1993年创建）。

字里行间，熟悉的人影浮动，身边的往事再现，倍感亲切，感同身受。正是以史建三老师为标杆的视野开阔、格局高远、海纳百川、追求卓越的一个个海派律师兴起的一次次"因缘"，才成就了今日沪上律师界难以忘怀的一段段佳话。不经意间上海律师业一层层波澜壮阔，一步步奔流向前。

王国维在《人间词话》中曾总结做学问的三层境界。此书读来，纵览史建三老师近五十年的职业生涯、人生经历，其间心路，庶几亦可如此比拟。第一层，"昨夜西风凋碧树，独上西楼，望尽天涯路"——说的是史建三老师在创业之前所建信念、所立雄心。第二层，"衣带渐宽终不悔，为伊消得人憔悴"——说的是创业之时废寝忘食，奋发进取之决心。第三层，"众里寻他千百度，蓦然回首，那人却在，灯火阑珊处"——正好比史建三老师在锦天城事业有成之际，毅然回归学术，找寻他真正追求的法治道路的初心。

"立功"中"立言"，以"立言""立德"，这一步一步的跨越，一层一层的超越，都令人敬佩，发人深省。作者在后记中写道："在我心里，则更佩服史建三老师在取舍之间所做到的潇洒自如，当他有所取时，就坚决果断地付出拼搏，最终成就了一番影响深远的事业；而他有所舍时，又毫不瞻前顾后，干净利落地完成了华丽转身，转而去追求他真正想要的目标。"于是，我不禁脱口而出李白的这句诗，"事了拂衣去，深藏身与名"，眼前则闪现出那位侠之大者，如本书的主人公——史建三！在他荣休之后周游列国或畅行百国之时，校园里、学术界、律师圈、"江湖上",依然还有他的传言、传说、传奇……他的故事、学说、思想也因此为年轻人传播、传扬、传承……

郑板桥有画"新竹"并题诗曰:"新竹高于旧竹枝,全凭老干为扶持。"如今中国律师事业乃方兴未艾,规模化国际化呈蓬勃之势,与当年状况不可同日而语;但是我们不能忘记,若无当初之筚路蓝缕,何来今日之金玉满堂!

《上海律界往事》记录的是史建三老师的人生轨迹。以我所见,恰恰反映了上海律师进步的全景画面,乃至中国法治发展的历史脉络。愿这部作品能够激励更多的青年律师朋友,不忘初心,牢记使命,踔厉奋发,砥砺前行,努力做党和人民满意的好律师。

吕红兵[①]

[①] 吕红兵:国浩律师事务所首席合伙人;全国律师行业党委委员、中华全国律师协会监事长;全国政协委员、全国政协社会和法制委员会委员。曾任全国律协第七、八、九届(2008—2021)副会长,上海律协第七届(2005—2008)会长。

目录

楔子：人生的分岔口　　　　　　　　　　　　001

第一部分
1975—1983：
人生是一次大考

第一章　1%的概率，敢不敢搏？　　　007
第二章　为什么选择法律之路？　　　014
第三章　大学生活，始于1979　　　　024
第四章　毕业前夕的抉择　　　　　　044

第二部分
1983—1991：
苏州河畔，
发轫的新一代

第五章　亲历"黄埔一期"　　　　　　053
第六章　学术生涯的起点　　　　　　061
第七章　跨越学科边界的创新之光　　071
第八章　象牙塔内的徘徊　　　　　　082

第三部分
1991—1995：
漂洋过海，
追逐浦东的浪潮

第九章　　在美国听到上海的消息　　089
第十章　　到浦东去！建设新天地！　102
第十一章　走向改革开放的最前沿　　107
第十二章　做自贸区发展的"法律
　　　　　领航员"　　　　　　　　117

001

第四部分
1995—1999：上海律界"航空母舰"的诞生

第十三章	特殊的面试邀请	127
第十四章	"名律师"之路	137
第十五章	名律师之战：一场成功反败为胜的诉讼	145
第十六章	在美国，打开新思路	156
第十七章	上海合伙人——锦天城的诞生	165

第五部分
1999—2004：从"锦绣"到"天城"

第十八章	律界"航母"扩张记	178
第十九章	如何做一个跨国并购的律界先行者？	199
第二十章	站在"入世"的历史时刻	210
第二十一章	重大发展项目背后的律师故事	221
第二十二章	助力西部大开发项目	233

第六部分
2004—2015：回归初心，开启另一条法治之路

第二十三章	狂飙突进的十二年——理想与现实	243
第二十四章	在律师界之外看律师界	254
第二十五章	游走于"身份"之间	268
第二十六章	开启"地方法治研究"新领域	280
第二十七章	重回杏坛	287

第七部分
2015—未来：第二人生一样精彩

第二十八章　独特的退休计划　299
第二十九章　游历百国，思考法律源流　308
第三十章　法治精神的传承　321

附　篇

附篇一　第一宗跨国并购案件　337
附篇二　国家重大项目西气东输服务案　345
附篇三　如何做好仲裁员？　356
附篇四　独立董事——上市公司的监督
　　　　制衡者和决策支持者　364
附篇五　我们眼里的史老师　376

代后记：我的老师史建三先生　382

2016年教师节，史建三与学生们在上海中心合影

史建三（图左）在外白渡桥前

楔子 | 人生的分岔口

2016年的9月,初秋的上海已有微微的凉意。在刚刚竣工的上海中心大厦前,抬头可以看见不规则弧形的楼宇高耸,刚刚下过一阵雨,大楼的顶部隐藏在雾气包裹的云间。这座高达632米的中国第一高楼、世界第三高楼,即将于次年正式投入使用,此时还在招商和试运营阶段。

在这里,学生们见到了阔别一年多的史建三老师,虽然鬓间已有许多白发,但依然精神矍铄,风采不减当年。

这是史建三退休后的第一年,在丁华、鲍方舟两位师兄的召集下,学生们从各地赶来,为老师庆祝教师节。之所以把聚首的地点选在上海中心,是因为锦天城律师事务所刚刚将办公室设在了这里。这家史建三参与缔造,并用数年时间筚路蓝缕地经营管理的律所,已从昔日的上海之巅,搬到了今日上海新的制高点。

史建三带领学生们,登上上海中心。站在这个高度,他们感受到了人生的广阔和无限可能,也感知到了自己的责任和使命。这一刻,他们的心灵在高楼之巅翱翔，无论未来的道路多么曲折，都将秉持信念，勇往直前，追逐属于自己的那片蓝天。

站在观光厅的玻璃窗前远眺，可以透过飘散的层云，看见整个上海。江对岸，是典雅庄重的外滩建筑，往苏州河方向，过外白渡桥，可以看见 Art-Deco 风的上海大厦。这座大楼，在多年以前，曾是上海的第一高楼，现在从上海中心望去，只是一座高得并不起眼的楼宇而已。

横亘于黄浦江、苏州河之间，就是史建三这四十年法律事业的轨迹。他的人生之路，也跟随上海改革开放发展的道路，一步步攀向更高层。

近五十年前，在苏州河畔，年少的史建三与同学们每天早晨都在这里练少林拳。那是他此后人生中无数挑战中稍微轻松的一个。他跟着班长黄磊的口令，迈开脚步，做出起拳、下蹲、直踢、旋风腿等一系列的动作。史建三至今还记得，他的每一个动作都需要精准的力量控制和协调的身体运动，同时考验着身体上的耐受力和精神上的意志力。晨练的过程中，空气中弥漫着淡淡的汗水和"热血"的味道。他与同学们拳拳相对，相互激励，共同追求更高的境界。每一次挥拳踢腿，都仿佛释放了内心的压力和困扰，留下了一份豁达和坚韧。

那一年，史建三刚读初一，那时的阳光漫长而又温暖，苏州河上散发着挥不去的腥臭味，河对岸的上海大厦，楼顶还有一句巨大的口号标语——"毛主席万岁！"那时的史建三一度以为，上海大厦就是建筑高度的极限，正如他还不清楚，自己未来还将会面对哪些更多的挑战，以及在挑战面前他将作出的选择。

每一次选择，都是人生的一处分岔；而每一处分岔口往前，都具有无限的可能。在 21 世纪前后的这四十年里，上海正处于激荡的变革时代,而这些变革也牵动包括史建三在内的每个人的命运,迫使他们在应对各种机会与挑战时,在不停地抉择中一步一步地成长。

而那些已经作出的选择,共同造就了后来的我们。

第一部分

1975—1983：

人生是一次大考

1960年的全家照，从左到右依次为母亲、四弟、大姐、史建三本人、二姐以及父亲

第一章 | 1%的概率，敢不敢搏？

一、上海之春

1979年1月的春节，上海的市民们和往常的春节一样，准备好了各种糖果，在大年初一的早餐后就摆上客堂，迎接前来拜年的亲戚。在他们的茶几上，放着那个年代常见的红漆果盘，画着一些吉祥的图案，果盘中的九个小格里，放着糖果以及蜜枣、桂圆、桔红糕、云片糕、油枣等风味食品。那时，有些人家已经有了私家电视机，但大多是9英寸的，圆圆的小屏幕里，播映着黑白的图像，电视上会放许多旧电影，诸如《海霞》《南海长城》《铁道游击队》等都不知看了多少遍，但大家百看不厌，每个人都能背出大段台词。

前一天晚上，中央电视台播出了第一次独立承办的"迎新春文艺晚会"（后来逐渐演变成现在的"春晚"），此后这台节目将会极大地改变整个中国的春节民俗。

而在这天，许多收看电视的上海市民惊奇地发现，一条广告正在电视荧屏上播出：一家三口在商店购买一款叫"参桂养荣酒"的商品，拿回家孝敬长辈，一幅其乐融融的画面。电视上放广告，几十年后已是司空见惯的事情，而在此时此刻的上海，却是极不寻常的新事——这是有史以来，中国内地播出的第一条电视广告。在此之前，在电视上播出广告仍然被认为是与社会制度不符的"错误"。

这个春节的四十多天前，党的十一届三中全会刚刚召开，一场改革的春风正悄然吹起，即将化开这一整个寒冬的坚冰。除了这条不寻常的电视广告，还有更多前所未有的变化，正在人们意识不到的地方一点一点地发生着。

二、抉　择

而在上海江西中路469弄的广福里，史建三则面对着一个关乎自己未来的选择。

那就是：要不要报名参加高考？

此时，恢复高考已有两年，正值读大学改变人生命运的热潮席卷全国。越来越多的年轻人经过备考，进入了大学，改变了自己的命运。这些事例让年轻人的脑海中涌动着无尽的可能。

前两次高考时，史建三还在崇明岛的一处农场担任机耕队队长，正投身于热火朝天的农业建设，所以并没有仔细考虑过是否参加高考的问题。而且，经过六年多的农场生活，此时的史建三已成为连队党支部书记兼指导员，并被定职定薪。这个职位每月发60元，相比同工龄的职工高出近一倍薪资，这让他对未来感到满足和安稳。

第一章 | 1%的概率，敢不敢搏？

1979年1月，在上海市农场局党校学习期间，史建三在一场篮球友谊赛中不幸受伤，脚趾骨的伤势严重，被迫回家休养。这年的新春佳节，家中年味浓郁，门外爆竹声声，卧床休养的史建三却获得了久违的宁静。这个时候，正好可以让他获得思考未来人生的难得机会。

读大学，这是一个多么美好的选择！它不仅能够为一个人带来知识和专业技能，对于这一代的年轻人来说，读大学更为一个人的未来增添了无尽的发展可能。然而，史建三是七二届的初中毕业生，面临一个尴尬的问题：小学四年级以来就经历那十年的动荡，说是初中毕业，其实小学四年级以后就没有一张安静的书桌可以好好上课了。他们这一代人的学业大多遭受了重创。学生们所学的知识点仅停留在小学四年级水平。相比之下，那些未受干扰的学生，拥有完整的小学和中学教育，文化程度和知识结构远胜于他们。在如此不利的条件下，面对6%左右的大学录取率，他几乎没有考上大学的可能。

要不要尝试这一回？这个迫切的问题摆在了史建三的面前。

为了这个问题，他陷入了犹豫和彷徨。两种选择，其实都有各自的机会以及风险：一方面，放弃高考机会，继续在农场工作，可以为父母、家庭带来更多的经济回报，避免面对考不上大学的尴尬局面；另一方面，抓住高考机会，不计面子，勇敢拼搏，追求成功的可能性，即使失败，父母的经济负担也不会增加，而未来造福社会、惠及家庭的能力将会更强。

这样想来，虽然高考成功的概率百中无一，考不上的结果大不了是在连队里大失脸面，但如果错过这个时间段，读大学的机会将永远关闭。史建三此时已经24岁，错过了这个关键窗口的话，他的人生也将定格在农场。

听着窗外烟花爆竹的喧嚣，经过几天的反复思考，史建三终于做好了决定。争强好胜和勇于挑战自我的精神占据了上风，他决定，无论有没有条件，都要抓住这次机会，拼尽全力！

三、那封信

接下来的几个月，史建三开始全力复习，迎接高考。

初中毕业后，告别学校已有七年，学业自然被严重耽误，复习的难度可想而知。但定下了一个目标之后，他便不达目的决不放弃。利用这短短几个月的休养时间，他重拾功课，咬牙坚持复习。他只有三个月时间的病假，这短短的时间里，他的复习内容连跳数级，从小学五年级一直追赶到了高中。

1979 年的 7 月 7 日，史建三与全国 468 万名考生一起，走进了高考的考场。

这一年的高考，虽然报考人数不如前两年，但是拟录取人数下降到了 28 万人。后来史建三才知道，这一年高考的录取率仅为 6%，除了刚恢复高考那年之外，录取率属于史上最低，其难度自然可想而知。

那个夏天，史建三骨伤痊愈，继续回到崇明岛最西端的"上海跃进农场"的岗位上。这应当是上海地区距离市中心最远的地方，从江西中路的家中出发的话，要大清早转几班公交去汽车站，坐大巴车到原吴淞区罗泾镇，坐船横渡长江至崇明岛，轮渡抵达崇明南门港后，还要几经周折，才能抵达这片农场，抵达之时往往已然天黑。

在农场，他重新全身心地投入到工作中，不久前的那场高考如同

第一章 | 1%的概率，敢不敢搏？

一个不切实际的梦——这时的史建三丝毫不能确定，这个梦是否有机会成真。

七八月的夏季，正是农场年中的大忙时节。整个农场都在紧张地筹备夏季的夏收、夏种、夏管工作——要尽快将夏粮收获。当年刚进入农场，史建三就被分配成为了一名拖拉机手，开拖拉机是史建三的"本行"。即使他已经是连队书记兼指导员，依然还是"身先士卒"，开着拖拉机带头下地。

除此之外，史建三还把剩余的精力放在了研制完善一种炮弹形犁头的项目上。一年前，他经过设想，把耕作的犁头进一步改进，将这种炮弹形犁头悬挂在拖拉机后面用于开沟，可以增加3%到5%的播种面积。于是，史建三和修理排的老唐开始了艰难的研发之旅，他们在修理车间不断琢磨，一次次的尝试，一次次的失败，终于有一天，新型的犁头研制出来了。在试验的时刻，当拖拉机带动这个炮弹形状的犁头在麦田里前行时，地面只留有5厘米左右的空隙，而地下通过炮弹形犁头的挤压，形成了直径20厘米左右的圆形地下排水沟，一条条地下沟应运而生，它们像是炮弹一样稳稳地沉入土壤，这意味着试验获得初步成功，史建三和队员们都不禁为此欢呼雀跃。

高考结束回来后，史建三就准备继续改进这个犁头，并加以推广。而正当他大刀阔斧地准备开动的时候，那封改变命运的信终于抵达了农场。

这是来自华东政法学院的录取通知。

高考成绩出来了，除了数学只得了20分，其他科目都表现较好，史建三最终被华东政法学院录取。

四、犁 头

收到这封录取通知，史建三的心里除了惊喜，还有一丝淡淡的怅然。

梦寐以求地考取大学，意味着他要放下在农场已经取得的成就，开启新的大学生活，他的心里难免有万千的不舍。

这是他奋斗了七年的地方。在史建三从进入农场第一天就开始记录的日记里，清楚地记载了他在农场所做的努力。这片农场既见证了他从一个青涩少年一点点成长为成熟青年的历程，也承载了他奉献国家建设的誓言。

当史建三将那封信交给农场领导，报告他已经被大学录取的消息时，他的心里甚至有一个想法：要是农场领导挽留的话，他有可能会放弃这次机会，继续留在本来的岗位上。

而农场领导毕竟明白这份录取通知的意义，他们很诚挚地祝贺了这位心中忐忑的年轻人，并且让他尽快办理手续，准备入学。

一个全新的、未知的将来，终于在此时打开门，向史建三招手了。

离开农场时，史建三与农场的队友们一一告别，他们曾一起奋战，一起吃苦，一起挥洒汗水。此后他们将会有不同的人生道路，不过友谊仍在，直到四十多年后，他们依然保持定期的聚会，从青春韶华到苍颜白发，农场的这段经历是他们永远忘记不了的回忆。

史建三最后还看了一眼他与队友们花费无数个昼夜研发出的炮弹形犁头，心中更是带着遗憾——他进一步创新改造的设想终究未能有机会完成。

然而，也许这只是一个暂时的离别，农场经历锻炼出的精神火种

第一章 | 1%的概率，敢不敢搏？

已经在他的心中燃烧，永不熄灭——那就是无惧未来的勇气和不屈不挠的精神。史建三也相信，即使远离了这片农田，他的创新之路不会停歇，奋进之路依然坦阔。未来的日子里，他将在新的一片天地里继续追求自己的梦想，去探索更广阔的领域，用创新的力量，去开创属于他的辉煌。

第二章 | 为什么选择法律之路?

一、复校之初

史建三是恢复高考后的第三批大学生,而对于重生的华东政法学院来说,却是复校之后迎来的第一批学子。

华东政法学院是新中国成立之初创办的第一批高等政法院校——"五院四系"之一。这些法律专业院校在1966年至1976年期间受到了近乎毁灭性的打击,撤的撤,停的停。华东政法学院在1972年被撤销,其他院校也遭受了类似命运。

就在1979年的新春,史建三开始埋头准备高考的时候,在最高人民法院司法行政厅,关于北京、西南、华东、西北四所政法院校的复校会议正在召开。最高人民法院、最高人民检察院、公安部和教育部一起,共同评估政法院校复校的有关情况。

此时西南政法学院已经复办,并在1978年招收了第一批学生。

其他三所院校都处于人员流散、学校被占的局面，但西北和北京两校并没有正式宣布被撤销过，只有华东政法学院在过去几年两次被撤销（1958年和1972年）。1972年被当时的上海市"革委会"撤销后，教职员工全部被扫地出门，图书资料也全部散失。到了此时，校园已被上海市卫生学校、上海社会科学院、复旦大学分校、上海市图书馆、普陀区卫生学校，以及上海市果品公司、蔬菜公司、水上派出所、水文站等多个单位占用。①

复校会议召开的四天后，最高人民法院、最高人民检察院、公安部和教育部就向国务院作了关于恢复华东政法学院的请示报告。直到1979年3月，经国务院批准，华东政法学院终于复校，重新开始招生。

在这个刚刚走向改革开放的时期，选择法律专业，不得不说还是要冒着点风险的。虽然1978年党的十一届三中全会在决议中指出，"为了保障人民民主，必须加强社会主义法制，使民主制度化、法律化"，可任何关乎社会发展方向的命题，都需要经过各界持续的讨论，方能成为全社会的共识。未来的中国是否会坚定地走一条尊重法律、依靠法律、崇尚法律的道路，这还是个未知数。

不过，当初在填写志愿时，史建三依然毫不犹豫地选择了法律。

影响史建三作出关于专业方向选择的，既有家庭因素，也有成长经历的影响。

二、家庭的馈赠

史建三生于一个普通的上海家庭。严父、慈母、两个姐姐、他和

---

① 关于华东政法学院复校的经过，参见何勤华：《华政的故事——共和国法治建设的一个侧影》，商务印书馆2022年版，第170页。

一个弟弟，构成了寻常里弄中的六口之家。那时他的家庭经济状况并不是很宽裕，父亲六十元和母亲十几元的月工资，要供养整个六口之家，每个月还要挤出五元钱寄给宁波农村的外公。

他们家住在广福里的一栋石库门建筑里，与五六户人家共享这栋两层小楼，一户只有十许平方米。在那个小小的十平方米的蜗居里，父亲却有着螺蛳壳里做道场的创新才智，搭阁楼、挂吊床，活生生地将蜗居改成了上下两层的两居室。幼时半夜醒来，史建三还时常看见父母还在挑灯夜"战"，为兄弟姐妹制衣纳鞋，从而节省了大量的家庭开支。甚至连小时候的玩具也都是父亲利用自制家具后的边角料做成的。

那时的史建三还只是一个满怀童真的小孩，头脑里盘旋着一个小小的梦想，一个对他而言似乎遥不可及，却又极其简单的梦想。

这个梦想很简单，那就是——可以自主独立地生活。

他当时的幼小心灵里构想了一个微不足道却充满幸福的生活画面，要是每天父母给一毛钱，是不是就可以撑起一天的必需开支？每天吃三个大饼，那每天的饭钱应该不会超过一毛钱。如此，便可以每天一毛钱，顿顿吃大饼了。对于一个小孩来说，大饼是多么美味的食物，尤其是大饼配油条，顿顿吃都不会腻。要是每天都能享受到大饼的美味，那该多好？一口咬下去，感受到香脆的外皮和软糯的内里。这种朴素而美好的幸福感，对于一个孩子来说，就足以填满整个世界。

而且，如果一切都顺利，每天能结余一分钱，一个月下来就可以有三毛钱的结余。这一点小小的结余，足以让他感到自己已经是口袋里有钱的小孩了。

当然，这个梦想如今看来是多么天真和幼稚。但回顾童年，它却是那样的纯粹和美好。那时候，他对生活的渴望如此简单，如此纯真，只需要一点点零花钱,就可以拥有自己的小幸福。这个小小的梦想,或许不值一提,但它教会了他,幸福并不一定要复杂,有时候,一个简单的快乐就足以让生活充满意义。

对每个人来说,世界观、人生观的塑造,最初都来自其父母、家庭。而史建三所得到的,就是勇敢、独立面对人生中的种种艰辛的勇气,还有对他人的态度。他的人生观的形成源于他家风家训的传承和父母的教诲。自幼,父母用言传身教教育他做人做事要诚实守信,助人为乐,低调做人,扎实做事。这些美好品质渗透在他的血液中,成为他思考问题、行为处世的根本准则。他懂得,人生的价值不仅仅在于个人的成就,更在于对他人的关心和帮助。

而父母带给史建三的另一件礼物,就是对社会公正的认识。

父亲是一名公安干警。在社区里弄中,干警是令人尊重的职业,他们受人尊重的原因,就在于为人正派、做事公道,更因为他们每天的工作就是维护治安,保障一方街区能够维持井然有序的生活。

而史建三耳濡目染于父亲的这些事迹,也渐渐地向往起了像父亲那样伸张正义的职业。惩罚坏人,保护好人,这是多么闪光的事情,要是有朝一日,他也能在自主、自立地生活的同时,肩负起维护社会公平秩序的任务,那该有多好!——这就是他对于公平公正最朴素的认知。

后来,经过了系统地法学教育后的史建三才知道,那个维护社会公平秩序的东西,就叫作"法治"。当每个人都自觉地遵守法律,而法律又能有效地促成良好的秩序,这个社会才能真正实现公平与正义。而他关于"法治"的理想,最初便是从这真诚而简单的愿望中开始形成的。

受父亲的影响,史建三始终怀揣着一个朴素而崇高的理念——思利及人。此后他几十年的奋斗人生路上，都在用自己的知识和才华为社会创造价值，将自己所创造的价值惠及他人。后来，他成为律师之后，同样也从律师的角度出发，不仅为客户争取最佳的法律利益，更是将社会责任融入自己的职业中。他的每一次努力，都在推动着社会进步，让法律的公平正义更加显现。

三、公正的种子

在19岁的那年，史建三成为一名共产党员，这是他人生中的一个重要转折点。他开始担负起更为重要的责任，以一个青年人的活力和热情，投身于更伟大的事业。而在崇明跃进农场建设期间的这段岁月里，虽然始终以生产建设为基调，但是"公正"如同少年时就在心里种下的幼苗，始终随着个人的成长不断地生发。

由于出色的表现，史建三担任起了机耕队长，管理起了全队六十多号人的吃喝拉撒，责任重大。然而，不久之后，一个棘手的问题摆在了史建三的面前。

在这个物资短缺的环境下，队里每个人的初始工资只有十八元，大部分用于购买饭菜票来解决吃饭问题，因此饭菜票就成为了农场的稀缺品。随后，队里发生了一连串的饭菜票被偷事件，许多农友放在宿舍中的饭菜票不翼而飞，使整个机耕队蒙上了一层疑云。

为了解开这个困扰全队的谜团，史建三决定亲自出马，试图破解这起疑案。为此，他凭着从父亲那里学来的一些技巧，施展了一番巧计。

经过对许多人反映的疑点的分析，有个寝室成了这起案件的重点地区。史建三意识到，想要解开这个谜题，需要精心策划和巧妙布局。于是，他购买了一批新的饭菜票，将它们分成两组。在红色字面的饭菜票上用红色圆珠笔做记号,在蓝色字面的饭菜票上用蓝色圆珠笔做记号。

接着,他来到了这个寝室,找到了一个可靠的寝室成员,将这批饭菜票交给这位农友保管,并叮嘱,一旦发现饭菜票短缺的情况,立即向他报告。这样,史建三便能掌握情况,以此为饵,引出真正的窃贼。

不出几天,史建三便接到了这批饭菜票失窃的报告。他迅速召集了该寝室的所有人,让他们将所有的饭菜票交出来进行验证。经过细心观察,其中一人手中的饭菜票在阳光的照射下,竟然显露出原形,有红色和蓝色两种不同的标记。证据确凿,窃贼无法抵赖。

按照那时的"常规动作",等待这位窃贼的将是数不完的批斗大会。但史建三并没有这么做,而是放下包袱,与其进行了认真的谈话,让他认识到自己的错误,并让他表达了对其他寝室成员的歉意。之所以如此,是因为史建三始终希望每个农友能在平安和谐的环境下工作和生活,而不是通过各种批斗运动来整垮那些犯错的人。事实证明,史建三的做法收获了成效,从此之后,队里再也没有出现过类似的偷窃事件。

这起看似微小的疑案,通过史建三略施小计,最终得以破解。这次的经历让他更加深刻地理解了治理好一个小社会的艺术:轰轰烈烈的运动无法取得的成果,往往可以通过润物细无声的劝诫来解决,因为后者更能形成良好的遵纪守序的氛围——而这就是一个法治社会的应有之义。这一年是1975年,距离现在恰好半个世纪。对于史建三而言,这一年是意义非凡的一年,一颗关于公正的种子在他心中悄然种下。随着时间的流逝,这颗种子逐渐生根发芽,茁壮成长,最终成为他一生追求的目标。

基于过去形成的认识基础,等到高考后填志愿时,史建三毫不犹豫地选择了法律这门专业。他希望通过学习法律，运用法律，来更好地创造一个公平和公正的社会。

四、"一日七法"

与史建三的这次命运改变同步发生的，是这个国家重新复苏的立法工作。1979年7月1日，五届全国人大二次会议一天之内通过了7部法律，即《刑法》《刑事诉讼法》《地方各级人民代表大会和地方各级人民政府组织法》《全国人民代表大会和地方各级人民代表大会选举法》《人民法院组织法》《人民检察院组织法》《中外合资经营企业法》，被法学界称为中国法治史上著名的"一日七法"。（当然，七部法律的制定都经过了长期的起草和论证）以"一日七法"为先导，一大批重要法律纷纷进入了起草制定的议程。

这年9月，史建三等华政七九级的学生们怀揣对大学生活的憧憬，满怀期待地踏入校园。与此同时，在9月9日，中共中央又发出了《关于坚决保证刑法、刑事诉讼法切实实施的指示》，这份文件严肃地分析和批评了党内严重存在的忽视社会主义法制的错误倾向，指出：在我们党内，由于新中国成立以来对建立和健全社会主义法制长期没有重视，否定法律、轻视法律；以党代政，以言代法，有法不依，在很多同志身上已经成为习惯；认为法律可有可无，法律束手束脚，政策就是法律，有了政策可以不要法律等思想，在党员干部中相当流行。同时要求，各级党委要保证法律的切实实施，充分发挥司法机关的作用，切实保证人民检察院独立行使检察权，人民法院独立行使审判权，使之不受其他行政机关、团体和个人的干涉。

作为华东政法学院复校后的第一批学子，史建三和同学们能够鲜明感受到政府对法律的重视，以及社会对于恢复法制的期待。史建三开始系统性地学习法学方面的学科知识之后，便很快认识到，法律或者说法制，就是实现他的社会理想的途径。他也因此确定了自己对法学的热爱。

"法律的春天来了。"这是在课堂上师生们相互传递的信念。全校师生们似乎都憋着一口气，不约而同地发愤研究学习，只想要尽快将过去失去的时间补回来，将过去没有上的法律课上回来。在所有学生当中，史建三应当属于尤其努力的那一部分，他认真地学习每一门课程，准备每一次的考试，他的同寝室同学们甚至将史建三戏称为"考试机器"。

学业上的努力，使他每学期的考试成绩都名列全年级前茅，这一切都源于他对知识的热爱和认真学习的态度。

1982年4月召开的首届华东地区青少年犯罪问题学术讨论会。图中第一排左五为史建三

1982年5月13日《文汇报》报道华政学生通过调查探索青少年犯罪转化问题

华东政法学院七九级二班荣获年度"全国先进集体"留念。第二排左六是学院党委书记刘少傥,左七是院长徐盼秋,左八是副院长曹漫之。第四排左六为史建三

1982年全国"三好"学生、优秀学生干部和先进集体代表会议时上海代表留影,图中右二为史建三

第三章 | 大学生活，始于 1979

一、帐篷精神

在华政复校之初，一切环境都很艰苦。

万航渡路 1575 号的华政校园，在复校前已经被其他单位占用，复校之初，只腾出了 11 间办公用房，不足三百平方米。华政校园大草坪的西侧，是长宁区华阳街道砖瓦厂；另一侧的红楼图书馆、交谊楼和六三楼，是上海社科院的办公地；后来的华政家属区的位置，则分布着市卫生学校、长宁区华阳街道钢瓶厂，还有一个规模 4000 平方米的地下人防备战医院。再往北的东风楼，则被复旦大学分校、市图书馆占用。苏州河对面的河东校区，则分别由普陀区卫生学校、市果品公司、市蔬菜公司使用。

经过半年时间与各家单位的交涉，华政暂时收回了小部分用房，第一届新生这才顺利入学。史建三与同学们住进了韬奋楼旁的 40 号楼——这是当年孙中山到访圣约翰大学时曾经的演讲之处，此时一半是学生宿舍，一半是礼堂和教工宿舍。

1979年，华政有303名学生，而到了第二年夏天，新一届的400多名学生入学后，教室和宿舍就完全无法承受了。当时，刘少傥、徐盼秋、曹漫之等校领导不得不作出决定，把原来的校长办公楼（如今的4号楼）留给一些必须用房的职能部门，如财务处等，而将40号楼、东风楼等其他能用的房屋，全部让给学生住宿和教学。

那校领导以及党政工团等部门去哪里呢？学校从煤矿系统那边借来了5顶帐篷，搭在了校门旁的大草坪上，校领导和党政工团教职工们就在帐篷里办公。炎热的8月时节，帐篷里即使用上电风扇，也仍然闷热无比。

这就成了后来华政师生们津津乐道的"帐篷精神"。虽然可敬，却也只是那时的无奈之举。

除住宿环境外，学习环境也同样艰苦。

那时法学教育百废待兴，大部分课程连教材也找不到。有些课程只能借或者复印北大、吉大和湖北财经学院法律系等学校的讲稿；而有些课程，就只是发几页教学大纲，或者老师边讲课，边发油印的章节；还有些课程连这些都没有，只能全凭学生在课堂上拼命记录。

对于史建三和其他同学们来说，进入大学不仅是一次"千军万马过独木桥"的人生发展阶段，更是一场对思维、视角全方位的更新与提升。华政的老师们从上海内外的原工作岗位回到校园，走上讲台，将知识倾囊相授。学生们，则在课堂上跟随老师们的思路，思考他们过去从来没有想过的问题。

二、"遇罗锦离婚案"与法的精神

当时在课堂上引发激烈讨论的第一个案子,就是发生在 1980 年轰动全国的"遇罗锦离婚案"。这个名叫遇罗锦的年轻女子,三度离婚,四次结婚,因为坚持婚姻自由,而引发了全国大讨论。而这个案子,也成为了华东政法学院法学课堂上师生们热议的一个案例。

"遇罗锦离婚案",首先要从遇罗锦的插队生活谈起。1966 年,遇罗锦的哥哥遇罗克因为写下《出身论》而被批为"大毒草",遇罗锦也因其日记中的"反动言论"被定罪为"思想反动",被拘押在河北茶淀站清河农场"劳动教养"三年。"劳动教养"结束后,遇罗锦被分配到河北临西县的一个小村庄插队落户,随后迫于生计,独自"闯关东"去北大荒安家落户。1970 年,遇罗锦与北京知青王世俊结婚,户口也迁至黑龙江莫力达瓦达斡尔族自治旗①汗古尔河公社。婚后一年孩子出生,但遇罗锦始终无法接受"一个不相识的、谈不上有什么爱情的男人",何况还是忍受了四年"屈辱和挨打的生活",最终遇罗锦以放弃孩子的抚养权为代价,和"没有一点感情的丈夫解除了婚约"。

离婚不久后,遇罗锦孑然一身返回北京投靠父母。初回北京,她没有户口,找不到住处,生活举步维艰,平反和落实政策也遥遥无期,只能靠画彩蛋、灯笼纸,以及当保姆来勉强维持生活。后经撮合,遇罗锦与电工蔡钟培见过三次面之后,于 1977 年 7 月再次结婚。

1978 年 9 月,遇罗锦的户口由黑龙江迁回北京。次年 5 月,"思想反动"的罪名也得到平反。然而,看似重回正轨的生活再起波澜。1980 年 4 月,在事先没有争吵的情况下,遇罗锦留下"我找了间农民

---

① 现为内蒙古自治区呼伦贝尔市莫力达瓦达斡尔族自治旗。

房，我不回来了"的字条后，突然出走，开始与蔡钟培分居。一个月后，她向北京市朝阳区人民法院提交了诉状，提出离婚。遇罗锦宣称两人并不相爱，当时自己是"不得不为了客观的、外在的条件"才嫁给了蔡钟培，她只希望尽快"结束这种没有爱情的夫妻生活"，拿到"一张离婚证"，按照自己的"本意找一个真正爱的人"。

这其实是大时代下无数悲剧命运之一，知青上山下乡期间，有无数婚姻悲剧像这样上演。"上山下乡运动"终止后，知青们需要绞尽脑汁解决回城就业安置问题，其间形成的婚姻关系因工作调动、户籍安置等形成新的家庭矛盾乃至社会矛盾，全国涌现出知青离婚潮。

但是，这个案件恰恰处在了一个重要的法律时点上——1980年9月10日全国人大通过了修改的《婚姻法》。新修改的《婚姻法》中，延续了1950年《婚姻法》关于离婚的规定："人民法院审理离婚案件，应当进行调解；如感情确已破裂，调解无效，应准予离婚。"

1980年9月25日，新《婚姻法》颁布的十五天后，北京市朝阳区人民法院对"遇罗锦离婚案"作出一审判决，判决两人离婚。审理此案的党春源法官在判决书中说："仅为有个栖身之处，两人即草率结婚，显见这种婚姻并非爱情的结合。婚后，原、被告人又没有建立起夫妻感情，这对双方都是一个牢笼。""遇罗锦离婚案"也成为新《婚姻法》通过后的第一桩离婚案。[①]

蔡钟培不服，提出上诉。这起案件随后也因为舆论的发酵而成为了社会的焦点。两家发行量超过百万份的杂志《新观察》和《民主与法制》也随即组织了关于"遇罗锦离婚案"的大讨论。全国对于这个问题分成了"自由派"与"守旧派"。自由派支持遇罗锦，支持婚姻自由。

---

① 遇罗锦的有关故事可参见白亮：《80年代初的"遇罗锦风波"》，载《文艺争鸣》2017年第11期。

守旧派则支持蔡钟培，认为离婚就是冲破道德禁忌。尽管争论不断，但在当时，支持蔡钟培反对遇罗锦的呼声更大。上海的《民主与法制》以"如何正确处理离婚案件"为题对"遇罗锦离婚案"进行了长达一年的讨论，仅收到的读者来信来稿就达到 3200 余件。正当读者们各抒己见时，蔡钟培的诉讼代理人公开"爆料"，遇罗锦"在上诉审理期间向一个比她大 30 多岁的人，她称呼为叔叔的人通信，表达爱"。新华社内参也针对这个问题，出了一篇《一个堕落的女人》，《人民日报》刊登消息称遇罗锦是一个行为不检点的女人。

有了这样的定调后，1981 年 1 月，北京市中级人民法院二审之后决定撤销原判，发回重审。在第二次审理中，经法院调解两人选择自愿离婚。但法院文件在措辞上对遇罗锦作出了严厉的批评——这也向全国群众明确表明遇罗锦的这种行为是不可取的。当事人双方和他们的三位代理人都在协议书上签了字。协议书说：遇罗锦与蔡钟培于一九七七年七月八日恋爱结婚，婚后夫妻感情融洽和睦，后由于遇罗锦自身条件的变化、第三者插足、见异思迁，夫妻感情破裂……现双方达成协议……自愿离婚。①

在舆论大面积指责遇罗锦私生活上的"混乱"时，华政的课堂上，同学们则更加站在法律的角度上看待这一起案件。对于社会上的"道义审判"，同学们持保留意见：真正要判断这次诉讼的，难道不是法律吗？

在 1980 年，原华东政法学院院长潘念之，还有上海社科院法学所所长齐乃宽联合撰文，再次论述"法律面前人人平等"的理念，认为这一原则不仅体现在司法上，也体现在立法上。"法律面前人人平等"

---

① 参见北京市朝阳区人民法院：《审理遇罗锦诉蔡钟培离婚案的经验教训》，载《人民司法》1981 年第 12 期。

是政治上的权利平等，经济上的不受剥削的平等，要通过立法在法律上规定这种平等原则。^①同时，传达出了"法无禁止即可为"的思想——公民的行为，只要法律没有禁止，那就是可以做的！

虽然"法无禁止即可为"的理念，要在几年之后才被学界明确提出，并成为法学领域的共识，但是在华政的课堂上，师生们的讨论中，这样的想法已经在不断的辩论中一点一点清晰起来。不管遇罗锦是什么样的身份背景，也不管她的私人生活作风究竟怎样，只要在法律面前，她就应当平等地适用法律。而只要法律不禁止离婚，那么她就应当具有相应的权利。

"遇罗锦离婚案"之所以引发争议，其实主要还是因为时代所造就的观念问题。

中华人民共和国成立后，我国的工业、农业、商业开展了大刀阔斧的社会主义改造，逐步转化为社会主义公有制和集体所有制。虽然物质生活仍然不发达，但社会保持了极高的就业率，贫富差距小，这促使社会矛盾显著降低。群众间的矛盾偶有发生，主要是通过所在单位和组织调解解决，处理结果往往是："我们领导说了，是你不对。""单位"承担了经济与社会的双重职能。当然，也有双方领导各持不同观点，带着各自人员和材料向共同上级领导寻求结果的情况发生。

这种处理矛盾的方式在20世纪80年代的社会依然存续（即使到了21世纪后，也仍然存在），高度体现出组织的决定性作用和民众的服从性心理。

这起案件的背后也反映出，法制的普及任重而道远，社会对于法制的认同也有很长的路要走。而要一点点改变社会的观念，真正树立

---

① 参见潘念之、齐乃宽：《关于"法律面前人人平等"的问题》，载《社会科学》1980年第1期。

起"法律面前人人平等"的意识,则需要包括同学们在内的法律人今后的努力。

三、"星期日工程师"

另一件令史建三多年以后仍然记忆犹新的事,就是在课堂上激烈讨论的"星期日工程师"问题。

1981年,后来被称为"星期日工程师第一案"的"韩琨事件"引起了华政师生们的关注,也成了课堂上被热议的话题。

改革开放初期,"星期日工程师"开始在我国出现,许多国营单位的技术人员开始利用周日休息时间,受聘于乡镇企业或民营企业,为他们解决缺乏技术的问题,这样的人,就被称为"星期日工程师"。上海橡胶研究所助理工程师韩琨,在征得所里领导同意后,接受了一家名叫"钱桥橡胶用品厂"的乡镇企业聘请,担任技术顾问,成为"星期日工程师"的一员。

在周末的工作中,韩琨成功试制出了橡胶密封圈,填补了国内的空白。为了感激韩琨寒来暑往的奔波操劳,钱桥橡胶用品厂决定一次性奖励韩琨3300元。而就是这笔奖金,给韩琨带来了灾难。1981年11月,韩琨被其所在单位以"私接业务、牟取私利"的罪名向上海市长宁区人民检察院提出控告。

韩琨究竟是功臣还是罪人?那笔奖金究竟是否涉嫌"收受贿赂"?这些问题一时间在司法界和知识界众说纷纭。

在课堂里,同学们各执一词——在一般人以往的朴素观念中,接受除本单位以外的其他报酬,就是在"私接业务、牟取私利"。虽然改革开放了,许多人的心里或许也羡慕这样的机会以及相应的丰厚收入,但上纲上线地说,"星期日工程师"赚取的报酬,那就是一项"非法所得"。但是,究竟为何"非法"?触犯了什么法?却又说不上来了。而在法学课堂中,经过讨论,同学们进一步对"法无禁止即可为"的原则有了清晰的认识。

但是,1979年颁布的《刑法》[①],对"受贿罪"的规定仍然十分笼统,只是以定性方式大致对这一罪行进行了定义,具体什么样的行为构成犯罪,仍然需要进一步辨明。在争论中,同学们渐渐达成了共识:科技人员在本职工作之外,利用业余时间,以自己的知识和技能,为其他企业、事业单位提供有益于社会生产的劳动和服务,取得适当的报酬,不能认定为犯罪。当然,对那些以"工资""劳务费""辛苦费"名义收受财物并利用职务之便为他人谋取利益的行为,如果符合受贿罪其他要件,仍然应当以受贿罪论处。

校园里热烈的辩论,也影响了校园之外。1983年1月4日,《光明日报》的头版头条发表了徐盼秋院长的文章:《要划清是非功罪的界限》。徐盼秋院长从法律上阐述了对"韩琨事件"的看法,旗帜鲜明地对韩琨的做法表示支持。韩琨事件引爆之后,《光明日报》在报纸上开辟"如何看待科技人员业余应聘接受报酬?"专栏,随着舆论的一步步升温,讨论的一步步深入,"韩琨事件"已经引发了全国范围的大讨论。

1983年1月21日,时任中央政法委书记的陈丕显主持召开政法委员会会议,专门讨论"韩琨事件",研究后认为:"韩琨的行为不构成犯罪;类似韩琨的人一律释放;公检法机关今后不再受理韩琨这类案子;关于业余应聘接受报酬等政策上的问题,由中央另行研究。"

---

① 参见1979年《刑法》第185条规定:国家工作人员利用职务上的便利,收受贿赂的,处五年以下有期徒刑或者拘役。赃款、赃物没收,公款、公物追还。

会议还指出，不能把罪与非罪的问题，与知识分子问题混在一起。①

这一会议精神对于整个政法系统此后的实践工作都具有历史性的意义。会议结束后，全国一大批像韩琨那样正在面临被起诉的知识分子都重获自由，免受牢狱之灾。

从此，知识分子从事 8 小时以外的第二职业成了合法行为。

这件事情，也进一步给史建三等华政学子们留下了深刻的启示——运用好法律，真的可以实实在在地改变他人的命运，并且推动社会的进步。

四、业师之教

在社会主义法制恢复重建初期，法律研究的重点主要放在刑法与犯罪学领域，这是为了尽快拨乱反正，清理过去积累的冤假错案，恢复社会稳定秩序。

史建三在进入大学后，也是将研究的视线主要放在刑法领域。在学习刑法的道路上，他遇见了改变他人生轨迹的第一个人——徐建老师。

人在刚刚进入大学校园的阶段，就如同一叶孤舟，漂泊在知识的海洋中。而徐建老师对史建三来说，就像一座灯塔，照亮了这片苍茫的海域，指引他在学海前行的道路。在徐建老师的指引下，史建三逐渐找到了自己的方向，开始深入学习和研究。

徐建老师是华东政法学院 1952 年建校后最早的一批毕业生之一，

---

① 参见张传桢：《韩琨案功与罪之争——建国以来法学界重大事件研究（七）》，载《法学》1997 年第 12 期；魏晓雯：《"星期日工程师"韩琨涉嫌受贿无罪案》，载《中国审判新闻月刊》2014 年第 97 期。

毕业后就留校任教，持续深耕于刑事司法领域。华政被撤校期间，法学研究中断，徐建老师一度转行研究起了哲学。华政复校之后，徐建老师重新调回原来的单位，参与重建刑事侦查教学，随后担任刑事侦查教研室副主任。在徐建老师的执教之下，史建三和同学们逐渐熟悉了刑事司法这门学科，并逐步进行了更深入的探索。

徐建老师思维活跃，富有感染力。从徐建老师的言行之中，史建三能真切地感受到他对法律这门学科的热爱，这也感染了课堂里的学生们。

对于犯罪问题的解决，常规思路一般侧重于如何破案，如何处罚，如何让犯罪行为得到应有的制裁；而徐建老师的目光放在另一个角度，那就是对犯罪人的研究，研究他们为何犯罪，犯罪现象为什么会出现，怎么预防。

一个人不是生来就会犯罪的，一个心智正常的青少年沦落为犯罪者，背后是深刻而复杂的社会问题。所以，徐建老师将研究的重点放在了青少年犯罪问题上。他带领一批师生，组建了青少年犯罪研究组，随后这个研究组便升格为青少年犯罪研究室，由徐建老师担任主任。

徐建老师把犯罪学看成一个更大更广泛更有发展潜力的学科，其中的每一个分叉都具有广阔的探索空间。这种开阔的视野，将史建三的学术探索引入了一个全新的境界。对于史建三来说，徐建老师的教诲不仅仅是关于学术的指导，更是关于人生的引领，他教会了史建三如何看待世界，如何处理复杂的人际关系，如何面对生活的困难与挑战。

五、青少年犯罪问题

为什么开始研究青少年犯罪问题呢？这一研究背后，有着当时复杂的社会背景。

新中国成立初期,在社会改造过程中,曾创下了犯罪率大幅度下降的奇迹。以上海为例,1954年,全市的刑事案件发生率比解放初期下降了50%,且持续下降,1957年下降了70%左右,1961年下降了75%,到了1965年已经比解放初期下降了90%左右,其中就包括青少年犯罪的大幅度下降。然而,1966年后,青少年犯罪就以每年10%左右的数字大幅上升,占刑事案件总量的比例也越来越大,一度上升到了60%左右。[1]

到20世纪70年代后期,青少年犯罪数量有所下降;但由于历史的余波影响,青少年犯罪问题仍然十分严重,在数量上已经占了全国刑事犯罪总数的70%到80%。

一方面,是极端利己、无政府主义思想的泛滥,习惯了过去无拘无束的生活,许多年轻人依然喜欢各行其是,无所约束,无法约束。父母管不了子女,教师教不了学生,师傅带不了徒弟,上级领导不了下级。"个人管自己,上帝管大家。"这造成许多青少年蔑视纪律、践踏法制,甚至把反对正常秩序的错误行为当作英雄行为、勇敢行为。

另一方面,经济秩序被破坏后,不少青年待业、失业,助长了青少年犯罪问题。改革开放的各项举措还没有实施,每年几百万从学校走出的青年,都遭遇无法安排工作的窘境,形成了一支闲散待业队伍。比如在当时上海的青少年犯罪中,失业、待业青年占10%左右,而其他有的地方,这个比重甚至达到了三分之一。正如徐建老师研究时所说,他们有充沛的精力,但没有工作;他们年龄逐渐大了,没有经济收入;他们想学习,想升学,但没有机会,基础太差没有信心;他们要前途,但又不知道什么是真正的前途、出路,因此有的人思想苦闷、彷徨,

---

[1] 参见徐建:《青少年犯罪问题研讨》,载《社会科学》1980年第4期。

有的人自暴自弃，往邪路上走。①

因此，徐建老师的这一研究方向，其实具有着尤为紧迫的现实意义。

为了了解青少年犯罪最真实的情况，徐建老师带领史建三和同学们进行了为期一个月的实地调研，去了解关于那些青少年犯罪者的第一手资料。

1980年8月暑假期间，史建三便跟着徐建老师的脚步，来到了上海黄浦区的北京东路派出所，了解青少年犯罪情况。调研的结果触目惊心，北京东路街道1.5万户居民中，违法犯罪人数从新中国成立初的每年两三百件，增加到了此时的约八百件；其中，青少年犯罪所占比例，更是从新中国成立初的不足20%，一路飙升到了此时的约90%。青少年拦路抢劫、强奸、行凶斗殴等恶性案件比比皆是。

史建三还多次前往少年犯管教所，去了解那些被看管在那里的少年犯们，与他们谈话谈心。了解了很多少年犯的成长经历之后，他唏嘘不已——这些孩子生长在特殊的环境里，法制环境的缺乏、法制意识的缺失更影响了他们的人生观，使他们一步踏错，走向了犯罪道路。

这次调研任务结束后，史建三在徐建老师的指导下，完成了一份关于违法犯罪青少年情况的分析报告，这也是他有生以来完成的第一份带有研究性质的报告。

六、第一次学术之旅

在徐建老师的指导下，史建三投入了大量的时间和精力进行调查研究。他先后对十几位违法犯罪的青少年进行了调查，发现在他们初

---

① 参见徐建：《青少年犯罪问题研讨》，载《社会科学》1980年第4期。

次犯罪被发现时，以及在安排就业、恋爱结婚、成家立业等重要时刻，都出现过改邪归正的想法。这些现象让他看到了青少年罪犯转化的有利时机，这成为他研究课题的重要方向。

经过半年多时间的调查研究，史建三决定把焦点放在青少年罪犯的转化工作上，研究如何正确选用教育转化违法犯罪青少年的突破口，抓住他们心理矛盾急剧变化的有利时机，有针对性地做好转化工作。在他看来，选准了一个突破口，就如钥匙对上了锁孔，要打开它就容易多了。

这些研究成果，汇聚成了一篇题为《浅谈违法犯罪青少年转化的三个有利时机》的论文。这篇论文不仅归纳了他的研究发现，还提出了一些有价值的建议和观点。因为这篇论文，史建三受邀参加了那一年的华东地区青少年犯罪问题学术讨论会，并在会上作了一个专题报告。

这是史建三第一次踏入真正的学术舞台。"华东地区青少年犯罪问题学术讨论会"——这个听起来充满专业性和严肃感的名字，对他来说似乎有些遥不可及。他怀着一颗执着和好奇的心情，毅然决然地踏上了这段学术之旅。

那是一个充满紧张和期待的时刻。那一天，史建三怀揣着自己的论文，踏入了讨论会的会场。他感受到了浓厚的学术氛围，与各位专家学者的交流让他受益匪浅。虽然年轻，虽然是第一次，但他并没有因此而感到迷茫或畏惧，反而更加坚定地要展现自己的观点和成果。

会场上，史建三与各位专家进行了深入的交流，分享了自己的研究成果，也倾听了各位专家的意见和建议。在那些交流的瞬间，他感到自己正在成长，正在不断地向前迈进。尽管紧张，但他依然保持着一颗平静的心，他知道，这是一个难得的机会，是一个能够向更高层次迈进的舞台。他的论文得到了认可,受到了参会的华东地区司法干部和法律工作者的好评。这份认可不仅是对史建三个人的肯定,更是对他创新求变精神的赞扬和支持。

几天后,史建三翻开了《文汇报》,看到了头版的报道,内心充满了激动和骄傲。那是他努力创新的成果,是对知识的追求,被呈现在了报纸的版面上。看着报道中的自己,不禁回想起参加讨论会的每一个瞬间,回想起自己为了这篇论文所付出的努力和汗水。

如今,岁月已经过去了许多年,但那段回忆依然清晰地印在脑海中。那其实是史建三迈向学术之路的一个起点。每一次回味,史建三都能感受到当时的心情,都能感受到自己的成长轨迹。那个年轻的自己,怀揣着对知识的渴望和追求,正是那份初心,成就了史建三今天的一切。

七、少管所的孩子们

完成报告之后,史建三的心里却又有了新的疑惑:这段时间的调查、了解,仅仅只需要完成一份调研报告就可以了吗?这样的调研,对于那些少管所里的失足少年究竟有什么实质性的意义?在学术的探究中,研究者除了完成一份文字报告,还有什么方式可以将研究真正落到实践当中,可以为社会带来实质的贡献?

史建三仍旧记得当时在调研中有一位受访者说过的话:"我初次犯罪之后也想悔改,想变好,但是当时没有人理睬我,后来我就再次走上犯罪道路。"那是一个成为惯犯的青年,年纪和如今的大学生年龄相仿。如果他这样的人能得到及时的纠正,是否就能走上一条完全不同的人生轨迹了?

一个想法跳出了他的脑海:为何不利用经常出入少年犯管教所的

机会，开展一项与法学专业紧密结合的公益活动呢？

当史建三将这个念头与同班同学一起讨论之后，这个想法如同一颗火花，点燃了全班同学的热情。全班同学一致赞同，愿意参与这场活动，实实在在地帮助那些少管所的孩子们。

初秋的某个午后，阳光洒在了落着梧桐叶的街道上。史建三与同学们来到了徐汇区漕宝路的一处大院，踏入了上海少年犯管教所的大门，三年后，有部名叫《少年犯》的电影在这里取景拍摄，感动了万千观众的心。阳光在铁门上投下斑驳的影子，铁门之内，他们将看到另一些人的另外一种人生。

他们此行的目的，是开展一项颇具特色的法治公益活动——走进少年犯的世界，向失足青少年赠送普法和励志的书籍，与他们谈心交流，进行普法教育和感化工作。这不仅是对法律的一次普及，更是对每一个少年犯的未来负责。

管教所内，少年犯们或望或坐，每个人的眼神都充满了期待和不安。他们一一与少年犯们交流，从家庭谈到学校，从过去谈到未来。他们告诉这些失足青少年，法律是公平的，它不会因你们的过去而抛弃你们，但你们需要为自己的未来负责。

整个过程并非对少年犯们居高临下的说教，而是平等且轻松的交流。他们会谈谈各自的生活与学习的近况，甚至还会聊聊未来出狱之后的工作就业，还有恋爱、结婚、建立家庭、生儿育女……恋爱结婚阶段，是史建三那篇论文中所说的犯罪青少年转化的三个有利时机中最重要的一个时机。这样的交流，其实就是要在他们想成家立业的时候，把教育转化和解决实际问题结合起来，对他们说，只要同那个"旧我"彻底决裂，前途仍然是光明的。

他们鼓励这些失足青少年们，在服刑期间努力改造，认识到自己的错误,并积极向前看。同学们告诉这些年轻人:"过去属于死神,未来属于自己。"希望他们能以这句话为信念,把握住每一个可以改变命运的机会。

他们离开少年犯管教所时,夕阳已经洒在了大地上,金黄色的阳光让一切都显得温暖而充满希望。他们坚信,每一个少年犯都有可能成为明天的希望。只要愿意努力改变,社会就会给他们一个重新开始的机会。

这一次充满爱心和智慧的行动,是史建三与他们班同学们共同完成的。他们用实际行动向社会宣告:我们不放弃任何一个孩子,我们相信每一个孩子都有可能成为更好的自己。他们的行动不仅是一种普法教育,更是一种心灵的救赎和温暖。这份温暖如同春天的阳光,照亮了这些孩子们前行的道路。

八、法庭之上

这次公益活动,让史建三更深切地意识到,学术不仅是坐在课堂里、书桌前的一项头脑活动,更是一项"田野活动",正如法学最重要的意义在于其实施,学习法学最重要的途径,同样在于实践。

所以,在此后的大学生涯中,除了完成课业,史建三开始有意识地参与更多社会活动。

在法治的舞台上,人民陪审员扮演着不可或缺的角色。他们是一群无私奉献的公益使者,以自己的行动诠释着法治精神,推动着法治建设的进程。他们来自社会各界,有着不同的文化背景和生活阅历。他们以广泛的视角和丰富的经验,为司法活动注入新的力量,使司法更加贴近人民群众的需求和期待。

在大学三年级的实习时期，史建三有幸以人民陪审员的身份参与了 10 多次法治公益活动。

在静安区人民法院的 10 多份判决书中，史建三作为人民陪审员的角色被永久地保留了下来。每一份判决书都代表了他依法行使了庭审、调查、合议、表决等法定权利。这个过程让他深刻体会到了司法公正的重要性与复杂性。

在一个阳光明媚的早晨，史建三如期来到了静安区人民法院。他今天将以人民陪审员的身份参与一起案件的审理。

在庄严的法庭上，史建三坐在陪审员席上，扫视了一下法庭内的人群，目光最后停留在被告席上的少年身上。那是一个十七岁的孩子，眼中流露出无助和迷茫。

审理开始了。控辩双方分别陈述了案件的事实并提供了相应的证据。史建三认真倾听，他需要尽快了解案情，才能作出准确的判断。

这个案件是一起故意伤害案，被告被控在校园内实施了暴力行为，导致一名同学重伤。史建三深知，作为人民陪审员，他需要保持冷静和理性，不受任何偏见和情感的影响。

在接下来的庭审调查过程中，史建三充分展现了他的专业知识和技能。他仔细审查了控方提供的证据，包括现场照片、目击者证言等，他发现控方提供的证据存在一些漏洞和矛盾。他提出了一些问题，引导法庭进一步调查。这些问题得到了法官和检察官的重视，最后得以澄清。他又认真听取了检察官和律师双方的两轮辩论、被告人的最后陈述。

在合议庭的讨论过程中，史建三认真权衡了所有的证据和事实。他根据法律规定和自己的判断，提出建议：被告的行为构成故意伤害罪，但考虑到被告未满十八周岁的法定从轻、减轻情节和悔罪表现等酌定情节，建议从轻处理。最终，合议庭接受了史建三的建议，对被告进行了相应从轻的处罚，并要求他承担相应的责任和后果。

在这个过程中，史建三深刻体会到了司法公正的重要性与复杂性。他不仅需要了解法律条文和司法程序，还需要具备高度的专业知识和技能。同时，他还要保持冷静和理性，不受任何偏见和情感的影响。

在法庭上，他学到了法律实践的技巧。如何分析案件事实，如何评估证据，如何进行法律推理和法律判断，这些经验让他更加深入地了解了法律实践的复杂性和挑战性。同时，他也学会了如何与法官、检察官、律师等其他司法工作人员进行有效的沟通和协作，共同维护司法公正和社会正义。

通过这段法治公益活动的经历，他深刻地认识到了法律的权威与公正，也深深地感受到了法官的责任与担当。作为人民陪审员，他为能参与司法公正与社会正义的事业感到自豪。这段经历不仅让他成长了许多，也让他更加坚定了对法治社会的信仰。

九、去北京

1983 年的 2 月 1 日，伴随着汽笛的长鸣，史建三坐上了前往北京的列车。

过往的学习与奉献获得了回报，尤其是因为那次少管所的公益活动，七九级二班终于被评为全国先进集体，这是该年度上海唯二获此殊荣的大、中学班集体。而史建三则作为代表，准备赴京受奖。

火车快速向前而去，窗外的景色不住倒退，而史建三的内心则充满了激动与紧张。十多年前，史建三的二姐史文朴曾坐上这班火车，作为 1966 年至 1976 年大串联的红卫兵，前往北京，在天安门广场接受毛主席的检阅。而这一次，史建三则作为改革开放后的第一批大学生，迎接国家级的荣誉表彰。

来到北京，在表彰大会上，史建三代表班级领取了表彰证书，并发表了简短的获奖感言。那一刻，史建三真切地感受到了荣耀和自豪，同时也深深明白了背后所承载的责任与期望。

表彰大会之后，史建三借着这次机会进行了一次北京之旅。一路他游览了故宫、天安门广场、颐和园等著名景点，感受了这座城市的历史和文化底蕴。北京的繁华与美丽使人流连忘返，也让他更加珍惜自己的成长之路。

这段难忘的北京之行，也成为史建三大学四年的一次圆满验收，也让史建三明白了一个道理：无论身处何时何地，都要用心尽力，才能在成长的岁月里不负所期、不负青春。这四年的大学生活，也成了史建三生命中珍贵的回忆，激励着他继续努力，追求更加美好的未来。

华东政法学院就读时期的史建三

第四章 | 毕业前夕的抉择

一、毕业之后去哪儿

大学的第四年,每个人都更加忙碌起来,为了不久之后的毕业做着准备。

七九级的华政毕业生,是华东地区"文革"后的第一批法科毕业生;在这个法律人才全面紧缺的时期,这批毕业生去向如何,成为了各界关注的焦点。对于这个时代来说,那种大规模的统一分配制度,与如今的自主择业有着天壤之别。每个人都在心中默默地接受这个事实,同时也都在思索着属于自己的未来。而在当时的形势下,这一届毕业生必须有一半以上分配去北京和华东六省工作,只有上海生源中的一小部分才能继续留在上海工作。

而史建三则有着自己纠结的问题——作为班里各方面表现都十分出色的学生,他是有资格继续深造读硕士研究生的,所以他就面临一个重要的选择：究竟是留在学校，还是接受国家统一分配去工作？这个抉择牵动着他内心的深处，关乎着惠及家庭和个人成就，这也让他陷入了深深的犹豫之中。

这也是每一代人都要面对的矛盾：一面是自己的学术理想，它崇高而纯净；另一面则是生活的处境，它残酷而现实。不去顾及现实处境，只想着追求学术理想，这样的故事或许只存在于宣传报道中。

深造读硕士研究生，意味着他可以踏入更高阶的学术殿堂，不仅能提升学术能力，积累更多的科研经验，更能全面培养综合素质，为未来的职业发展打下坚实基础。通过深入学习，他可以更深刻地了解专业领域，掌握更多的知识和技能，为个人的学术和职业生涯奠定坚实基础。此外，读研究生还可以让他拥有更广阔的发展空间和更充实的人生经历，为自己个人的成就和追求增添更多的可能性。

然而，人终究不能只抬头仰望星空，而忽视了脚下踩着的土地。除了个人的梦想和追求，史建三始终不能忽视家庭的责任和重要性。他看到，父母辛辛苦苦地抚养他和三个兄弟姐妹，用尽心血和汗水培养他们长大成人。父母为了孩子们的未来付出了太多，而如今应该到了回报他们的时候了。史建三深知父母的辛苦和牺牲，现在应该是他尽自己一份力报答他们的时候。即使读研究生的学费由国家承担，也仍会增加家庭的经济负担，这会让他内心感到无比的不安和愧疚。

他想起自己小时候关于每天吃饼维持生计的那个幼稚的想法，这个想法始终提醒着他，不要忘了要做个自立的人。他渴望为家庭增加经济收入，让父母家人过上更好的生活。

在惠及家庭和个人成就之间，史建三开始反复权衡利弊。他也明白，这不仅是一个关于学业的选择，更是一个关于责任和梦想的决策。时间的推移带来了清晰的思考。他认识到，家庭和个人成就并不是对立的,而是可以兼顾的。他其实可以在工作中不断学习成长,努力提高自己的能力和素质,为家庭增添力量的同时,也为自己的梦想打下坚实的基础。他相信,在那些亲人们的支持下,无论他选择怎样的道路,都能够在人生的旅途中行稳致远。

最终,史建三下定了决心:他将接受国家统一分配,毕业后步入工作岗位,为家庭增加经济收入,回报父母的养育之恩。而个人的梦想和成就,则延后考虑,但不会放弃。

他相信,勤奋与坚持,终将会为他打开更多的机遇和未来的可能。

这个决定虽然不容易,但他深信这是最正确的选择,也是为自己的家庭所作的最妥当的决定。从现在起,他要为家庭的幸福和稳定作出贡献,同时为自己的梦想和成就不断追求。在未来的道路上,他会继续勇敢前行,无论面对什么样的困难和挑战,都会坚持初心,为家庭和个人的幸福奋斗不止。

人生的十字路口很多,每一次抉择都可能引领我们走向不同的道路。在这次抉择中,史建三选择了以家庭为重,为家人贡献一份力量。在未来,他也将一次又一次地遇到类似的选择。

二、不同的路

决定接受分配之后,站在毕业分配的十字路口,史建三随后又陷入了另一场纠结的挣扎。毕竟一大半人都要被分配出上海,作为一名党员,他认为自己应当有更多的责任和担当,理应带头到外地去建功立业。

从负责分配的蒋主任那里,史建三了解到了一些消息,说全国人大常委会、中央纪委、最高人民法院都有意愿招纳他。这无疑是让史建三兴奋不已的机会，对于每一个踏入法学殿堂的人来说，前往最高立法机关、最高纪律检查机关、最高司法机关工作，都是可遇不可求的机会。如今的史建三，内心正充满了对法学知识的热爱，以及对公平正义的追求，自然不会忽视这一机遇。他不由得憧憬起在中国最高的政法机关内工作的情景，那里有他能学习到的更多知识，有能使他提升自我价值的更广阔的舞台。

可是，另一边，身边的人却希望史建三留在上海。史建三一直敬爱的徐建老师特意劝说，希望史建三能去他的青少年犯罪研究室（如今已经升级成为青少年犯罪研究所）发展。更让史建三纠结的是，母亲和他的女友沈文娴也希望他留在上海。

一面是他梦寐以求的工作，另一面是他割舍不下的羁绊，无论作出什么选择，都十分不容易。

正当他犹豫不决之际，学院这边传来的消息，则让他又是惊讶，又是欣喜：为了更好地补充法学教师队伍，时任常务副院长曹漫之决定将最优秀的一批学生留在学校任教。曹漫之院长的这个决定显然是经过深思熟虑的，他深刻地理解了当时政法系统的人才断层问题和政法教育的紧迫性。那个时候，政法系统急需要更多优秀的教师和学者，来培养大批杰出的政法人才。

而连续四年被评为三好学生的史建三，自然属于优秀的一类，这意味着，他已经没有了选择的余地，留校任教成了板上钉钉的事实。

在学校的分配要求面前，史建三必须服从安排，毕竟这是学校为了更好地培养下一批法律学子所作出的决定。而他也知道，这更是一次难得的机遇，能够在学校任教，不仅是对他的认可，更是对他的期望。

如果他没有留校，而是前往北京工作，会是一个怎样的未来？这个问题，谁也没法回答。未来之所以是未来，正是因为它的无穷可能性，它取决于这个时代的大环境，也取决于每个人在时代环境下的不同选择。

史建三终于决定了留校任教，他也明白，留校任教将是一份充满挑战的工作，但他愿意承担起这份责任，为学校和学生奉献青春和才华。

毕业分配时的抉择，让他成长了许多。在选择的背后，是对家人和爱人的思念，是对未来职业生涯的期许，更是对自己内心价值观的审视。虽然留校任教并非他的最初愿望，但它将成为史建三人生中的新起点，未来的路，需要他自己坚定决心，努力地继续探索下去。

三、临别赠言

毕业之际，同学们都已被分配到各自的岗位上，启程前往全国。他们这批特殊的法科学子，在这个法治建设百废待兴的时期，承担更为沉重的历史责任，因而也将在各个需要法律专业的工作领域担当起独当一面的重任。

在改革开放的初期，华政七九级毕业生走向了全国，在各个领域生根发芽。多年以后，他们会成为司法机关的中流砥柱、法学研究界的带头人，还有律师行业、企业界的领军人物，成为未来年轻一代人们口中的"传说"。

回顾这四年，史建三应该可以说是满意的，他没有辜负自己的青春韶华。他连续四年被评为三好学生，这并非偶然，而是他注重各方面全面发展的成果。党员这个身份使他责任重大，他带头献血，起模范带头作用，努力争做先锋。与班委一起，团结了四十多位同学，他们来自不同的地方，年龄、经历、习惯、学识和兴趣各不相同，但正是这样的多样性让这个班级更加丰富多彩。史建三还和同学们共同努

第四章 | 毕业前夕的抉择

力,将班集体建设成为上海市和全国的先进集体。他们多次组织同学参加精神文明创建活动,让大家走出校门,走进社会,感受社会的多彩与温暖。

在大学里,史建三也关心着外地同学,他们远离家乡,身处异乡,面对新的环境和生活,史建三时常邀请他们来自己家聚餐,或一起外出活动,希望用一份温暖和陪伴来减轻他们的孤独和不适。每年暑假寒假,他也都积极参加社会调研活动,通过实地调研和深入了解社会,能更好地将理论应用于实践,从而在全年级中成为发表论文和调研报告最多的一位。

大学的四年时光,是史建三全面发展的时期,是他成长的摇篮。在这里,他不仅学到了知识,也学到了做人的道理。在大学的四年里,史建三不断探索,不断进步,用行动诠释了德智体全面发展的真谛。这些宝贵的经历,在以后也将成为史建三一生的财富,激励着他继续努力,不断追求卓越,成就更美好的未来。

临别之际,最让史建三难忘的是班长杨心明的毕业赠言——以藏头诗的形式,寓意"建三史载",这简短的四句话却在他心中扎下深深的根。

> 建业仗韬略,
> 三思绘文图,
> 史册录佳话,
> 载誉迈阔步。

班长的赠言从"建业"两字开始,应该是在告诉他,要树立远大的目标,建立自己的事业。在今后的人生旅途中,需要拥有智慧和策略,像建设一座城池一样,去构建自己的未来,用心智去谋划,用行动去实现。毕业并不代表学习的结束,而是启程去追求更高的知识和境界。

在未来的道路上，需要三思而后行，不断学习和思考，用心绘制人生的蓝图，走出属于自己的风景。

每一个人的生命都是一段历史，需要用行动去书写属于自己的佳话。无论是平凡的日常还是重要的时刻，都值得铭记在心，让自己的生命在史册上留下浓墨重彩的一笔。

同学们相互送上了勉励和祝福。从此之后，他也要怀着荣誉，迈开坚定的步伐，踏上前行的征程。即将迎来的毕业不是终点，而是新的起点，他愿怀揣着班长的赠言，勇敢地向前迈进，去创造属于自己的辉煌与荣耀。

第二部分

1983—1991：
苏州河畔，发轫的新一代

第一期青年干部培训班第四组合影

上海市委组织部第一期青年干部集训班全体成员合影

第五章 亲历"黄埔一期"

一、八零年代

那是充满活力和希望的"八零年代",1983年的11月,刚刚毕业留校任教的史建三有幸被遴选进入上海市委组织部第一期青年干部集训班,成为其中的一员。

经历了"文革",国家各个地方高等教育人才断档情况严重。为了解决干部青黄不接的问题,中央适时提出了"第三梯队"的设想。1983年5月,时任中共中央总书记的胡耀邦在会议上说,老同志是第一梯队,运筹帷幄,制定党和国家的大政方针。目前中央书记处和国务院第一线工作的同志是第二梯队,但也不年轻了。所以,下定决心搞第三梯队,选拔德才兼备、年富力强的干部进入各级领导班子。

关于"第三梯队"的设想很快得到了邓小平、陈云等领导人的肯定。陈云指出,中央领导层第一梯队和第二梯队的年龄差距太小了,主张要抓紧选拔 50 岁上下,特别是 40 岁上下的优秀干部,把第三梯队建立起来。1983 年 7 月,中央组织部召开了全国组织工作座谈会,提出要努力建设好第三梯队,健全后备干部制度。于是,各地的后备干部队伍建设工作风风火火地开展起来。①

这次上海市委组织部的青年干部集训班,就是上海市培养厅局级以上干部选拔对象的一种尝试。上海市委对选拔和培养"四化"干部的精神理解得非常透彻,贯彻得十分坚决,行动上更是非常迅速。他们认识到,选拔和培养"四化"干部是实现国家现代化的必要条件之一,同时也是提高领导干部素质、推动政府改革的重要途径。因此,他们立即付诸实践,要求上海各高校向市委组织部报送优秀大学毕业生,并为他们提供一系列培训和发展机会。

每当人们回忆那个"八零年代",依旧无法忘记那个时代蓬勃散发的朝气,改革开放刚刚进行,一切都具有无限的可能。在干部集训班中,也洋溢着这种气氛,每个人都置身于一片繁荣的氛围中。来自上海各高校的顶尖毕业生都被选来参加集训班,并自豪地称这是"黄埔一期",寄托了对未来的美好期许。这个集训班汇聚了各个专业的精英,大家齐聚一堂,带着满怀憧憬和热情,准备接受前所未有的挑战。

集训班安排了一系列的课程,旨在提升学员们的组织管理能力和领导力。这些课程涵盖了政治理论、组织动员、领导决策等方面,帮助大家建立全面的素质和才能。他们学习了革命历史、党的基

---

① 参见杨敏:《"第三梯队"名单建立前后:起用一代新人》,载《中国新闻周刊》2014 年第 33 期。

本路线、组织工作的重要性等，这些知识成为他们后续工作的坚实基础。

集训班的学习氛围也十分浓厚，这些来自不同背景的同学很快就打消了隔阂，热烈地交流起来，大家相互学习，形成了深厚的友谊。

在这次集训班中，史建三还结识了他们这个小组的联络员、后来大名鼎鼎的"浦东赵"——赵启正同志。

赵启正1963年毕业于中国科技大学的核物理专业，当时是航天部上海广播器材厂技术副厂长和中共十二大代表，作为上海市级领导后备干部等待重新分配。史建三与赵启正同志在集训班上同学习、同讨论、同吃饭，这种机会对于史建三来说是前所未有的。

赵启正是个一出场就带着聚光灯的人，正值风华正茂的年纪，他的领导才能和深厚的知识背景给所有人留下了深刻的印象。在交流中，赵启正也将他的智慧和经验带给了小组同学们，使大家受益匪浅。在集训班上，史建三和学员们学习了各种领导技能和管理知识，了解了中国的政治体系和政府工作流程。他们还通过小组讨论、案例分析等方式，深入探讨了各种实际问题的解决方案。

与赵启正同志的这次结识，也将为史建三多年后的另一次选择埋下伏笔。

二、两种不同的可能

整个集训班历时数月，虽然时间短暂，但收获却是丰富的。史建三在集训班里汲取了知识的营养，结交了志同道合的伙伴，更重要的是，还坚定了自己奉献社会的决心。在这个一切皆有可能的时代里，他们摩拳擦掌，怀揣着满腔热情，准备投身到祖国建设的浪潮中，为国家的繁荣昌盛贡献自己的力量。

集训班结束后，学员们也将作为后备干部，充实到有关岗位上。组织部门也曾征询了史建三的想法，希望他可以先调到共青团上海市委对外联络部。共青团上海市委正在筹建城市酒店，需要人才充实队伍，所以准备让史建三负责管理城市酒店的基建工作。等过两年，到这一项目完成后，再由市委组织部另行安排工作。

要不要接受组织的这次安排呢？史建三又站在了新的十字路口。他必须面对两条截然不同的道路，一个方向是跻身仕途，追求政治上的发展和荣誉；另一方向则是继续从事教学科研，耕耘于教育事业。

夜晚，面对夜色，史建三不免陷入沉思，既是在权衡这两条道路各自的前景，也是在拷问自己的内心，究竟倾向于哪个方向。

就在这个时候，门被敲响了。

来人是沈文娴的父母，在不久之后，他们将成为史建三的岳父岳母。他们半夜来访，就是来为他提供宝贵的人生经验和指导。他们结合自己副厅级和正处级干部的从政经历和阅历，深入分析了中国未来发展趋势，结合史建三的性格禀赋、优势和劣势，给予了中肯的建议。他们认为，从政和从教都是光荣的选择，关键在于，究竟哪个更适合他的特点和发展潜力。

自己究竟是一个怎样的人呢？史建三不禁对自己进行灵魂拷问。一直以来，他都认为自己是个有创新精神的人，这是从父辈传承下来的秉性，让他即使在农场工作，也要费尽心思地研发出新的犁头。

从这个角度来看，对于史建三来说，从事教学科研可能确实更适合他的特点和发展潜力。

岳父母的关心和支持，使他重新审视了自己的内心和人生观。如果要走上仕途，势必会迎来一条充满考验的道路，需要付出更多的牺牲和努力。而从事教学科研事业，则是一个可以更好发挥个人的才能和热情的领域，能够实现自身价值，并为社会培养更多优秀的人才，为社会发展提供更好的学术产品。

最终，史建三作了一个决定，他选择了教研事业。这个决定也意味着他放弃了未来仕途上的机会，但学术是他更感兴趣的领域，直到多年以后，他也始终相信这是他人生中的正确选择，他愿意用知识和智慧去影响更多的年轻人，培养更多有用的人才，并以学术研究的成果为社会的发展贡献自己的一份力量。

三、三件大事

就这样，在集训班结束后，史建三又回到了华东政法学院。由于他在干部集训班里的培训经历，回校后，史建三被安排在学院组织部工作。

然而，既然决心走学术之途，心里早已埋下了从教的种子，那就再也难以为继投身政治工作。在组织部的日子里，史建三感到自己的教研事业像是一颗被埋没的宝石，渴望着被发掘和闪耀。

1984年5月，史建三与沈文娴在一起走过了两年的恋爱之后，终于喜结连理，步入了婚姻的殿堂。他们的结婚仪式很简单。昔日的同窗同学们也纷纷前来祝贺——七九级三百多名毕业生里，已经有很多对儿从校园走出，携手跨入婚姻殿堂了。

与此同时，经过长达一年的坚持和努力，在与院领导的软磨硬抗之下，史建三终于正式告别从政之路，开始全身心地投入到刑法教研工作中。这是他人生中的一个新起点，也是学术生涯的起步。他坚信，只有通过扎实的学术研究和教学工作，才能真正实现自己的理想和价值。

1985年，史建三刚过三十岁。这一年，对史建三来说是一个极为重要的年份，它见证了三件让他感到骄傲和庆贺的大事。

首先，史建三以优异的成绩考入了本校的刑法专业在职研究生，开始了一段攻读硕士学位、从事法律教学、开展法学研究三位一体的历程。

其次，那就是史建三有幸携带自己的论文参加了在西安召开的首届全国青年法学工作者理论讨论会。这份论文的研究内容成为他此后学术道路的主攻方向。在学术讨论会上，他与各路专家学者交流观点，分享心得，这为他打开了一个全新的学术交流平台。这次经历让史建三深刻感受到学术探索的无限魅力和乐趣，也激发了他在法学研究领域更加深入的热情。

最后，让史建三倍感幸福的是，属于他们夫妻二人的天使宝宝在这一年诞生了。这个可爱的小女儿，是他的生命中最大的礼物，给了他无尽的爱与温暖。女儿的出生让他感受到作为父亲的责任和快乐，也让史建三更加坚定了为了她的未来而奋斗的决心。每一次看着她天真可爱的笑容，史建三都深深明白，孩子是他生命中最重要的存在，也是他奋斗的动力。

这三件大事，构成了史建三生命中宝贵的一部分。在他的而立之年，这些最重要的"小事"，都是对他前进道路上的肯定和鼓励。攻读硕士学位，让他不断丰富了自己的知识体系和对法学的理解；学术讨论会的参与，让他拥有了更广阔的学术视野和交流平台；而成为父亲，则让他体验到了父女之爱中的无尽快乐，激励着他继续向前，迎接未来的挑战。

史建三（右二）与曹漫之（右一）留影

华东政法大学功勋教授苏惠渔

第六章 | 学术生涯的起点

一、曹漫之先生

1985年,怀揣着对法学深层探索的渴望,作为高校教师的史建三开始同时在职攻读刑法硕士学位。入学之后,他才得知了自己的两位导师是谁,心中满满的全是惊喜之情。多年以后他回想起来,依旧感慨,与这两位法学巨匠成为师生的缘分,似乎是宿命的安排,也是他一生中的幸运巧合。

其中一位,就是华东政法学院常务副院长曹漫之先生。

曹漫之,这个名字,是法学领域的一颗璀璨明珠,散发着传奇的光芒。他以卓越的才华和丰富的人生经历在法学殿堂里扬名立万。

曹漫之先生的生平充满曲折与坎坷,是一段令人肃然起敬的经历。曹漫之,1932年入党,曾任山东人民抗日救国军第三军政治部主任、胶东区支前司令员。1948年,他调往中共中央华东局,在邓小平、刘伯承、陈毅领导的淮海前线总前委政策研究室工作,曾主持起草了《中国人民解放军入城三大公约、十项守则》等文件。毛主席在批示中连写了四个"很好"。解放上海时,解放军进入上海市区"不入民宅""露宿街头",受到人民群众的普遍赞扬,至今传为佳话。

上海解放后,他被任命为上海市军事管制委员会政务接管委员会副主任,之后又任中共上海市人民政府党组成员、第一副秘书长兼民政局局长,是陈毅市长的得力助手。然而,在随后的"三反"运动中,他因所谓"浪费国家财物"的问题被错误地开除党籍,撤销了一切职务。这一沉冤持续了整整27年。1979年,平冤昭雪后的曹漫之先生被调到华东政法学院任第一副院长,主持教学科研工作。他将自己的后半生都奉献给了教育事业。

几年之前,当史建三面临留校任教还是接受分配工作的艰难选择时,就是曹漫之先生一言定鼎,指示让七九级的优秀学生留校,从而改变了史建三的命运。如今,他又成为了史建三的硕士导师,指导史建三的学术研究。

曹漫之先生工作繁忙,在史建三读研究生期间,他亲自指导的时间终归有限。但在这有限的时间里,他依旧对史建三未来的发展有着深远的影响。曹漫之先生教给史建三的不仅仅是关于法学领域的知识,更是如何思考、如何探求真理的能力。漫之先生的深邃思考和实践经验如一股清泉,滋润着史建三的心田。他告诉史建三,学术研究不应该与实际生活脱节,只有将理论与实践相结合,研究才能焕发出真正的活力。这种综合的学术态度,后来成为史建三学术道路上的宝贵财富。

曹漫之先生的影响深远而持久。他的教诲使史建三明白,学术追求不仅仅是对知识的追寻,更是一种思维方式的塑造,一种对真理的不懈探求。这些教导也唤醒了史建三对终身学习和不断思考的热爱,这些也成为了史建三后来四十年学术和职业生涯的灵感源泉。

二、苏惠渔先生

另一位导师，同样给了史建三极为重要的帮助和影响，那就是刑法学专家苏惠渔先生。

苏惠渔先生是刑法学界泰斗、我国杰出资深法学家，后来被评为华东政法大学功勋教授，此时他正担任学院的科研处处长、副教授，一年之后更是晋升为教授。他学识渊博，在课堂上幽默风趣，授课风格深入浅出、博古通今。平时走在华政校园里，因为身材壮硕而一路风风火火，乍一看让人想象不出，他已经经历过许多后来人眼里的传奇故事。

1980年，苏惠渔先生洋洋洒洒万余字，写就论文《略论我国刑法中的犯罪构成》，首次全面系统地分析论证了我国刑法的犯罪构成理论，引起刑法学界的广泛关注，奠定了后来几十年里犯罪构成研究的方法论基础。

不久之后，全国人大设立特别法庭、特别检察庭，对林彪、江青反革命集团主犯的犯罪活动进行侦查、起诉、审判。"两案"指导委员会决定公开审判中应有辩护律师，苏惠渔受委托，担任李作鹏的辩护律师。苏惠渔克服了感情上的障碍，根据事实和法律提出了有利于被告人的辩护意见，获得了特别法庭的采纳。

此次历史性的审判，成为中国法制建设的里程碑，宣告了中国律师制度的恢复，宣传了社会主义律师制度，树立了刑事被告人有权获得辩护的范例，成为我国拨乱反正以来依法办案的典范。

苏惠渔先生对学生既宽厚又严格。生活上，他对学生们非常关心，但在学习上则要求非常严格。课堂讨论时，苏惠渔先生风趣幽默，又一语中的，让同学们体会到了刑法研究的魅力和追求真知的风骨。同时，他也是位具有刑事辩护实务经验的学者，这也让他的侃侃而谈不会成为"象牙塔"上的空谈，而句句落到实处。

而史建三的学术生涯也因苏惠渔先生的指引而起航，在后来的职业路途中，他始终秉承着苏惠渔的教诲，以学术与实践并重，坚持以学术精神去开展法治实践，用严谨科学的态度，去分析每一个学术问题、法律问题；在未来，还会用这种做学问的态度，去分析每一个案件的起因、问题的焦点以及解决问题的各种方案。

三、逆转死刑案

苏惠渔先生对史建三更大的帮助，是将他引入了法律实务。

直到多年以后，史建三还清楚记得他在苏惠渔先生的介绍下，第一次作为律师来办理刑事案件处理方面工作的那个场景。

那是1988年的一个午后，当事人的父亲带着焦急和期待来到上海，辗转过多次，终于见到了刚刚拿到律师证的史建三。

这是苏州地区的一件杀人案，已经引起了广泛的社会关注，案情复杂而且棘手。被告人的父亲得知，同乡人苏惠渔教授是中国首批律师，具备丰富的刑事辩护经验和深厚的刑法学知识。面对这样的案件，他深知需要一位有分量、有洞察力的律师来为他女儿辩护。

然而，苏惠渔老师公务繁忙，身兼数职。他是史建三的顶头上司，担任科研处处长，主管全校的科研工作；他是刑法教研室主任；他是最受学生们欢迎的教授，根据第一副院长曹漫之的要求，最好的教师要在第一线授课，而刑法又是当时课时最多的一门课；他还带着三个年级的二十多名刑法专业研究生，授课和指导毕业论文的任务也非常重。

在分身乏术的情况下，苏惠渔老师将刑事辩护的委托转交给史建三和当时司法文书教研室的青年教师沈福俊（后来成为了行政法领域的著名专家学者），并向被告父亲承诺，会在背后指导两个青年律师办好此案。

当时，在1988年的律师资格考试中，史建三刚刚以华东政法学院应考教师中的最高分通过考试，获得律师执业资格。此时的史建三，在律师领域，还只是个初出茅庐的新手。第一次出手，就办理一场以"故意杀人罪"来起诉的重大刑事案件，这对于史建三来说，压力不可谓不大。苏惠渔老师为什么要把这样的棘手任务交给他来办呢？

舒缓好了自己心里原有的紧张之后，史建三忽然有了一阵领悟，随后豁然开朗——苏老师之所以将如此重大的刑事案件转交给他，是希望他能将学术和律师实务紧密结合，以高起点开始他的律师生涯。史建三明白，苏惠渔老师不仅希望他通过法律实务提高刑法教学水平，更希望他能深化刑法研究，成为一个学者型的律师、律师型的学者。

而这样的期望，对于年轻的史建三来说，既是一种鼓励也是一种挑战。那时的史建三还没意识到，这次案件也开启了他之后三十余年与律师行业结缘的人生道路。

第一次办理刑事案件，案情的复杂程度便超出了史建三的想象。当史建三和沈福俊前往看守所会见犯罪嫌疑人时，没有想到对面坐着的是一个面容姣好的花季少女。随着对案件的逐步深入了解，史建三与沈福俊意识到，虽然这是一起杀人案，但案件的背后却是一个令人扼腕的故事。

当事人名叫王丽丽（化名），经人介绍认识了刘明明（化名）后，

065

开始谈恋爱。当时刘明明正在部队服役，为保持两人的恋爱关系，刘明明向王丽丽投寄了大量的情书来表白自己对爱的忠诚，愿为她的幸福付出自己的一切。在刘明明如此"海誓山盟""情真意切"的追求下，王丽丽对今后的美满婚姻充满了希望，并甘愿为刘明明付出自己所能付出的一切。所以，当刘明明来信说部队的条件艰苦时，王丽丽就设法将自己的积蓄寄去；刘明明说要造新房子，王丽丽就和父亲为此筹备建筑材料，请帮工，联系宅基地造房子。在刘回来探亲期间，王丽丽又在刘的强烈要求下与之同居。两年后，王丽丽怀孕了，但因为没有结婚，所以在刘的建议下，做了人工流产手术。涉世未深而又单纯的王丽丽满以为自己出于爱心的付出，定会赢得今后的美满婚姻。然而刘明明复员回来后，却提出了中断恋爱的要求，理由是王丽丽有病，不能生育。

原来，王丽丽原本患有黄疸型肝炎，经治疗后痊愈。而与刘明明同居怀孕，做了"人流"手术，这给身体健康带来了一定的损害，造成了肝炎复发。不过，医院诊断后认为，这种肝炎不可能遗传，且不影响结婚和今后的生育。

但是，刘明明坚持要求中断恋爱关系，并威胁说："假如你不解约，今后不会让你过太平日子。"同时又两次冒充司法人员打电话给王丽丽，要她尽快前往司法办公室解除婚约。

王丽丽因恋爱怀孕堕胎而致病，正在人生的最黑暗时刻。然而，她的男友却选择抛弃她，让她独自面对命运的残酷。在绝望的深渊中，她产生了与男友同归于尽的念头。情绪崩溃之下，王丽丽提着一把菜刀来到刘明明家，与其家人产生了争执，拿菜刀将刘明明的母亲砍伤。同时，她还在争执之中，将刘明明的小侄子往床上一扔，导致小侄子颅脑损伤而死亡。随后，王丽丽饮下农药试图自杀，但被抢救生还。

一个无辜的婴儿，未满周岁，成为了这场悲剧的牺牲品。

而王丽丽随后也被逮捕，并以"故意杀人罪"被起诉。在一审中，由于被认定为"犯罪情节特别恶劣、后果特别严重"，因此被判决死刑立即执行。

面对这个沉重的案件，史建三和搭档沈福俊详细研究了案件的每一个细节，从女孩的堕胎到男友的冷漠，从婴儿的死亡到整个事件的背景。他们发现，案件的关键在于被告是直接故意还是间接故意致婴儿死亡。带着这个思路，他们向苏惠渔先生请教后，得到了肯定。于是，他们通过调查和论证，提出了有力的辩护意见：被告的行为属于间接故意致死。在深入的分析和研究中，他们又将判断犯罪主观方面的关键，放在了被告王丽丽行为背后的心理状态和动机。

"我们认为，被告人确实实施了故意犯罪行为，但在实施犯罪行为时，其辨认、控制自己行为的能力有减弱的情况。根据刑事立法精神，行为人对其行为负刑事责任的一个主要条件就是行为人必须具有辨认和控制自己行为的能力。行为人能完全辨认和控制自己行为，那就应负全部刑事责任。如果行为人辨认和控制自己的行为有所减弱，而且这种能力的减弱不是行为人自己先行的酗酒或不法行为引起的，那么，这种刑事能力的减弱，就应当在对行为人适用刑罚时作一个因素加以考虑。"

"起诉书认定被告人的犯罪情节特别恶劣、后果特别严重。对此，我们有不同看法。我们并不否认，被告人的犯罪行为已导致一人死亡、一人轻伤，其后果是严重的。但是我们认为，这里所指的犯罪情节是一个涉及范围很广的综合性指标，在确定犯罪情节是否恶劣或是否特别恶劣时，我们不能只是简单地分析犯罪内容，也应当考虑被告人的性格、年龄、经历、一贯表现、犯罪前的处境、犯罪动机、犯罪时的精神状态等多种因素。在本案中，被告是一个刚过 21 岁，涉世未深的女性，以前表现良好，无违法犯罪的劣迹。之所以实行犯罪，又有其特殊的原因，犯罪时又处于极度的精神肉体折磨之中。综合被告人在案发前，案发时，案发后的各种情况，我们认为被告人的犯罪情节并未达到特别恶劣的程度。在众所周知且载入最高人民法院公报的蒋爱珍杀人案中，被告人蒋爱珍在受到三名被害人诬陷陷害下，使用步骑枪将三名被害人打死。一审法院判处她无期徒刑，二审法院作出对杀人犯判处十五年有期徒刑的终审判决。当然本案和蒋爱珍一案在许多方面不具有可比性，但在犯罪起因方面却有着相似之处。"

史建三与沈福俊撰写的辩护词掷地有声，在尽可能的程度上，努力维护委托人的合法权利。最终，二审采纳了他们的辩护意见，确认被告属于间接故意致死，并判处了死缓。

这个胜诉案例不仅将被告从死亡线上救回，更展现了苏惠渔作为引路人的指导力。他的经验、智慧和坚定的信念引领辩护团队走向了胜利。此次案件虽然社会影响力有限，但却是史建三亲身经历，并靠着自己的据理力争而挽救了当事人的生命。史建三也从这个案件中领悟到，在法律实践中，不仅需要细致入微地分析问题、深入调查背景，还需要有坚定的信念和不懈的努力。

四、律师生涯的领路人

在苏惠渔的引导下，史建三逐渐明白，在法律实践中，学者和律师其实也可以相得益彰。学术的深度和思维的严谨使他能够在法庭上发挥出色，而实践的经验和案件的挑战也为他的学术研究提供了宝贵的素材和启示。

同时，这次刑事辩护，也让史建三看到了生命的脆弱和法律的重要。这个案件之后，史建三认识到，法律不仅仅是条文和案例，更是对生命的尊重和对人性的探索。每一个案件背后都有一个个鲜活的生命和他们的故事，而法律正是要保护他们，让他们能够在这个世界上拥有公正和尊严。

而苏惠渔先生作为律师和学者的卓越才能，也透过这个案件，得到了充分的彰显。他能够从复杂的案件中找出关键点，提出有力的辩护意见；他能够深入调查和研究案件背景，为被告争取最好的结果；他能够在压力下保持冷静和坚定，为被告提供最好的法律服务。

苏惠渔先生的这些优秀品质，都深深地影响了在法律工作中尚处于摸索学习阶段的史建三。

这个案件，成为史建三后来律师生涯中的一个高起点，也是他人生中的一个重要经历。他看到了生命的真谛和法律的价值，也让他更加热爱他所从事的这个领域——法律。

史建三（右）与合作伙伴胡继光（左）

第七章 | 跨越学科边界的创新之光

一、突破点

攻读研究生期间,史建三开始试图确定自己将来的研究方向。

选择一个怎样的研究方向,这也是一个值得深思的重要问题。他的面前有两条路径——跟随研究,还是创新求变?

这是史建三站在学术生涯起跑线上时所面临的十字路口。史建三的学术之路源自学生时代,大学期间的所有寒暑假,他都是在社会调研和撰写论文中度过的,因而也成为学生中发表论文最多的一个。然而,正式从事刑法教学和科研工作,却需要更多的努力和拼搏。

时值法学研究在中国的恢复发展时期,然而在刑法学这一分支,刑法学的权威学者,诸如中国人民大学的高铭暄和王作富等高手云集在政治中心北京,在北京大学、中国人民大学等几处法学重镇,还汇聚着改革开放后的第一批法学博士。要在传统的研究领域脱颖而出似乎已无可能。是继续跟随传统研究，沿着已有的道路继续前行，还是勇敢地寻求创新，追求变革的可能性？

这一次，史建三必须直面这个挑战，再次作出重要的决定。

其实，跟随传统的研究是一条稳妥之路，但也意味着被限制在固定的框架内。而创新求变，尽管风险与挑战并存，却可能开启新的视野，在学术领域创造出属于自己的一片天地。一直以来，史建三相信自己具有从父母那里传承下来的创新求变的基因，他年轻时起就有些争强好胜，不愿意循着别人的路按部就班地走下去，他更希望的是，挑战现有的学术观念，大胆地去探索新的研究方向。他相信，只有持续不懈地创新，才能在学术的舞台上掀起新的风暴。

而要有所突破，就必须寻找新的研究方向，跨界研究并运用新方法来探索刑法的未知领域。

在青少年违法犯罪调研期间，史建三已经发现，那些青少年犯中，普遍存在抗拒改造的反社会心理与量刑的畸轻畸重间的关联。而自1983年开始持续了三年的第一次"严打"，也为史建三提供了一个重要的切入点。

20世纪80年代初，全国的社会治安经过连续几年的不断整顿，虽然取得了成效，但没有解决根本上的问题。由于大批的知识青年陆续返城、各大中专院校毕业生要求国家统一分配等原因，造成了近2000万名青年待业，这些人在没有安排工作的背景下就逐渐地变成了社会闲散人员，慢慢地造成社会治安混乱，恶性事件频发。这一情况可以从数据上明显地看出来，刑事案件的发案数持续上升，重大恶性案件的发案率上升得非常明显。根据公安部的统计，1980年全国立案75万多起，其中大案5万多起；到了1982年，立案总量下降到了74万多起，但大案却上升至6.4万多起。许多地方公共场所秩序混乱，妇女不敢上夜班，家长牵挂儿女，群众失去安全感。[1]而不断发生的一些骇人听闻的重大恶性案件，如上海控江路事件、北京姚锦云事件、北海劫持轮奸女学生事件，更让很多人觉得，刚刚颁布的《刑法》对严重犯罪的处罚相对较轻。

为了肃正违法乱纪，国家对各种严重刑事犯罪开始了严厉打击。1983年9月2日，全国人大常委会颁布《关于严惩严重危害社会治安的犯罪分子的决定》及《关于迅速审判严重危害社会治安的犯罪分子的程序的决定》，其中前者规定对流氓罪等十几种犯罪"可以在刑法规定的最高刑以上处刑，直至判处死刑"，后者规定在程序上对严重危害社会治安的犯罪要迅速及时审判，上诉期限也由《刑法》规定的10天缩短为3天。

在全国各地大张旗鼓的严厉打击下，刑事犯罪短时间里被暂时遏制，1984年全国刑事立案数回落到了51万起。靠着运动式的严打，最终只能达到短期效果而已，1985年开始，案件数量便再次开始攀升。

而这段特殊时期的一些定罪量刑，也显现出了法定刑宽幅性和法官主观性不匹配的问题。史建三听过这样的一个故事：盗窃同样数额财产的盗窃犯，一个没有被判刑，另一个却被判了10年有期徒刑——量刑的差异如此之大，在很大程度上是由于审判人员的主观因素。听说了这个故事，一个要努力改变这种状况的念头就此在史建三的心里开始萌发。

在20世纪80年代，电脑技术已经开始向民用、商用推广普及。1981年，比尔·盖茨的微软公司发布磁盘操作系统（DOS）；1985年，微软公司又进一步进行软件更新，发布了划时代的新系统——Windows操作系统1.0，这是微软公司第一次对个人电脑操作平台进行用户图形

---

[1] 参见肖扬主编：《中国刑事政策和策略问题》，法律出版社1996年版，第37页。

界面的尝试。虽然未来普及千家万户的互联网要在几年之后才能诞生，国内（尤其是法学界）对于计算机的认识仍然停留在十分初级的水平，但史建三已经敏锐地察觉到，将电脑技术运用于法律研究，将是未来的一个重要发展趋势。

在现实的审判实践中，法律与人情之间如何取舍，是一个残酷但又现实的问题。审判人员办案时，常会处在上下压力、左右夹击之中，或领导以权相通，或亲朋好友以情相劝，或利害关系人以利相诱。如果审判人员稍有私念，就难免会在适用弹性条款时有所偏向。但是，电脑和人脑不同，它不会有偏向，那些案件对于电脑来说，只是一道道数字化的数学问题。从那时的计算机技术发展程度来看，它已经能够代替人脑处理浩瀚庞杂的数据，使法律领域内原来许多无法想象的定量分析得以实现。

史建三很快意识到，能否设计一个法律专家系统，来为法官们在审理案件时提供帮助，帮助他们排除非法律因素的干扰呢？

于是，史建三决定从这个突破口出发，展开电脑辅助量刑的研究。

二、电脑辅助量刑的第一步

1985年的秋天，古城西安举办了首届全国青年法学工作者理论讨论会。在这个舞台上，史建三描绘了一个令人惊叹的蓝图——电脑辅助量刑，为法学的未来铺就了一条前所未有的道路。

站在演讲台上，他将电脑辅助量刑的构想呈现给年轻的法学工作者。那时，他已经在思考着其他人没有想过的问题，那就是如何将刚刚兴起的电脑技术引入法学的领域。他以清晰的逻辑，阐述了电脑辅助量刑的必要性和可行性，为那些抽象的理念赋予了真实的形态。

史建三的发言激起了学术界的深思。这时，对于中国人来说，电脑本身就是一个新鲜事物。不久之前，毕业于北京大学法律系的李克强同志与导师龚祥瑞先生合作撰文《法律工作的计算机化》，提出了一项预测，那就是未来法律工作将向计算机化方向发展。① 这一预测与史建三的想法不谋而合。

而史建三这一次则更进一步，在一众法学学者面前，破天荒地展示了电脑在辅助法官处理量刑工作中所蕴含的巨大潜力，展示了如何通过科技手段提升刑事量刑的客观性和公正性。他的观点在当时具有颠覆性意义，一个关于电脑辅助量刑的故事从这个时刻开始在学术界的土壤中生根发芽。

三、在家里开发软件

理论层面的论证还只是第一个阶段，史建三决心靠着自己的力量，在实践中探索出计算机量刑的基本模式。当时他还是个普通教职人员，并没有什么经费和人员支持，一切在最初只能靠他自己。

于是，史建三想到了自己的弟弟——史幼迪。史幼迪平时就爱搞一些技术发明，后来还被评为了"上海市十大工人发明家"。所谓"打虎亲兄弟"，史幼迪为史建三提供了倾力支持，有了他的帮助，史建三终于如虎添翼。

从 1985 年的秋天，到接下来的几个月里，每个周末，史建三和他的弟弟史幼迪一同投入了大量的时间和心血，合力研发盗窃罪电脑辅助量刑软件。

这段时间充满了探索、实验和不断的尝试，为的是验证这一前瞻

---

① 参见龚祥瑞、李克强：《法律工作的计算机化》，载《法学杂志》1983 年第 3 期。

性想法的可行性。在那个连"万维网"都没有诞生，计算机技术刚刚起步的时代，他们选择了当时十分高级的编程语言 Turbo Basic 来开发这款软件。

这个软件的诞生并不简单，它需要将复杂的刑法条款、案例判例，以及从重、加重、从轻、减轻等法定情节和酌定情节等因素融入程序之中，以便为刑事案件的量刑提供合理的建议。

就像后来的许多互联网创业故事里渲染的那样，许多开创性的IT产品，都是在硅谷的某个车库里被鼓捣出来的。在史建三兄弟二人花费了无数心血之下，这款电脑辅助量刑软件的 1.0 版终于宣告诞生了。

这一版本的软件虽然在今天看来可能相对简单，但在当时却可以说是一项巨大的创举。它标志着电脑辅助量刑从理论走向了实际，为法学领域带来了革命性的变化。这个版本的软件或许不如现今的人工智能系统复杂，但它是一个开创性的尝试，为后续的发展奠定了坚实的基础。

四、升级 2.0

1.0 版本诞生之后，史建三继续探索更多优化方式，让这个量刑系统更加完善，形成软件的 2.0 版本。而有了 1.0 版的基础，在研发 2.0 版软件的过程中，史建三就可以争取到更多团队合作的支持。

1986 年年初，史建三将自己的电脑辅助量刑的想法汇报给导师苏惠渔教授。苏老师对史建三的创新精神充满赞赏，积极支持他的想法。他们都认识到，这项国内还空白的、在国外尚无成功案例的系统，对未来法律实践具有极其重要的意义。全国首届法制系统科学讨论会一年前在北京召开后，越来越多的专家学者开始关注以系统科学为代表的现代科学方法和以计算机为代表的现代科学技术，后来被称为"系统法学派"的新兴学科应运而生。著名科学家钱学森先生当时也发表了一篇题为《现代科学技术与法学研究和法制建设》的论文，探讨怎样把现代科学方法和新技术成果引进法学研究和法制建设领域，并对此寄予了很高的期望。

在苏老师的引领下，软件专家胡继光也加入了课题团队，与史建三一起开始了对电脑辅助量刑系统的优化升级工作。

胡继光的背景和专业知识成为这次合作的重要优势。毕业于上海科技大学的胡继光在计算机领域拥有丰富的经验，曾从事过计算机教学管理和软件设计。这使他成为史建三事业上的得力合作伙伴。

通过苏老师的联系安排，胡继光与史建三在学校的电化教研室拥有了一个"工作基地"，这让他们可以在此汇聚彼此的智慧，共同致力于电脑辅助量刑软件2.0版的开发（见图1）。他们充分利用学校提供的电脑设备，不断完善软件的功能和性能，力图让这个创新的想法变为切实可行的工具。

与此同时，史建三也为申请国家科研项目做了积极的准备，并在苏惠渔先生的指导下完成了申报工作。他还通过苏惠渔的联系，将上海市委政法委、上海市高级人民法院和上海市人民检察院等相关部门的领导或者工作人员纳入课题组，确保项目在推进中可以得到实务领域的经验支持。

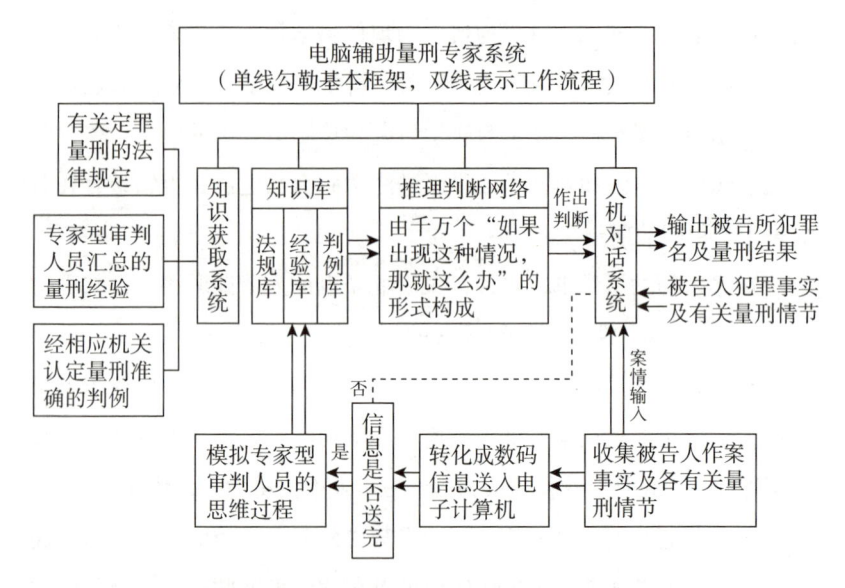

图 1　电脑辅助量刑专家系统 2.0 版本的基本框架及工作流程

五、踏遍全国

系统的思路已经形成了，但这些理论上的探索是否具有强大的生命力，是否和司法实践发展的需要息息相关，这些问题令他们心中忐忑。为了验证已经形成的理论体系，就需要走出校园，与实际工作紧密结合，倾听从"前线"而来的声音。出于这样的考虑，史建三和胡继光带着 2.0 版本的电脑辅助量刑系统，准备踏上一段广泛的调研之旅。

他们的目标明确清晰：验证电脑辅助量刑系统的可行性，确保它不仅停留在概念层面，更能够真正为量刑领域带来实质性的变革。为了实现这一目标，他们不仅要了解系统的操作，更要深入了解审判人员的需求和看法。

两个年轻人，要闯入法院系统开展调研，难度可想而知。在这个重要关头，苏惠渔先生利用自己广泛的人脉资源，给他们提供了帮助。

苏惠渔先生的亲笔信随后寄往各地各级法院的北大校友手中。信中，他生动地描述了史建三的理念和目标，请求校友们协助和支持这次调研。这些信函随后得到了热切的回应，校友们纷纷表达了支持和参与调研的强烈意愿。苏惠渔先生的声誉和人脉，为史建三的调研工作提供了宝贵的资源。

于是，一场历时半年的调研之旅拉开了帷幕。史建三和胡继光二人，携带着电脑辅助量刑系统 2.0 版本，几乎踏遍了大江南北的各个法院。

这是一次跨越城市和地区的旅程，也是一次心与心的交流。他们与审判人员分享系统的概念和功能，展示操作方法，倾听审判人员的意见和建议。这些交流，既是理论的碰撞，更是实践的检验。每一次交流，都如一面明镜，让他们更清晰地看到电脑辅助量刑系统的应用前景，也更深刻地理解审判人员的需求。

演示和征求意见只是第一步，他们回来后，投入了更多的时间和精力，对调研数据进行了统计和分析。这是一次对思维的总结和深化，也是对系统功能和操作的进一步完善。每一份调研数据，都是审判人员智慧的结晶，也是电脑辅助量刑系统发展的重要依据。

六、特殊的"庭审"

1986 年 9 月，华东政法学院计算机房里，一场特殊的"庭审"正在紧张有序地进行着。一群审判人员围坐在屏幕前，调试着一台电子计算机，用它来给一个盗窃案件量刑。

乳白色的显示器上闪烁着淡蓝色的光芒，跳跃出下面一个问题：

"被告盗窃的财物折合成人民币是多少？"

这是他们设定的案情：某日白天，一个盗窃犯潜入居民新村，踹破数家房门，盗窃财物，包括电视机、录音机、金饰、现金等，价值八千元。

"八千元。"审判人员回答电子计算机的提问。

"被告采用何种犯罪手段？侵犯的是何种对象，犯罪后果如何？"对这个问题，计算机列出七个相关系数——特别严重、比较严重、一般严重、情节一般、较轻、一般轻微、轻微，要求审判人员回答。

于是，审判人员议论起来了——"不是盗窃银行仓库、重要珍贵文物、外国人住宅，也没有引起被害人自杀等严重后果，还不能算情节特别严重。""但是，他白天趁职工上班的时候，踹开房门，把高价财物、现款掳掠一空，造成一个地区的严重治安问题，使许多职工惊恐不安，也可以算情节严重的了。"他们经过研讨，一致认为属于"比较严重"一档，并以数据语言回答了计算机。

"犯罪动机是什么，悔罪态度如何？退赃退了多少？"

"被告有无刑满释放后又犯罪，累犯、主犯或教唆不满18岁人犯罪等情节？"

"是否属于劳改犯逃跑后又犯罪的？"

"是否属于从犯、胁从犯？有无自首、检举立功的表现？是否属于已满14岁不满18岁的人犯罪？"

审判人员对上述提问，依据案情，用数据语言一一做了回答。整个过程很像几十年后"ChatGPT"之类的人工智能对话系统，但更加简单，透着早期IT技术所特有的粗犷。接着，计算机里一阵唰唰声响，表明它在做逻辑推理了。随后，量刑结果打印出来。大家争相传看，公认这个结果是公正的，与自己的想法相符。

第七章 | 跨越学科边界的创新之光

这也意味着，电脑量刑软件的测试获得了成功！

用后来 IT 界的行话说，这次"庭审"属于软件公测，媒体记者也来到了现场进行采访。当所有人欢呼雀跃于软件的测试成功时，记者也来到史建三面前，询问这位项目主持者此时此刻的感受。

在记者面前，史建三保持着学者应有的谦虚，他说，这个软件设计是粗线条的，还要根据盗窃犯罪的普遍规律和与量刑有关的要求，征求审判人员的意见，做进一步的改进。近期他们正着手进行"三组人机百例对照实验"，即通过审判人员、合议庭三个成员、法庭现场，进行对照实验，对量刑情节进一步深化细化，使软件的编制更加准确合理。

史建三和胡继光等工作人员一起向记者展示了他们的研究蓝图。今后，他们准备向电脑量刑的总体开发进军，对《刑法》所列的一百五十个罪名以及共同犯罪、数罪并罚等编制软件，并希望得到司法实务部门和有关领导部门的支持。

在 1988 年 9 月北京召开的全国第二届法制系统科学讨论会上，有专家在对华东政法学院正在探索的电脑辅助量刑专家系统做了介绍，后续的会议总结述评报告中认为，这一研究的成功和推广将会引起一场"法庭革命"，其影响将是深远的。

这一创新成果，开启于计算机软件技术开始蓬勃发展的 20 世纪 80 年代末 90 年代初，几年之后电子计算机将进入千家万户，成为一个常见工具，它的储存、记忆、逻辑判断和推理功能将循着"摩尔定律"的曲线呈现出爆炸式的发展。后来的法律审判实践证明，电脑技术不但可能用于量刑，还可以应用到司法审判的全部领域。

多年以后，当辅助量刑系统已经成为司法人员不可或缺的工作帮手时，法律人应当记住，这场悄然的变革，最初是如何发祥的。

第八章　象牙塔内的徘徊

一、学术道路的晋级之路

1985年至1991年，这六年成为史建三学术研究和职业发展中的黄金时期。在这段时间里，史建三将大部分精力投入到了国家项目的研究中，取得了一系列令人自豪的成就。

首先，他在这六年间完成了硕士学位论文的写作。攻读硕士学位是人生中的一大挑战，而硕士学位论文则是研究生阶段最重要的学术成果之一。史建三全情投入到研究中，努力探索和解决问题，最终以优异的成绩完成了硕士学位论文的撰写和答辩。硕士学位的取得让他更加自信，也为史建三后续的科研工作奠定了坚实基础。

其次，史建三在这期间获得了讲师破格晋升机会，并被提拔为学院科研处副处长，这都与他在国家项目中的突出表现密切相关。在教学和科研中，他不断探索和创新，积极应用项目中的研究成果，取得了显著的进展。他的努力得到了学校和部门的认可,这些荣誉成为他学术生涯中的里程碑,也激励着他不断前进。

最后,史建三在国内顶尖的法学期刊上发表了一批与项目有关的科研成果。这些论文是他多年努力和汗水的结晶,它们涵盖了国家项目研究的方方面面,展现了史建三在法学领域的深入研究和创新思考。能够在顶尖期刊上发表论文,让史建三在学术界有了更广泛的影响力,也为未来的学术发展打下了坚实的基础。

二、另一面的生活

然而,随着家中孩子日渐长大,开销增多,生活开始渐渐捉襟见肘起来。

一方面,那个时候,华政教师的工资并不高。即使史建三已经成为科研处副处长,每年的工资也依然只有 300 元——而十年前史建三在崇明的农场生产队时,月薪就已经有 60 元了,十年之后作为高级知识分子,工资居然还不如卖茶叶蛋的阿姨。

而另一方面,周围的物价却又在悄然增长。1988 年上半年,全国物价总指数在 1987 年已上涨了 7.3% 的基础上,又连月大幅上涨,7月已达 19.3%。一瓶茅台酒已经由 40 元迅速涨到 300 元,抵得上华政教师一年的工资。

物价飞涨的背后,是国家正在进行价格体系改革。1987 年 8 月 15日至 17 日,中共中央政治局第十次全体会议在北戴河召开,讨论并原则通过了《关于价格、工资改革的初步方案》。会议认为,价格改革的总方向是:少数重要商品和劳务价格由国家管理,绝大多数商品价格放开,由市场调节,以转换价格形成机制,逐步实现国家调控市场,市场引导企业的要求。

因为过去三年物价上涨很快，老百姓已经形成很强的物价上涨预期，在中央作出价格闯关决策之后，各种小道消息就开始疯传，老百姓心里已经出现明显焦虑。1988年3月，"闯关"行动从中国最大的工业城市上海开始。当月，上海市调整了280个种类商品的零售价，这些商品大都属于小商品或日常生活必需品，涨价幅度在20%至30%。

到了1988年的8月28日，上海的抢购风进入最高潮，因抢购风诱发的通货膨胀造成物资空前紧张，市政府不得不采取紧急措施，决定实行凭票供应食盐和火柴，铝锅只能以旧换新或凭结婚证和户口本申请购买。

时代的一点变化，就让史建三家里原本就不宽裕的生活雪上加霜。

在学院里，史建三始终在本岗位上兢兢业业，尽自己所能努力地完成工作，为了改变困境，他更加加班加点地完成学院里的工作，还利用剩余时间写论文、发论文，赚取稿费。不过，他的努力并没有让家庭生活得到改善，却让自己与妻子密切沟通的时间变少了。妻子开始抱怨史建三整天面对着书桌写论文，或是经常外出搞调研，而经济收入却很低。她认为他没有承担起对家庭的应有责任。这样的抱怨让史建三很受触动，他开始反思自己的处境。

妻子曾对史建三说："你现在犹如井底之蛙，不见外面的世界正在发生巨变。我们很多同学都出国深造，拓宽视野，增长才干。现在是家庭、事业双丰收的时候。"

"井底之蛙"这个词戳中了史建三的心，在他心底留下了深深的印记。妻子说得并没有错，从未出过国的史建三，个人认知确实仍然受限于国内的这一块狭窄的领域，而对外面的世界知之甚少。他认识到，自己不能只固守眼前的小圈子，而应该拥抱更广阔的世界，寻找更多的发展机会。

同时，史建三越来越意识到，作为家里的顶梁柱，他没有承担起让家庭生活富裕美满的责任。他沉浸在学术研究中，而忽略了家庭的需要。这样的局限性让他感到愧疚，史建三渴望着突破面前的罗网，努力改变现状。

三、突破困境

妻子的抱怨和忠告让他下定决心，为了满足她的期望，也为了让自己在事业上有更大的发展，他决定出国拓宽视野。于是，在完成硕士研究生学业和国家重点项目后，他努力学习，克服自己的学习软肋，全力提升自己的英语能力，并最终获得了一个中美两国法学教育交流的机会。在学院的批准下，史建三终于有幸赴世界著名学府——美国加州大学伯克利分校进修一年。

多年之后回想起这件事情，史建三依然非常感谢妻子的抱怨和忠告。这些话像是扎入灵台的针灸，一下子让他看清了自己的局限性，并作出了重要的决定。后来的那段出国进修的经历让他收获颇多，不仅在学术上得到了提升，更重要的是明白了家庭幸福和事业发展都是他要努力追求的目标。

第三部分

1991—1995：
漂洋过海，追逐浦东的浪潮

这是一张1992年度中国访问学者美国法律制度考察团的合影，第一排中间的一位是美中关系全国委员会秘书长，左边一位是考察团的陪同兼司库。第二排左三为史建三

第九章 | 在美国听到上海的消息

一、远渡重洋

1991年9月，史建三告别了妻女，远赴重洋来到美国加州，以访问学者的身份，开始了在美国加州大学伯克利分校（University of California, Berkeley，以下简称伯克利大学）为期一年的进修。

伯克利大学坐落在美国旧金山湾区的伯克利市，是世界著名公立研究型大学，在学术界享有盛誉，时至今日，该校校友、教授及研究人员中共有110位诺贝尔奖得主，位居世界第三；有25位获图灵奖（被业界誉为计算机界的诺贝尔奖），位居世界第一。该校在世界精英大学中独树一帜，每年毕业的博士生数量超过任何其他美国高校。

和那个时期大多数中国留学人员一样，史建三的英语阅读能力尚可，但与大多数中国学子一样，在听说能力方面有短板。进修法律课程，听教授讲课和课堂讨论就显得很累，且事倍功半。于是，他选择了事半功倍的方式——将大部分的时间泡在图书馆，充分利用全球最大的两个数据库，疯狂下载国内外相关的法律资料，以便回国后可以继续使用和研究。

在美国期间，史建三还参加了由该年度中国访问学者组成的美国法律制度考察团，进行了为期两周的美国历史、政治和法律制度、经济和文化成就等的考察。这次考察由美中关系全国委员会组织，费用全部由他们资助。考察团以英国人第一次登陆点——弗吉尼亚的詹姆斯敦为起点，途经西弗吉尼亚州、宾夕法尼亚州、华盛顿特区、马里兰州、新泽西州、纽约州，最终到达马萨诸塞州的波士顿。

在英国人在北美设立的第一个海外定居点，也是美国历史的起源地詹姆斯敦，他们了解了美国黑暗的过去，让史建三对美国的历史有了更深刻的了解。在新泽西州首府特伦敦，他们考察了美国州一级立法机构的运作情况，了解了立法区的划分、立法会议、立法权力、立法过程以及立法机构与选民的沟通反馈等重要信息，通过实地参观和详细的解说，深入了解了美国州级立法机构的运作模式和机制，这对他们了解美国法律制度和政治体系有极大的帮助。在华盛顿的联邦政府司法部，他们深刻感受到法治精神在美国社会中的根深蒂固。法治是现代社会的基石，是确保社会秩序和稳定的重要保障。史建三认识到，在一个法治社会，法律平等适用于每一个公民，无论是贫穷还是富有，无论是强大还是弱小，每个人都应该受到法律的保护和尊重。

史建三参加的这次考察，也让他深刻感受到，法治意识贯穿于美国社会的方方面面，也正是这样的法治精神，才让美国成为一个受人尊敬的国家。这一点，给史建三留下了深刻的印象。

而在考察中，史建三同时也参观了几家美国大型律所，美国律所的规模和工作模式给了他很强烈的视觉冲击——之前在华政工作时，虽然他也是上海市第四律师事务所的兼职律师，但是史建三的工作主要放在教学与科研上，对律师行业关注甚少。直到这回，他才对美国律所的规模和效益的关系有了一个初步的概念。

二、在美国出庭

在美国期间，另一件小事也给史建三带来了深远影响。

当史建三作为访问学者在伯克利大学的时候，本以为自己只是专注于学术研究和拓宽视野，却没想到意外地卷入了一场官司。那天，他骑着自行车去学校的途中，被一位警察拦了下来。他告诉史建三："你已经违反了美国加州的两条法律，一是自行车未登记，二是骑车时戴着双耳耳机。"

虽然这些在我国没有明确规定，但在美国却是严格执行的。警察记下了史建三的基本信息，然后告诉他，罚单将会寄到他的住处。

当史建三收到罚单后，罚单上给了他两个选择：一是认罪，交付77美元的罚款，就此了结；二是不认罪，将案件交由法院处理，通过诉讼来解决。毕竟是一个小额的罚单，大部分人也许就会认罚了事，然而，对史建三这个法律学者而言，却并不那么看。史建三把这个案件当作一个难得了解美国法律实践的机会，于是他毫不犹豫地选择了由法院处理。这也是一个机会，来证明他对法律知识是否可以充分理解和应用。

于是，史建三开始了一场与美国法院的交锋。他充分准备，深入研究了相关的法律条文和先前类似案例，寻找合适的辩护策略。史建三的目标是争取胜诉，证明自己并没有违反相关法律，或者至少能减轻处罚。这不仅是为了自己的利益，也是为了进一步了解和学习美国的法律体系。

事发后，史建三向房东咨询，回复是：绝大多数美国人会选择认罪并交付罚款，这是最省事的一种方式；而当史建三向先前已在美国工作或留学的朋友咨询，得到的回复是：可以去法院碰碰运气，大多数情况下，负有举证义务的警察不会出庭，这样就可以免除处罚了。

思索再三，史建三决定在美国打一场官司，亲身体验美国的法律制度。他研究美国的相关法律，发现只有加州等少数几个州只允许骑车人戴一只耳机。

为避免被罚，或减轻处罚，史建三先去相关政府部门办理了自行车登记手续。

开庭日当天，史建三提前来到法院，法院大厅内已经有许多人在等待法庭的开门，粗略估算一下，足有100多人。他不由得心里惊呼一声，心想着，这庭得开到何时才能结束？

等到法庭大门打开，人们依次入座。法官秘书要求人们起立，法官入席，宣布开庭。法官的开场白令他这个不熟悉美国法庭的中国人十分惊奇，法官说："鉴于马上要到圣诞了，我决定豁免一批人，念到名字的人，现在就可以离开了。"随后，法官秘书念到一个人的名字，那个人就站起来，向法官鞠一躬，说声"thank you"，离席而去。豁免名单念毕，三分之一的案件就被豁免了。法官成了圣诞老人，免除处罚成了圣诞礼物。

三分之一的当事人离开后，剩下的案件解决得也是十分迅速，因为接下来的程序就是：念到名字的人走到法官面前，就是否认罪的问题回答"是"或"否"。回答"是"的，可以陈述希望减轻或免除处罚的理由，由法官最终决定是维持原罚款数额，还是予以减轻罚款或免除罚款。回答"否"的，就到法官秘书那儿约定第二次开庭日期，择日再审。所以几十个案子，很快就被解决得明明白白。

而史建三此次出庭的目的，就是想多体验一些美国的法律制度，自然是"否"的回答，于是到法官秘书那儿约定第二次开庭日期，并申请配备中英文译员协助他出庭应诉。

第二次开庭，出乎史建三的预料，公务繁忙的警察居然出庭了。当时拦截并开出罚单的警察到庭作证说："那天我正开着警车由北向南巡驶，看见由南向北的车道上有一个亚裔人头戴耳机在骑行，于是我到前面路口调头后追上并拦住了他，经检查还发现了他的自行车也未经登记。据此，他违反了加州两条法律，一是骑自行车禁止戴耳机；二是自行车必须经政府部门登记后才能上路骑行。"

而史建三则利用美国证据规则"beyond reasonable doubts"（排除合理怀疑证据规则），进行自我辩护。

他自辩道：首先，他刚到美国不久，对美国的法律不熟悉。自行车是从房东那儿借来的，不知是否登记过，当从罚款单上得知自行车必须先登记再骑行的规定，他立刻就去政府部门补办了登记手续；其次，他使用的头戴式耳机不必完全闷住耳朵，这是保护他安全的必要举措，也是他在中国的长期习惯，并且中国并无此项禁止性规定，如若不信，可以去调查；最后，警察是在反向行驶的道路上看见他的，距离他至少有20米之远，即使能看见他的头戴式耳机完全闷住左耳，但也绝无可能看见右耳也被耳机完全闷住，而加州法律是允许戴一只耳机的。

法庭内陷入了一片沉默，法官若有所思地点点头，似乎对史建三的辩词留下了深刻的印象。经过两轮辩论后，法官让作证的警察先离席，然后询问史建三因何到美国，史建三告知法官，他现在是伯克利大学法学院的访问学者。法官一听来劲了，说他是伯克利法学院毕业的，随后就开始了聊天模式，与史建三聊了一会儿法学院的事情。

聊完后,法官说道:"你是利用了英美法系'beyond reasonable doubts'为自己作了辩护,我也无法确认你是否双耳都戴着耳机,所以以后可要注意,这次就'let you go'(放你一马了)。"

经过激烈的辩论,史建三最终胜诉了。法院认可了他的解释和辩护,撤销了对他的罚单。同时,法官对史建三展示的法律知识和辩护能力表示了赞赏。这对史建三来说是一次宝贵的经验和学习机会,他不仅从中了解了美国的法律实践,也提高了自己的法律素养和辩护能力。更有意义的是,他既免除了罚款,又亲身体验了美国的法庭审判。

这场在美国的官司成为史建三访问学者期间的一段特殊经历。通过这次经历,他更加深刻地体会到法律的重要性和应用价值。无论是在中国还是在国外,法律都是社会秩序和公平正义的守护者,每个人都应当尊重并遵守法律,同时也要不断学习和提高自己的法律意识和法律知识,做一个遵纪守法的公民。这次官司让他明白,学术研究和法律实践并不是相互独立的,而是相辅相成,互为补充。通过结合学术知识与实践经验,他可以更好地理解和应用法律,为社会的发展与进步贡献自己的力量。

此次庭审,史建三既亲身体验了美国法律制度的公正与严谨,也感受到了法官行使自由裁量权的灵活与人性。在这段探寻正义的旅程中,他体会到了法律的智慧和温暖,坚定了对法律事业的热爱与执着。

三、决定转向

经过美国的这一年访学,史建三同时决定,转变自己的研究方向。早在美国进修初期,史建三就一直在考虑电脑辅助量刑专家系统研究在结项后是否还要继续研究的问题。虽然原先的研究取得了一定的成果,包括一本专著、一批在核心刊物上发表的论文,以及一套盗窃罪电脑辅助量刑专家系统操作软件,但随着项目的结束,后续的经费支持却没有了着落。对于大规模地将量刑系统进行应用开发,他所在的团队目前还缺乏必要的条件,而且短期内也难以再继续进行下去。

在美国进修期间,史建三也花了大量时间去研究美国现有的法律信息系统。

一是 LEXIS NEXIS(律商联讯),它是当时世界上最大的为法律研究提供全文检索的联机服务系统之一,始建于 1960 年,由美国俄亥俄州律师协会发起,该州的 DATA 公司负责技术开发。1968 年美国 MEAD 公司合并了 DATA 公司,成立了子公司"LEXIS-MEAD DATA 中心"。随着系统的不断完善,LEXIS 检索数据库除了提供美国的判例全文、完整的联邦和各州的制定法、大量的联邦和州的行政法律规章,还拥有丰富的二级法律文献资料,如法律百科全书、法律重述、世界上主要国家的数百种法律期刊。

二是 Westlaw International(万律),它同样也是先进的电子技术与全球范围资料库的完美结合,其丰富的资源来自法律、法规、税务和会计信息出版商。用户可以通过 Westlaw International 迅速地存取案例、法令法规、表格、条约、商业资料和更多的资源。通过布尔逻辑搜索引擎,用户可以检索数百万的法律文档。

史建三了解到,这两大电脑法律智能系统在建设过程中,都已经分别投入了几十亿美元的资金。而史建三所研究的电脑量刑系统,作为更加前沿的法律应用探索技术,是一条在美国都很少有人踏足的路径,而且这样的系统,对电脑的算力要求、软件编程的水平要求、电脑数据库的完整性要求,都非常高,所需的经费和硬件基础设施都不是以现有水平可以达到的。然而，他们的研究在结项后已没有后续经费支持，难以为继，短期内根本不具备大规模应用开发的条件。

更关键的是，电脑量刑的背后，还有法律伦理的学理探索。系统化、程式化的量刑程序，与法官的自由裁量，两者客观上会存在矛盾。对于这一关系如何解决，是一个需要持续论证、探讨的问题。

面对这样的局面，放弃或许是最明智的选择。史建三觉得，自己不能选择固守过去的成果，而是要敢于承认现实，看清形势，对未来进行深思熟虑。他们的前期研究已经证明了电脑辅助量刑的必要性和可行性，但要深化研究和推广普及，需要长期的支持和投入，如果没有稳定的经费支持和资源保障，项目难以持续发展，进一步的深化研究必然会受到极大的限制。

经过反复思考，史建三最终作出了暂时停止研究的决定，转而去追求更广阔的学术发展和提升自己的能力。这样的选择或许在当时看起来是一种损失，但在长远来看，这是对个人发展的一种投资，能为将来的研究打下坚实的基础。

放弃并不意味着失败，反而是对自己和未来负责。史建三懂得，人生的道路充满选择和挑战，不是所有的机会都能抓住，不是所有的项目都能一帆风顺。但是只有学会放下过去，勇于追求更好，才能在人生的道路上不断成长和进步。放弃是一种智慧，是为了更好地前行。

站在今天的角度来回顾史建三关于电脑量刑的研究，我们能从中发现更重要的意义。它其实开启了中国司法界智慧化变革之路。

自这次研究"电脑量刑系统"的国家级重大课题起，历经2006年山东某基层法院"电脑量刑"软件系统，2017年上海"刑事案件智能辅助办案系统"等多次变革，我国司法机关逐步实现了从传统司法向智慧司法的结构性转变。2017年，最高人民法院印发《关于加快建设智慧法院的意见》，要求坚持以人民为中心的发展思想，加快智慧法院建设，努力满足人民群众多元的司法需求。2019年，《最高人民法院工作报告》再次重申了"全面建设智慧法院"的主张，并提出了一系列旨在将量刑公正与人工智能相结合的措施。为了推进以审判为中心的诉讼制度改革，科大讯飞公司与上海市公检法机关共同研发的刑事案件智能辅助办案系统（又被称为"206系统"），于2018年在上海开始应用，并在此后逐步向全国各地试点推广。

随着人工智能技术在今天突飞猛进的发展，将智能技术运用于司法也将给人们带来更多的惊喜。而学者们展开对这方面实践探索的历史回顾时，总是不约而同地在论文中把起始时间定于史建三和他的研究团队在1980年代的探索，并对他们当时的尝试奉上了崇高的敬意。

毕竟，四十年前在华政计算机房里，电脑主板的风扇噪声中，操作员在DOS系统里小心输入那些犯罪构成要件的那一刻，就是开启一个法律领域全新的时代。

四、又一次选择

为期一年的美国进修即将结束，以后的路在何方？

此时，史建三经过申请并经伯克利大学教授推荐，已经得到了加拿大渥太华大学刑法博士生的入学通知，奖学金也很诱人。这封入学通知，也为史建三的未来打开了一扇通往国外学府的大门。

然而，当史建三站在这个十字路口，另一种感情从他心中升起，那就是责任与使命。他必须为自己的未来作出一份重要的选择。

一方面，赴加拿大读博，继续刑法研究方向，这是一个充满诱惑的选择。在国外学府的学习，将为他提供先进的学术资源和优质的学习环境，能够让史建三更深入地探索自己的学术兴趣和潜能。这将是一段难得的人生经历，不仅能够丰富学识，更能让他结识全球范围内的优秀学者和同行。毫无疑问，要是选择跨入渥太华大学的大门，之后的经历将使人受益终身，为史建三未来的学术发展打下坚实的基础。

从大环境的角度看，去了美国后，史建三才真正体会到当时的中国经济有多落后：老百姓的衣食住行中没有高速公路，没有私家车，没有超市，没有像样的居住条件。对当时所有人来说，北美的生活条件无疑是优越太多了，可以说是很多人的理想生活。若能得到在这里长期居留的机会，而且又有法律职业的光明前途，夫复何求？

另一方面，史建三内心里另一个部分的思想则拉扯着他，提醒着他始终心怀的使命感。自年少读书以来，孙中山的名言"修身岂为名传世，做事惟思利及人"深深地扎根在史建三的内心。这句名言成为他职业生涯的激励，让他明白人生的意义在于为他人谋利益，为社会谋福祉。而他要谋的福祉，就在自己的祖国，在自己从小生长生活的上海。

20世纪80年代末90年代初的上海，已经落在了改革开放进程的后面。虽然当时中央每年六分之一的财政收入由上海贡献，但由于长期实行计划经济体制，上海自身发展困难重重。财政收入上交中央政府后，余下的仅能支持城市最低维护成本，基础设施欠账累累，住房拥挤、交通堵塞、越江困难、环境污染等愈发显现。

史建三还记得，在1987年12月的冬天，上海陆家嘴轮渡码头曾发生严重踩踏的恶性事故。为何会发生这样的事故？1990年之前，沿黄浦江共有16条轮渡线、4条车渡线。每到大雾天，所有航线全部停航，一到雾散，大家急着过江，就会造成拥挤甚至踩踏。事故频发的主要原因就是交通和基础设施功能严重不足，当时一艘普通的渡轮最多装载 500 人，但是岸上往往有几千上万人在等待越江，等待时间一长，大家都要抢着上船，就可能发生踩踏。

1990 年，国务院批准上海加快浦东地区的开发。然而，浦东开发开放之初，上海可以动用基础设施建设的财力不到 6 亿元。曾经繁华的大上海，此时已经到了破产的边缘。

而心中的使命感则在提醒着他：中国急需变革，上海更需要变革，而变革就需要适应新时代的人才。在这样的时刻，他不禁问自己，作为一个国家在最困难的时期培养起来的研究生、大学副教授和青年干部，此时的他是否应该急国家所急，为祖国的改革开放贡献一份力量？

想到这里，史建三的内心有了强烈的愿望，想要回国发展，为祖国贡献才智。祖国正处于发展的关键时期，每一位有识之士都能在自己的领域作出贡献。这是为中国的发展尽自己的一份力量，回报母校对他的培养，将在国外学到的知识和经验转化为祖国发展动力的大好时机。

他想以自己的学识和智慧，为中国的刑法事业贡献一份力量，为祖国的繁荣与进步尽一份责任。

经过深思熟虑，史建三最终决定如期结束在美国的访学，回国效力。

五、来自上海的消息

史建三在美国访学期间，从国内也传来了很多令人兴奋的消息。

后来闻名于世的邓小平"南方谈话"内容陆续发布，引来了中国和美国媒体的关注。"南方谈话"是 1992 年 1 月 18 日至 2 月 21 日，邓小平先后赴武昌、深圳、珠海、厦门和上海等地视察时在沿途发表的重要谈话。美国媒体也开始热议于邓小平所说的"坚持党的基本路线,一百年不动摇"。邓小平说,革命是解放生产力,改革也是解放生产力。邓小平还说,改革开放胆子要大一些,敢于试验,不能像小脚女人一样。看准了的,就大胆地试,大胆地闯。

而浦东开放的进程也在进一步推进。1992年3月,时任上海市长黄菊向中外记者宣布,为了进一步支持浦东新区的开发开放,中央在1992年年初又给上海扩大5类项目的审批权和增加5个方面的资金筹措权。在现在看来,这次放权也不可谓不大,5类项目的审批权是:授权上海市自行审批在外高桥保税区内的中资和外资从事转口贸易的企业;授权上海市自行审批浦东新区内国营大中型企业产品进出口经营权;扩大上海市有关新区内非生产性项目的审批权;扩大上海市有关新区内生产性项目的审批权,总投资2亿元以下的项目,可以自行审批;授权上海市在中央核定的额度范围内自行发行股票和债券,允许全国各地发行的股票在上海上市交易。

3月9日,外高桥保税区的首个区域,占地0.453平方千米,长达3.35千米的封关隔离围网全部建成,并通过了海关总署的验收。当时已经担任上海市副市长的赵启正在验收会上表示,这标志着中国最开放的"窗口"已经打开,而备受推崇的"三大自由"的外高桥保税区从理念走向现实。

史建三是从《人民日报》海外版中看到开发浦东的政策变化的。这些消息,都让身在美国的史建三变得异常兴奋。

史建三意识到,这对于中国来说,也是一个历史性的时刻。在这个重要时刻里,更适合他的舞台不在大洋彼岸,而是在他出生成长的上海。回国并不意味着放弃学术追求,而是让他把自己的学术理想与国家的发展目标紧密结合起来,为国家的建设和进步贡献自己的力量。

1992年9月,史建三满怀信心和憧憬,踏上了回国的征程。他相信,选择回国,是他人生中的一次重要决定,无论未来的道路如何,他都愿意怀揣着使命和热情,为自己的国家和人民奉献一份真挚的爱和才华。这一刻,他感受到了坚定的信念和自豪,他深信这将是自己人生中最正确的选择。

第十章　到浦东去！建设新天地！

一、归国之后

1992年9月5日，史建三带着满心的憧憬和期待，按时回到了祖国的土地，下飞机之时，史建三已经在心里下了决心，要投身上海新时期的改革开放与开发建设。他也想尝试去中国改革开放最前沿的阵地——国务院批准的第一个保税区——外高桥保税区，去亲身体验一番。这是一块改革开放的试验田，那里必定有大量的建章立法需求，作为一名法学工作者，他相信这里会有他的一席之地。

然而，这条路并没有像史建三所期望的那样轻易。回国后，导师苏惠渔与史建三有过促膝而谈，苏老师希望史建三尽快回校，接替他的科研处处长职务。史建三没有立刻回复苏老师，因为他需要一定的时间来思考未来的道路。

而不久之后，另外一位旧友也找到了史建三。那是史建三大学时的同学段祺华,毕业后,他也一起在华政任教。这时段祺华提出了一个同样具有吸引力的邀约:希望他能以留学归国的法学专家的身份,参与全国第一家"私人合伙制律师事务所"的创立。

二、第一家私人律所的诞生

这件事情,或许要从这一年的4月说起。1992年4月23日,在北京王府井,北京第一家麦当劳餐厅开业了。这对于市民来说是一个热议话题,当天清晨,麦当劳餐厅刚刚开张,就被闻讯而来的市民们围得水泄不通。这是当时世界上营业面积最大的麦当劳餐厅,可这800个座位始终满员,还有许多没有座位的顾客,在旁边站着用餐。开业当天,这家餐厅接待了大约4万名顾客,成为一代人的"年代记忆"。

而麦当劳进入中国的投资谈判团队中,就有一名中国法律专家的身影——受聘于美国威廉·克斯诺及吉布斯律师事务所的段祺华。

段祺华也是华政的七九级毕业生,与史建三在华政校园里曾有过四年共同的同窗经历。毕业后,段祺华自费前往华盛顿大学留学,1990年获得硕士学位,并受聘于西雅图的这家著名律师事务所。1992年,他就随同团队回到中国,代表麦当劳进行设立中国餐厅的谈判。

就在这段时间里,"南方谈话"的报道陆续公开,彰显了中国改革开放的决心。到了这年7月,上海市政府又发布了23号文,全方位明确了出国留学人员学成返沪可享受的优惠政策,鼓励留学生学成后回国发展。这让段祺华这样的海外留学人才看到了回国开办律师事务所的可能性。

但是,在1992年的中国,留学生回国从事贸易、办厂经商,或是从事科研、教育工作,都有相关文件的规定,可是开设私人性质的律师事务所,不仅无法可依,而且在不少人眼中是对政治、法制体制的破坏。

段祺华的硕士毕业论文题目是《论在中国开办私人合伙制律师事务所的可能性》,虽然顺利通过答辩,却获得了低分,原因就是美国的导师们认为这不可能。[①]自1979年年底恢复律师制度以来,中国内地的律师事务所,均以"国办所"的形式存在,按照行政体系予以建立。比如在上海,就按照市、区两级建立国办所,那些上海滩的"大律师"们,主要都在四家市属国办所里工作(上海市第一、二、三、四律师事务所)。

在那个时期,政策没有赶上时代发展的变化,《律师法》要在三年以后才正式制定出台。当此之时,如果一个律师需要执业,必须在国家设立的律师事务所工作,比如华政的教师要做律师,所有关系都要放在上海市第四律师事务所里。到了1988年,才开始出现了一些不要国家编制和国家经费的"合作制"律师事务所,即"合作所",但成立私人合伙制律师事务所,既没有条文规定,也无法执行,确实是闻所未闻。

当1992年8月,段祺华来到上海,正式向有关部门提出想成立私人合伙制律师事务所时,就引起了上海甚至国家层面的波澜。但在改革开放的新时期,更多的政府工作人员对于新事物、新模式持有更为开放包容的态度——时任上海市回国留学服务中心负责人的汤为民就认为:"我们很多企业,甚至是政府部门,在与外企、外国政府打交道的过程中,因为不熟悉国外的法律,吃了大亏。段祺华有中国律师资格,又在外国律所担任法律顾问,而且他有很强烈的报效祖国的愿望,

---

[①] 参见周正:《段祺华:段和段的创立在中国律师业历史上写下重要一笔》,载微信公众号"智合"2018年7月3日,https://mp.weixin.qq.com/s/AvPPJhjciwY2KU5AVOrJTg。

为什么不能让他先试试呢？"①

多方协调之下，政府部门终于为政策打开了口子，1992年11月24日，段祺华的申请终于获得司法部的批准，同意其在上海试点成立一家私人合伙制律师事务所。拿到批文的段祺华，便开始积极筹备起了律所的成立工作，他还需要其他具有留学背景的律师来满足司法部对律师事务所执业人数的要求。

正好在这时，史建三从美国回来，于是段祺华便联系了史建三，邀请他将律师关系转入这家私人合伙制律所内。

三、转所之难

这是一次难得的机会，1993年4月，这家名为"段和段"的律师事务所正式挂牌成立，并在后来的发展中成为了全国首屈一指的从事涉外法律业务的律师事务所，而史建三此时有可能会成为这家律所的创始合伙人。

而如果答应段祺华的邀请，这样的话，史建三就将从第四律师事务所转到段和段律师事务所。为了帮助校友，经时任华东政法学院院长史焕章的同意后，史建三将自己的律师执业关系由第四律师事务所转到了刚刚成立的段和段律师事务所。

可没想到的是，史建三的转所却引发了一系列的麻烦。当时华政的所有已考取律师执照的教师，都将律师执业关系挂靠在上海第四律师事务所，进行统一管理。史建三这一次转所，好巧不巧地引来了其他人的关注。

---

① 王闲乐：《忆当年·再出发|26年前他留学归来，一个想法引来司法部部长亲自批示》，载上观新闻 2018年10月7日，https://www.jfdaily.com/news/detail.do?id=109262。

分管教学科研和第四律师事务所的华政副院长张国全,曾是"电脑辅助量刑"课题组的成员之一,但他也不留情面地在院务会上埋怨发声,说:我院的退休教师如郝素洁老师等都不能从第四律所转出,现在还在任的老师及科研处副处长史建三却可以转出,那他的工作没法做了。后来,学校组织部也来与史建三做沟通,希望他能继续留校,并将律师执业关系从段和段转回第四律所。

这时,史建三面临着两难的选择:一是留校继续从事科研;二是与段律师一起合作,推动全国首家私人律师事务所发展壮大。留校是一条熟悉的道路,而且导师苏惠渔先生也愿意为史建三让出科研处处长的位置。

然而,留校的待遇并不理想,工资仅为300元,即使升任为处长,也增幅有限。家境贫寒,难以养家糊口,这让史建三有些为难。

更何况,史建三因为转所的事情,已经在学校领导之间引起了不满和矛盾,他不想成为众矢之的,为了避免麻烦,史建三决定调离华政。

与段祺华律师共同创立律师事务所是一个不错的选择,可以迅速改善他的家境。然而,史建三也清楚,缺乏人脉和客户资源,将让他在律师界面临巨大的挑战。而且,"段和段"律师事务所的名字让他感到别扭,在段和段律所的机制之下,创始合伙人只是虚名,实际上他仍然是一个打工者。

那有没有第三个选择,让他可以按照自己原本就希望的那样,前往浦东,参与开发建设的大潮呢?

第十一章 | 走向改革开放的最前沿

一、意外的来电

正当史建三踌躇之际，一个意外的来电让史建三激动了起来。他接到了当时的外高桥保税区管委会专职副主任陈正明的电话通知，邀请他前往保税区面谈。史建三如约前往，与担任管委会的陈正明副主任相谈甚欢，随后得到了在保税区管委会的这份特殊"offer"，可以以借调的方式在保税区管委会工作，月薪也可以从300元涨至1500元。

原来，当史建三回国之初，便已经怀着紧张但却坚决的心情，给曾与他在市委组织部第一期青年干部集训班第四组中一同学习过，如今已是上海市副市长兼浦东新区党工委书记的赵启正写了一封信，希望能够借调在保税区管委会，并表达了想要到保税区参与政策法规研究的意愿。

多年以后史建三在回忆这段经历时说，赵启正是他人生轨迹中的最重要的改变者之一,正是有了他的推荐,才让史建三有机会进入这个新成立的机构,从事改革开放最前沿的法治探索工作。如果没有他,史建三不可能走进中国改革开放最前沿的外高桥保税区,人生轨迹也将完全不同。他的推荐和信任成为史建三在新岗位上迅速适应和发展的动力,使其能够在保税区的立法工作中贡献自己的一份力量。

最终,史建三毫不犹豫地选择了"第三个选项",前往外高桥保税区管委会就职。外高桥保税区原本就是他在美国进修期间一直关注的地方,这里让史建三可以有机会参与大量的建章立法工作,为国家的改革发展贡献一份力量。虽然外高桥保税区的待遇不能与一家涉外律所的创始合伙人相比,但1500元的月薪对于史建三来说,已经足够改变家境,摆脱原本家境的困顿。

此后的两年里,在外高桥保税区,史建三投身于政策法规研究与保税区立法工作,充分发挥自己的专业知识和才华。在这个充满机遇和挑战的平台上,史建三逐渐成长为一个坚定、成熟的人,并为国家的发展贡献了自己的力量。

二、浦东拔地而起

1992年年初的《上海人大月刊》中,特稿作者满怀期待地说道:"今天的浦东虽还没出现人们所期待的那种高楼林立、霓虹如昼的繁华,但是,浦东新区确确实实地正在发生日新月异的变化,昔日农舍炊烟缭绕的静谧,不时被日夜施工的轰鸣声打破。"[①]

诚如其所言,从陆家嘴到金桥,从外高桥到张江,如火如荼的建

---

① 特稿作者:《浦东正在崛起》,载《上海人大月刊》1992年第1期。

第十一章 | 走向改革开放的最前沿

设正在进行。一大批海外投资者已经看准了势头，纷至沓来。

在被规划为金融贸易区的陆家嘴，将有100多幢高楼拔地而起，裕安大厦、银都大厦、齐鲁大厦等大楼，都将在未来迎接中外金融机构的入驻。其中最引人瞩目的，就是正在建设的东方明珠电视塔，这座电视塔高出地面460多米，即将成为亚洲最高的建筑。在1992年年底之际，这座高塔已经建起了150多米，从外滩眺望过去，已经可以看到它底部三根立柱撑起的已然成型的巨大球体。在建筑师的规划蓝图中，这座未来上海的标志性建筑像是一座巨型卫星发射塔直指苍穹，带斜撑的多筒结构以及它原子模型般的球体设计，充满了未来感。

在被规划为出口加工区的金桥，众多外商和企业家正在争相预订批租土地，许多地方已经兴建起厂房，一个外向型的新兴工业区正现出雏形。3万平方米通用厂房工程已经上马，日商独资上海爱丽丝制衣有限公司等外资项目已开工兴建。而在其他空地上，则在道路两旁插着标有地块号和租用土地企业名称的木牌，表示这些土地已被租用，即将建起科研与生产建筑。

金桥再往北，接近长江口的那片大约10平方公里的区域，就是1990年批准成立的外高桥保税区。这里将分别建造深水码头、新港区、保税仓库和出口加工企业，并逐步开展各类贸易，形成保税生产资料市场。

在1992年之际，保税区内已经建起了隔离设施，封关用的铁丝隔离围墙已完工，过不了多久，仓库、标准厂房就要在这里开始建设。已有274家内外资企业在这片2平方公里的封闭隔离区中落户，总投资达12亿美元。

三、自贸区之问

"保税区"这个名词，在国际上通常被称作 Free Zone（自由区）、Free Part Zone（自由港区）、Bonded Port（保税港区）、Bonded House Zone（保税仓库区）。然而，被国际广泛使用的称谓是 Free Trade Zone（自由贸易区）。

1990年，中央政府赋予浦东保税区的政策中，涵盖了三个"自由"：贸易自由、货币自由和货物进出口自由。这三个"自由"公布后，虽然引来了不小的争议，但更是为当时的浦东带来了前所未有的机遇和挑战。贸易自由被视为最重要的一个，它突破了当时非常严格的贸易管制，成为对传统体制的重要突破。

在这样的背景下，将保税区的英文翻译为 Free Trade Zone，这样的翻译既符合对外宣传的需要，也与国际接轨。然而，在考虑中文名称时，时任上海市市长的朱镕基提出了一个观点："保税区的中文还是不要更改，按国家文件就叫保税区。"因此，上海外高桥保税区的中英文名称由此确定。

从当时保税区中英文名称的差异可以看出，设立保税区的最终目标就是奔向自由贸易区。这一目标不仅体现了中国改革开放的决心，也展示了浦东在改革开放中的引领作用。

从1990年以后，全国各省市至少设立了12个保税区，天津、深圳、广州、大连等城市都有规模不小的保税区，但外高桥是开放度最大的一个，除享受一般开发区和经济特区的优惠政策外，还有三项"特中之特"的政策：进出口货物免领许可证并可豁免关税；区内可设立贸易机构从事贸易和转口贸易业务；国内商品进入该区即视为出口。

在史建三看来，外高桥保税区的建立与发展，是上海乃至整个中国改革开放的"点睛之笔"。如果把孕育、滋润中华民族的长江流域视为带动中国经济走向世界的巨龙，那么，被中央列入20世纪90年代重点开发开放的上海浦东新区犹如巨龙的龙头，而在浦东开发开放中占据特殊地理位置、享有特殊优惠政策、发挥特殊功能的外高桥保税区就是巨龙的眼睛。外高桥保税区，为这条巨龙描绘出了一双明亮而深邃的眼睛，这双眼睛不仅为巨龙带来了光明与希望，更让世界感受到了中国的自信与开放。

1992年12月，上海市外高桥保税区管委会正式进入园区内办公。就在当月，史建三也来到保税区管委会报到，正式入职。不过，管委会这时尚未正式成立政策研究室，所以史建三先是在管委会办公室工作，但主要任务依然是从事政策法规的研究。随后到了1993年10月，管委会正式设立了政策研究室，从原上海市外经贸委调来了李力同志担任主任，史建三担任政策研究室副主任。

随后，史建三参与了上海外高桥保税区发展战略的制定。在无数个日夜的探讨和思考中，他和同事们深入研究和理解了保税区的发展方向和策略，为这种国内全新的产业园区模式探索下一步的发展路径。

这些思路，都汇聚在后来史建三主笔的《上海市外高桥保税区经济发展战略》一文中。他通过对当时中国改革开放政策的全面分析，进而提出外高桥保税区的经济发展方向，同时为我国自由贸易区的发展提供借鉴。

他提出，要确立港区合一和经济开放度最高的自由港区位功能，利用得天独厚的港口资源和腹地优势，通过实现港区合一和经济开放度最高的自由港区位功能，推动区域经济的发展和对外开放；要确立以现代化水运港和信息港为载体的国际性枢纽地位，通过大力发展现代化水运港和信息港,吸引国际贸易、金融、物流等企业入驻;要确立以贸易为主体,金融、加工仓储为配套的外向型产业结构,通过优化产业结构、推进科技创新、加强国际合作等方式不断提高经济发展的质量和效益,为我国经济发展做出更大的贡献。

史建三提出的这些具有前瞻性的设想和观点,很多都在后来的上海自由贸易试验区得到了充分的体现。

四、攻读博士

在外高桥保税区期间,由于要面对全新的实务工作,史建三愈发感到现有知识储备不足。保税区研究是一项跨学科、跨领域的工作,不仅需要法学知识,更需要相关经济学知识,以及对世界经济情况的了解与掌握。虽然史建三最终胜任了这项工作,但是其中的适应过程,却并非那么容易。

有时候他也难免会感受到内心里的犹豫——当初在他面前有三条路,而他偏偏选择了挑战最大的一条。这真的是最适合自己的选择吗?

后来史建三回忆起这段岁月,也感慨过,这几年其实是他"人生中最困惑也是最挣扎的时期"。他内心深处仍然有着对学术探索的梦想,也希望继续深造,攻读博士学位。但此时上海的法学博士点尚未设立,史建三的在职攻读计划似乎被无情的现实所搁置。而北京,那个他曾梦想过的学术殿堂,却又显得那么遥不可及。

这时,在保税区的工作则给了他新的启发。身处在改革开放的最前沿,他需要处理大量的产业经济发展课题,为何不做一次学术上的跨界,研究经济领域?这个想法他越想越有兴趣,觉得有必要在法学之外,再系统地形成关于经济学的知识谱系。更何况,中国正处在改

第十一章 | 走向改革开放的最前沿

革开放的浪潮之下,不管是在政府机关,还是在企业,要乘风破浪,就必须拥有世界经济的知识和国际视野的洞察。

在保税区研究工作中,与上海社会科学院有着经常性的沟通。上海社科院是新中国第一家社会科学院,一直以来都是社科领域研究的一处重镇。上海改革开放以来曾有过几次战略大讨论,其中不乏上海社科院学者的身影。比如,1980年10月3日,《解放日报》头版头条刊发了上海社科院研究员沈峻坡的文章《十个第一和五个倒数第一说明了什么?——关于上海发展方向的探讨》,由此引发了上海经济发展战略的广泛讨论。1990年中央作出了开发开放浦东新区的重大战略决策后,8月,上海社科院与上海经济研究中心等单位就联合召开"90年代振兴上海开发浦东研讨会",形成了关于浦东开发开放的多项重要建言。而此时上海社科院世界经济研究所就有一个博士点,且史建三符合申请条件。

于是,史建三给时任世界经济研究所副所长的张幼文研究员写了一封信,在信中,他阐述了自己的学术背景、职业状况,还有对世界经济知识的渴望,强调了这次跨界研究对于改革开放最前沿的保税区的意义,也坦言了自己的年龄和攻读博士学位的决心。

这时的史建三已经年届四十,这或许是他最后一次攻读博士学位的机会。张幼文老师是一位在学术领域有着卓越贡献的中青年专家,学识渊博,对于世界经济的研究有着深刻的洞察力,深得学界和社会的尊重。张幼文老师了解了史建三的情况,看到了他的好奇和对新事物的渴望,并给予了他许多宝贵的帮助和支持。这一举措成为史建三通往博士学位的关键。不久之后,他报考了上海社会科学院的经济学博士,带着对法律与经济交融的深切渴望,史建三开始了世界经济博士学位的攻读。

开始攻读博士学位后,要选择读博期间的研究方向。在张幼文老师的鼓励下,史建三选择了跨国并购这一充满挑战性的课题作为他的博士论文。

之所以要选择"跨国并购"这一课题,是因为在很大程度上看到了浦东开发这几年来越来越显著的经济趋势。

上海是中国民族工业的摇篮,也是新中国国有经济的重镇,多年来,上海国营大中型企业为国家贡献了大量的税赋。然而,在改革开放后,上海的老企业们却面临着困境。一些国营大中型企业经济效益下滑,销售收入的增加抵不过成本等支出的增加。在新的宏观运行环境中,有些企业的能力闲置,没有充分转化为生产力,且国营大中型企业纯收入中大部分要上交,企业的实际留利不到纯收入的20%,无力进一步加新产品发展生产和更新改造设备,上海的新产品开发缓慢,企业不能及时拿出新产品去占领市场。再加上国营企业的管理体制老旧,企业机构复杂化、肿化,非生产人员不断增加,行政支出逐年增加,办事效率难以提高,使职工的积极性和企业经营的效益都受到很大的影响……种种问题,让上海大中型企业的发展步履维艰。

面对困境,许多老牌企业开始利用外资,成立中外合资、中外合营企业,通过跨国合作来对老企业进行改造,已成为一条引人瞩目的新路。老厂"嫁接"立足于原有老企业,充分利用了原有企业的有利条件,引进资金、先进技术和管理经验,投资少,见效快,对于搞好国营大中型企业,从整体上提高我国工业水平,发挥了重要的推动作用。比如20世纪80年代,中国与德国合资建立了上海大众汽车有限公司,推出了国产"桑塔纳"汽车,就凭借着油耗低、转向灵活、风险系数小、起动性能好、变速反应灵敏等特点,一上市就广受欢迎,成为了那个时代的"爆款"汽车,取得了巨大的成功。

1992年"南方谈话"后,引进外资进行中外合作迎来了新的高潮。再加上经济全球化浪潮的蓬勃兴起,跨国公司技术研究与开发的国际化趋势已经引起世人的广泛瞩目,对这一趋势究竟会给投资国与东道国带来什么样的影响,如今人们还在众说纷纭,莫衷一是。而东道国如何在一场场跨国并购中,在国际经济规则秩序中有效地维护好自身利益?这一问题既是经济问题,也涉及国家间的法律问题,正需要有跨学科头脑的研究者来予以回答。

在张幼文老师的指导下,史建三就以"跨国并购"为题,作为自己博士期间的研究方向。这也意味着他的研究领域已经完全从华政期间的刑事法学,转向了与企业并购有关的经济与法律领域。此时的他还没预料到,这个选择将对他今后十年的工作与事业,带来无比深远的影响。

史建三在上海市外高桥保税区管委会工作期间形成的研究成果

第十二章　做自贸区发展的"法律领航员"

一、保税区立法

1993年11月,党的十四届三中全会通过了《中共中央关于建立社会主义市场经济体制若干问题的决定》,其中提出,要"加快经济立法,进一步完善民商法律、刑事法律、有关国家机构和行政管理方面的法律,本世纪末初步建立适应社会主义市场经济的法律体系"。在此之后,"法治"开始成为人们越来越多提到的词语。

从先前提倡的"法制",到如今的"法治",看似是一字之差,其实意味着社会对法律理解的深入。按照当时法学泰斗李步云先生的解释,"法制的内涵是指有一套法律规则以及法律的制定与实施等各种制度;法治则是与人治相对立的一种治国理论与原则、制度"[1]。而

---

[1] 李步云、黎青:《从"法制"到"法治"二十年改一字——建国以来法学界重大事件研究(26)》,载《法学》1999年第7期。

这一理念,将在几年后被李步云先生带入中央政治局的法制讲堂上,推动"依法治国"方略的制定与实施。

而在浦东,包括史建三在内的保税区工作人员也在探索一条具体的保税区法治道路。

"法规先行"一直是贯穿浦东开发开放全过程的指导方针。早在1990年,针对海内外人士对浦东开发开放存在的疑问和不解,时任上海市委书记、市长朱镕基同志就要求浦东开发开放的首批立法必须以中文和外文同时对外公布。保税区设立以后,上海市政府以及海关总署陆续公布了有关保税区货物、运输工具和个人携带物品的监管和征免税实施细则,以及保税区外汇管理实施细则等新的政策性规章,使得保税区的开发和启动工作逐步规范化。

但是,这些规定仍然只能算是保税区设立之初形成的早期规范。基于博士学习期间所积累的世界自由贸易区立法先行的国际经验,史建三经过研究之后,越来越感觉到外高桥保税区在发展中存在着法规制度问题。尽管保税区在基础设施建设、吸引投资和树立形象等方面取得了举世瞩目的成就,但是它的性质至今还不够明确,又缺乏政策优势,加上软硬投资环境还不够完善,管理体制不顺,在一定程度上影响了保税区的发展。1990年海关总署颁布的《对进出上海外高桥保税区货物、运输工具和个人携带物品的管理办法》是一项政府规章,没有理顺外高桥保税区的管理体制,同时,随着保税区开放度日益扩大、功能不断丰富,现有的规章在内容上也难以适应和满足日益增长的实际需求。特别是保税区至今没有市级人大常委会制定的地方性法规,这使得规章制度在执行上缺乏权威性,在一定程度上导致了区内企业缺乏稳定感。

而且,更需要解决的还有一个根本性问题,那就是:保税区的性质为何，至今没有得到法律法规的明确。许多投资者、经营者都疑惑着，作为一个封闭式的综合性对外开放区域，保税区同一般的经济技术开发区究竟有哪些不同？

于是，史建三经过充分的准备后，向外高桥保税区管委会和浦东新区管委会的上级领导提交了"对标国际惯例尽快推动保税区立法的建议"。这时还是他刚开始在外高桥保税区管委会工作之初，史建三的建议内容，是"成立外高桥保税区立法起草小组，开展立法工作"。

这个建议得到了市级层面的高度关注，随后，根据市委、市人大、市政府的要求，当时上海市人大财经委牵头成立了联合调研小组，主任由市人大财经委原主任委员侯旅适（市政府原副秘书长）担任组长，两位副组长，一位是上海市人民政府原法制办主任谢天放，另一位是浦东新区原区委副书记、浦东新区原管委会副主任胡炜（同时也兼任了外高桥保税区管委会主任）。一个由多方联合组成的"外高桥保税区法制建设联合调研组"成立了。

1994年秋，调查组来到外高桥保税区，进行了为期三个月的调研。调研中，他们深切感受到了保税区的快速发展，但也注意到一些问题尚未得到清晰解决，同时，还没有一份完整的地方性法规。因此，他们形成了一份专题调研报告，报告建议：对1990年颁布的《上海市外高桥保税区管理办法》进行修改，要尽快为外高桥保税区制定地方性法规，将其提升为地方性法规，并列入1995年市人大常委会立法计划。通过立法，进一步明确外高桥保税区的"自由贸易区"和"境内关外"的功能性质，明确保税区管委会的职责，调整管委会与各方面的关系，并在带动区外企业开展对外贸易、统一低税赋、改进监管办法等方面均有所体现。

这个建议，也引发了更广泛的关注。

二、放眼全球

20世纪90年代，正是"经济全球化"概念被提出、自由贸易在全世界被广泛推崇的时期，自贸区已然成为当今国际经济竞争的新高地，外高桥保税区的发展受到来自各方的瞩目。因此，上海市领导认可了要起草一部关于自由贸易区的地方性法规的建议。之前的调研小组随之转变成为了法规的起草小组，而史建三也是小组的成员之一。

这个决定像一声钟响，宣告着上海将迈向自贸区建设的新时代。

为了使条例制定得科学、严谨、全面、实用，在起草过程中，他们在保税区内进行调查。先后召开了区内中资企业、外资企业、贸易公司、加工企业、仓储企业、保税区海关等20多个单位的10多次专题座谈会，听取大家对保税区立法的意见和建议。

史建三的建议在其中发挥了很大的作用。他所秉持的"对标国际惯例尽快推动保税区立法"的理念，获得了调研组的一致赞同。调研组先对深圳、广州、厦门、天津等10个保税区的运作和法制建设情况进行调查，并就立法共同关心的问题展开讨论，研究后发现，虽然兄弟省市也有一些好的经验做法值得浦东学习和参考，但总体上看，无论是从制度规范还是运作模式上讲，其他省市地区也在面临着与外高桥保税区相似的一系列问题，并不足以提供参考借鉴。外高桥保税区其实走在了全国的前列，更需要的是进一步向国际寻求借鉴，从而为其他省市的保税区建设提供一个中国式样板与"上海经验"。

所以，调研小组"兵分两路"，由谢天放主任带一组人员前往欧洲，由侯旅适主任带另一组人员前往美洲，开启了对国外10多个自由贸易区的考察之行。史建三跟着美洲考察团，前往美国、墨西哥和智利三个国家。这次考察之行十分艰苦，上海外事办只批了两个星期的考察时间，然而，他们要考察的三个国家要么幅员辽阔，要么国土狭长，而且分布在南北半球，因此此次行进距离之遥远，出乎所有人的意料。

他们先是飞越整个太平洋，来到西海岸的美国旧金山对外贸易区；接着一路向东，横跨整个北美大陆来到华盛顿，同美国国务院相关主管部门的官员进行交谈，学习和了解自贸区建设和管理经验；再沿美国东海岸南下，考察佛罗里达州的迈阿密对外贸易区；然后调转往西，再横跨一次北美大陆，来到洛杉矶考察。短短几天时间，他们的考察路线在美国900多万平方公里的版图上"画了一大圈"。紧接着，考察团从陆上过境到墨西哥——墨西哥是发展中国家中较早设立自由贸易区的国家之一，所以它也成为了此次考察的重点。到了首都墨西哥城之后，考察团还通过当地的巴拿马使领馆工作人员的介绍，学习和了解了巴拿马科隆自由贸易区的一些情况。之后，考察团又从墨西哥城乘飞机跨越赤道来到南美洲，抵达智利首都圣地亚哥，又从圣地亚哥换乘飞机向北折返近1800公里到达北部城市伊基克，考察位于伊基克的ZOFRI自由贸易区（美洲第二、南美洲最大的自由贸易区）。

在这个过程中，考察团不仅深刻领略了自贸区的魅力，更凝聚了无数心血。大量的考察、归纳整理和系统思考，成就了集体的智慧结晶。在这个基础上，史建三和调研组团队开始了上海保税区条例的酝酿工作。草稿的编写和修改，如同琢磨一颗宝石，经过不懈努力的打磨，最终闪耀着光芒。

调研小组通过对国外自由贸易区和国内保税区的一系列实地考察和深入研究，收集了大量来自不同国家，使用不同语言文字的自由贸易区相关政策法规。在史建三与李力主任的共同努力下，他们对这些文献进行了翻译、整理和编纂。最终，以外高桥保税区管委会的名义，编写了《世界自由贸易区研究》一书。这也是全国最早系统性地研究世界各国自由贸易区政策法律的著作。

这本书得到了赵启正市长的高度赞誉，他亲自为此书作序。在序言中，赵启正市长高度评价了李力和史建三的研究成果："本书的作者正是抱着借鉴世界其他自由贸易区的先进经验以规划开发自己的自由贸易区的动机，经过几年的艰苦探索和研究，通过实地考察和对各种资料的分析，把大量的资料进行归纳和研究之后，着手撰写这本书的。无疑，他们所找到的自由贸易区的某些共性和一般发展规律对于中国发展具有自由贸易区性质的保税区的建设实践有许多参考价值。作者把来自世界上许多自由贸易区的丰富的，但杂乱的资料，进行了整理和提炼，编成了这样一本易读、有用的好书，相信会受到读者的欢迎。"

随后，赵启正市长将这本书送交给了中央领导，得到了他们的高度重视。这部著作为以后的法规制定提供了大量宝贵的参考资料，为中国第一部保税区立法奠定了坚实的基础。

三、参与立法

在调研的基础上，起草小组着手起草条例的最初一稿。从框架到内容，从章节到条款，大家充分发表意见，经过无数次讨论和研究后，形成了《上海外高桥保税区条例》草案初稿，共十一章五十九条。

保税区条例立法在全国较早采用了"借力外脑"的模式，史建三在条例起草过程中从头到尾全过程全领域地参与。他不仅代表着外高桥保税区管委会，还凭借着自己拥有的丰富法学教育和研究经验，扮演着立法专家的角色。无论是去企业调研，还是落笔撰写法条，到后面的审议和修改，史建三都起到了非常专业的作用，推动着立法草稿的逐步完善。他字斟句酌，反复推敲，确保每一条款都符合实际、具有可操作性。他的严谨和专注，赢得了起草小组其他成员的尊重和信任。

这是首次立法专家参与地方立法的案例，在20世纪90年代的立法工作中影响深远。

原本最需要解决的问题，在新法规的草案中得到了明确——条例的草案明确提出，外高桥保税区"是设有隔离设施的实行特殊管理的经济贸易区域"。这就意味着该区域是一个有明显边界线的经济贸易区；对它实行的特殊管理不同于国内一般经济技术开发区或普通行政区。

通过前番的考察，起草小组看到各国自由贸易区五花八门，但是对于自贸区究竟是干什么的，总算是有了比较清楚的认识：它从事的应该是国际贸易和一些仓储、货运等业务，而不是专门搞生产、搞加工。当然，国外自贸区也都有工厂，也可以从事一些加工业务，但是"以贸易为中心"是它们的核心要义。这是他们出国考察很重要的一条收获。所以在条例的草案中，也着重突出了"贸易、仓储、运输"等功能。而在专家们的参与和论证下，关于保税区的经济运作也更为规范，条例草案围绕保税区内外贸易、货物存储、加工贸易、货物运输等方面作出了规定，原来通过"内部文件"规定的政策，现在都在条例中明明白白地列出。

四、阶段成果

经过两年半的调研起草工作，1996年12月19日，《上海外高桥保税区条例》终于经上海市第十届人大常委会第32次会议审议通过。条例总结了外高桥保税区六年多开发建设的经验，吸取了国内其他保税区的成功做法，也借鉴了国外自由贸易区的立法和运行规则，使条例的内容接近于国际上通行的自由贸易区的惯例与规则，并具有中国和上海地方特色。

当《上海市外高桥保税区条例》终于审议通过并公布实施时，史建三的心中充满了喜悦和自豪。他知道，这部法规不仅为外高桥保税区的深化改革提供了法制支撑，更对推动浦东进一步开发开放、扩大我国和上海的对外开放进程起到了积极的推动作用。

这个时候，史建三已经因为工作原因离开了保税区，但依然对保税区立法工作保持高度的关注。法规实施后，史建三并没有停下脚步。在后来法规实施的过程中，他以专家身份，还组织了法规后评估工作，对法规的实施效果进行了全面的评估和总结。他的工作得到了市人大和保税区管委会的高度认可和评价。

中国（上海）自由贸易试验区的设立是中国在改革创新道路上的一次重大尝试，运用创新思维、先破后立、法治先行，为我国的改革开放探索出一条新路子，提供可复制的经验是自贸试验区设立的初衷和历史使命。之后他还作为司法部特邀的唯一中方专家，在中欧法律服务业研讨会上作"上海自贸试验区对法律服务业开放的影响"的主旨演讲；作为上海自贸试验区前身——上海外高桥保税区的创业者，应《中国律师》杂志社邀请，畅谈自贸区的前世今生和法治建设的进程。

2017年，伦敦《金融时报》旗下FDI杂志对全球1200多个自由贸易园区进行指标测评，外高桥保税区仅次于迪拜多种商品交易中心，荣获2016年度全球自由贸易园区综合类亚军，并获评全球最受大客户推荐的自由贸易园区冠军，以及亚洲与东亚最佳自由贸易园区。2014年7月25日，上海市第十四届人大第十四次会议表决通过《中国（上海）自由贸易试验区条例》，《上海市外高桥保税区条例》功成身退，但该条例在上海法制史和对外开放中的历史作用，以及实践成效是永远值得记忆的。

第四部分

1995—1999：

上海律界"航空母舰"的诞生

第十三章 | 特殊的面试邀请

一、面　试

　　1995年的5月，东方明珠广播电视塔正式投入使用，正在外滩对岸的陆家嘴发出耀眼的光。而与此同时，东方明珠塔不远处的金茂大厦也开始破土动工，一幢高度420.5米的未来中国第一高楼，将在今后的三年中拔地而起。这一年的岁末，正在外高桥保税区管委会工作得如火如荼的史建三，接到了一份特殊的面试邀请。

　　这一份邀请，来自上海市政府原秘书长余永梁，人称"老余头"，又称"老宁波"，向来以严谨、公正的作风著称。这一年，他因为年龄到了退休的时刻，所以经市委市政府安排，转职担任上海锦江集团总裁。履新之后，余永梁对公司提出要求，要寻求一位专职法律顾问。

　　"专职法律顾问"在外企中已经司空见惯，但在国内企业中却仍然是个比较新的岗位。那时上海大部分大中型国企，都没有设置专职法律顾问。余永梁总裁提出这个要求，背后有着深刻的时代背景。

党的十四届三中全会后，党中央围绕建立社会主义市场经济体制的目标，明确提出要建立现代企业制度。同时强调，要进一步加强企业法制工作，建立和完善企业法律顾问制度。所以，余永梁总裁在管理企业的过程中，自然注意到了锦江集团在扩大业务过程中对法律风险防控的需求，认识到了填补锦江集团现有的空白的重要性。他请市政府法制办帮他推荐一名专职法律顾问，而正巧的是，市政府法制办主任谢天放就曾在保税区立法课题中看到了史建三的能力，就将史建三推荐给了余永梁总裁。

这个消息在史建三的心中激起了莫名的激动，但同时也伴随着许多疑虑和挑战。史建三在外高桥保税区管委会已经工作得游刃有余，为何要离开这片熟悉的土地，去一个全新的领域探险呢？

然而，大集团、大平台，让史建三心中燃起一个新的梦想。如果能借助大集团的力量，以实现更多的职业抱负和个人理想，那此次邀约则是一个非常好的机会。于是，在去与余永梁总裁面谈时，史建三清楚地提出了他心里早已打好腹稿的三个条件。

首先，他希望能够解决住房问题，因为离开保税区，意味着必须放弃浦东新区已经分给史建三的一套房。一个稳定和舒适的居所对于史建三专注于工作非常重要，这也是给自己的家里一个交代。

其次，他希望有机会去美国半年，完成自己的世界经济专业的博士论文。

最后，也是史建三最大胆的一个提议。他提出，锦江集团在总部层面有大量的引进外资和对外投资需要法律服务的支撑，下面有几十家子公司、合资公司和几百家孙子公司需要日常的法律服务支持，因此希望锦江集团将来能创建一个律师事务所，为集团各级企业提供全方位的法律服务，这有助于集团层面对下属所有公司法律风险的管控。

这是拿到面试通知后燃起的梦想，也是史建三对自己未来发展的期许。

准备这三个条件时，史建三还紧张了一阵，担心自己的这些要求提得太高，领导答应不了，反倒让他错失了这个在大集团任职的机会。然而出乎史建三意料的是，余永梁总裁听完之后，竟没有丝毫讨价还价，直接爽快地答应了史建三的条件——也许他看到了史建三对工作的热情和对未来的追求，于是决定给予史建三这次改变命运的机会。

领导的魄力与气度令他心中惊叹。于是，史建三也就顺理成章地华丽转身，成为了锦江集团的首席法律顾问、法务部主任，兼任投资部副经理。充满期待和挑战的新职业生涯就此拉开了帷幕。

二、设立律所

与此同时，锦江集团的大力支持为史建三提供了宝贵的机遇。余永梁的眼光独到，深知法律事务对大型企业的重要性。在史建三的提议下，锦江集团垫资 60 万元，以锦江集团内部具有律师资格的干部员工为基础，开始筹建锦江律师事务所。领导为新的律所定下了调子：它在成立后将为锦江集团提供法律支持，还可以向其他公司开放，对外提供专业服务。

1996 年，在法律界有一件大事，那就是酝酿多年的《律师法》终于在 5 月 15 日的第八届全国人大常委会第十九次会议上通过，将于 1997 年 1 月 1 日正式施行。这也意味着中国律师制度经历了近 20 年的探索，终于以法律的形式正式确立。

而就在《律师法》颁布的一个月前，这年 4 月，史建三主导的这家律师事务所也在浦东新区登记成立，正式诞生，它如一轮冉冉升起的太阳，充满了勃勃的生机。虽然受企业不能兴办律师事务所的规定限制，新的律所不能使用"锦江"这一字号，但因为与锦江集团的渊源，这家律师事务所被取名为"上海锦联律师事务所"，意为"锦绣前程，联手共创"。在集团的支持下，史建三担任了锦联律师事务所的主任，办公地点就设在茂名南路的老锦江饭店内。这个新的律所很快发展成为一家成规模的中型律所，并逐渐在业界崭露头角。

成立后的锦联律师事务所以其专业性、高效性和优质的客户服务而闻名，吸引了众多客户的青睐。史建三及其团队凭借他们的精湛法律技艺和丰富经验，为众多企业提供了高质量的法律服务。

回想这段历程，如果没有余永梁的大力支持，就没有史建三人生轨迹的改变，锦联律师事务所的成立和发展将是难以想象的。余永梁的信任和帮助为锦联所的发展提供了巨大的推动力。他的支持和信任不仅改变了史建三的人生轨迹，也让锦联所能够在法律服务领域取得卓越的成就。

三、探索律师之路

在锦江集团工作的日子里，史建三参与了许多重要的涉及外资引进和对外投资的谈判和签约活动。其中最引人注目的就是参与了中国第一家中外合作的商业企业——锦江麦德龙现购自运有限公司的增资扩股投资谈判。这个项目的成功进行，让史建三对企业投资管理和法务管理有了更深入的了解和认识。

锦江麦德龙在后来也成为了锦联所的重要顾问单位。在几年后的一场货款纠纷中，锦江麦德龙再次聘请锦联所来应诉。最终，在二审中，他们成功地逆转了局面，打了一场漂亮的翻身仗。法院判决麦德龙不承担任何责任。

在律师事务所的江湖中，每个案件都是一场战斗。有的事务所承接的案件顺风顺水，有的则常常在疑难业务上磕磕绊绊。而锦联律师事务所，却在一次次的挑战中，找到了解决疑难案件的关键——巧借外力。

这个案件在一审过程中，由于种种原因，他们遭遇了败诉，被判承担90%的赔偿责任。面对压力，锦联所并未选择放弃，合并新设锦天城律师事务所后，集结了原天和所主任聂鸿胜等经验丰富的律师，组成了一个更加强大的律师团队。同时还邀请了国外律师和沪上知名学者，共同研究这起案件，形成上诉策略。这个结果不仅为他们的律所赢得了荣誉，也证明了巧借外力在解决疑难业务上的重要性（案例将在后文进一步讲解）。

这个案例进一步让史建三坚定了原本的想法——面对疑难案件，我们不能孤军奋战。只有学会借助外部力量，才能更好地解决问题。在法律服务行业中，律师们需要不断地学习、进步，与他人合作，才能更好地服务于客户和社会。

事实证明，法律服务的复杂性决定了单打独斗的局限性。此时，合作便成为必然选择。合作不仅能够整合各方优势，还能够提供多元化的解决方案，为客户提供更优质的法律服务。

而互助共赢更是合作的基础。律师们可以通过互相交流、分享经验，共同成长。一个人的成功可能是孤立的，但团队的成功是共同的。在面对困难时，同行们的帮助和支持能够让问题变得更容易解决。互助共赢不仅是对他人的支持，更是对整个行业的贡献。

实现律师行业内的合作和互助共赢需要多方面的努力和智慧。首先，律师们需要保持开放的心态，愿意分享自己的知识和经验。其次，建立稳定的合作网络，可以是同事，也可以是律师事务所、行业协会等，这有助于在需要时迅速地组建合作团队。最后，及时的沟通和协调也是成功合作的关键，只有通过充分的沟通，才能确保团队的目标和方向一致。

而合作的效果是显而易见的。不仅提升了服务质量，还大大提高了工作效率。合作和互助可以让律师们在不同领域的专业知识上互相补充，从而为客户提供更全面、更高质量的法律服务。律师们可以专注于自己擅长的领域，避免重复劳动，从而更快地解决问题。此外，合作还可以增加新业务的机会，一个成功的合作项目可能会为律师带来更多的客户和业务。

后来史建三作为上海证券交易所的法律顾问，遇到了一个前所未有的法律服务项目——新一代证券交易系统的开发。这个项目不仅牵涉IT技术，更涉及技术开发、技术转让、商业秘密、知识产权保护、跨境采购、跨境交易、合理避税减税等一系列错综复杂的法律内容。单凭史建三的一人之力，根本难以应对，而竞争对手又是国内外众多一流律所。

在这个严峻的形势下，史建三再次选择寻求合作。

合作，不仅是资源的汇聚，更是智慧的碰撞。史建三深知，只有借助合作，才能将最优势的资源整合在一起，形成应对复杂问题的强大力量。于是，在史建三的牵头下，许多优秀的律师们被组织了起来，史建三邀请了9位各具业务特长的高级合伙人加入这个挑战性极高的项目。律师们充满了激情，他们来自不同领域，拥有丰富的法律知识和实践经验，正是这种多元性的优势让他们更加有信心应对项目中的各种法律问题。

合作的过程，是一个互帮互助、共同成长的过程。史建三与同事们相互分享案例经验，共同探讨解决方案，每一个问题都得到了不同视角的审视，每一个答案都得到了反复的验证。在这个过程中，他们的团队像一个紧密的家庭，每个人都能够充分发挥自己的专长，每个人都能够获得成长和提升。

最终，通过史建三和团队成员们的合作努力，他们成功地中标了上海证券交易所新一代交易系统法律服务项目。这不仅是一个胜利，更是合作智慧的胜利。在这个过程中，史建三更加深刻地体会到，合作的力量是无限的，只要大家齐心协力，就能够创造奇迹。

后来，史建三与其他人分享了自己善于合作的秘诀，他将经验整理成了十二个要点（如下表所示）。

1	尊重他人	尊重是建立合作关系的基础。尊重他人的专业知识、经验和观点，不论他们在团队中的地位如何
2	培养信任	信任是合作的基石。通过始终诚实、守信，建立起团队成员之间的信任关系
3	让利共赢	让利，是紧密合作的黏合剂，合作的组织者让利，是为了实现共赢局面，让各方在合作中都能实现最大化的利益
4	积极倾听	团队中，认真聆听团队成员的看法和观点，不要过于主观地支配讨论
5	分享信息	及时、透明地分享自己的想法、信息和资源。这可以帮助团队成员更好地理解局势，做出更明智的决策
6	发挥团队优势	认识到每个人都有不同的专业特长，将各自的优势整合起来，形成更有力的团队
7	建立沟通渠道	建立有效的沟通渠道，确保信息可以流动。沟通不仅包括面对面的交流，还可以通过电子邮件、即时消息等方式实现
8	协商和妥协	在团队中，可能会有不同的意见和冲突。学会协商和妥协，找到合作各方都能接受的解决方案

续表

9	分工合作	根据各自的专业领域和技能,分工合作。每个人专注于自己擅长的部分,最终为整个团队的目标作出贡献
10	分享成功和失败	无论是成功还是失败,都要与团队分享。成功时分享经验,失败时吸取教训,这有助于团队成员共同进步
11	解决冲突	合作不可避免会出现冲突,但关键是如何处理。学会通过有效的沟通和协商解决冲突,而不是让冲突升级
12	感恩回报	在合作中获得帮助时,记得感恩,并在有机会时回报。合作是相互的,不仅是取也要给

四、蓝海中的律师业

史建三对律所经营之道一边探索,一边实施。锦联律师事务所建立以后,定下了"锦绣前程,联手共创"的口号,广泛吸纳各个领域的法律精英。

时值《律师法》颁布之际,上海的律师行业正处在一个即将发生巨变的节点。国办所正经历着它们最后的辉煌,第一律师事务所、第二律师事务所隐然以苏州河为界,为各自属地的企业单位提供服务;主打涉外业务的第三律师事务所和以华东政法学院教师兼职为主的第四律师事务所,也保持着群英荟萃的局面;徐汇律师事务所、新华律师事务所等区属国办所也各具优势。

但是,越来越多新开设的律所已经崭露头角。比如20世纪80年代末90年代初开设的许多合作所,如今已经风生水起。比如市外经贸局指导设立的金茂律师事务所,市建委指导设立的建纬律师事务所,此时都在各自的国际贸易、工程建筑等领域里奠定了领先地位。

上海律师业正处于蓬勃发展的阶段,尤其在涉外法律业务方面,成为了各家律所角逐的"蓝海"。据统计,1990年上海律师办理涉外法律事务630件，至1995年，这一数字已达3024件。同时，这一阶段律师业务类型也逐渐呈现多样化，除传统的诉讼业务外，金融证券、投资并购、仲裁、知识产权等新兴市场也开始出现，对外开放进入了全新局面。上海多家涉外律所，如上海市浦栋律师事务所、上海段和段律师事务所等，均于此时先后成立。

随着法学毕业生一批一批地走向法律职业，如何吸纳优秀人才则成为了律所发展的关键。1997年年初，在史建三向有关部门、高校方面的努力争取之下，锦联所与上海交通大学开展合作，成立了锦联所交大分部，上海交大法律系主任陈乃蔚也加入了锦联所，兼职从事知识产权业务。在成立大会上，锦江集团副总裁和浦东新区司法局局长到会祝贺。锦联所交大分部的设立，为律所吸引了许多上海交大的法学教师供职。

短短3年的时间，就是一个持续"联手共创"的过程。锦联所的执业律师从5人迅速增加至近40人，其中有留学归国人员8名，博士5名，硕士8名，具有高级职称的8名。律和理律师事务所原副主任罗建荣带着这家事务所浦东分部的人马进来了；永利律师事务所原副主任钟佩君带着一批精兵强将（如上海市公安局办公室原主任杨星华律师）进来了；还有远在甘肃兰州和青海西宁的证券律师刘成江和许新志等一大批优秀律师，都纷纷加入了锦联所的团队。

同时，海外归国留学生也是律师界重要的人才来源。20世纪90年代以后越来越多的在国外律所工作或留学的律师回归祖国，为国内律师行业注入了国际视野。正是有了这批人的加入，国内的一些顶尖律所才真正具备了承担涉外法律业务的能力，中国律所的国际化也正是在这样的环境中得到觉醒。实际上，在这个时期，谁吸引了更多的留学归国法律人才，那家律所就具备了涉外法律业务的核心竞争力。

从原来在华政的"海归"校友们开始，史建三积极吸纳具有国际背景的涉外律师。先是在美国、加拿大执业的林建华律师，然后是美国律师朱思东、在日本执业的裴索、王学杰等一批律师，都加入了锦联所的团队。这些"海归"人才，后来也都成为了国内知名的涉外律师。

在当时上海市司法局律管处的帮助下，史建三先后为林建华、朱思东、陈克、王学杰等10多名留学归国人员办理了司法部特批的免律考律师资格，进一步扩大了锦联所的规模，还为开拓国际法律业务奠定了坚实的基础。

经过两年的发展，锦联律师事务所已拥有40余名优化组合的律师和顾问。其中三分之一左右来自创办时间较早的市级律师事务所，这些资深律师在执业过程中的丰富经验和解决法律问题方面的出色表现，为事务所赢得了良好的声誉。三分之一左右来自海外博士、硕士学历的留学人员，他们良好的多国法律文化背景，为事务所从事高层次的、新兴的、国际性的法律业务奠定了基础。三分之一左右来自国内高等法律教育科研院校、金融证券、外经外贸、房地产等管理部门的兼职律师和特邀顾问，他们全都拥有高级技术职称和深厚的法学理论功底，在社会上享有崇高的声誉，从而为事务所全面、优质开展业务提供了强有力的保障。

自事务所创办之日起，史建三就在为未来的发展后劲进行不懈的努力。他一直主张，为适应世界经济一体化发展进程，法律服务也必将出现国际化、网络化和信息化的趋势。面对已经来临的信息化社会的挑战，史建三和林建华、朱思东已率先在因特网上为锦联所建立了自己的网址，向现有客户和全世界的潜在客户介绍他们事务所的法律服务特色、业务范围以及中国法律查询咨询等服务。

第十四章 "名律师"之路

一、何为名律师

自从创立锦联所，从兼职律师转为专职律师后，史建三也想有朝一日能在这个领域占有一席之地。于是，原有的职业习惯促使他研究起知名大律师们的成名轨迹。

自1992年以来，随着市场经济快速发展，律师行业也在走向黄金时期。自从段和段律师事务所开了先河，司法部开始允许创办私人合伙制律所，律所和律师队伍的增长出现了井喷之势。到1993年年底，上海的律所已经突破了100家，专职律师人数已经从1992年年初的688人迅速扩张到了1993年年底的1500余人，短短两年时间，增长了一倍以上。这些增加的律师们，既有大批来自政府机关"下海"的公职人员，也有一代又一代的法学毕业生、归国留学生们。

而如何在这近两千位律师（未来将会更多）当中脱颖而出呢？

史建三发现，一名律师之所以成名，除了他们的天赋、勤奋和认真的办案态度，辨别和把握机遇的能力也至关重要。

20世纪五六十年代就已经闻名遐迩的那些老一辈名律师，是在律师制度恢复之初，把握住当时国人关注的焦点——刑事辩护而功成名就的。比如上海第一家以个人命名的律师事务所——李国机律师事务所的主任李国机律师，就因为承办了"游本昌名誉侵权案""李宝善被诽谤案""杨百万被侵权案""刘海粟遗产继承案"等颇有影响的大案要案而成为了当之无愧的大律师。略微年轻一些的傅玄杰、郑传本等这几位如日中天的中年律师，也都因为代理了轰动社会的名人大案而一举成名。

20世纪80年代末90年代初学成回国的海归派们，如今许多人也已经声名远播，这是因为他们填补了涉外法律服务的空白；90年代以后崛起的那一批青年才俊，则因为坐上了证券、金融法律服务的头班车而脱颖而出。

这些律师中，很多都是恢复高考后的"新三届"大学毕业生，甚至其中还有一些曾与史建三同窗四年的同学。史建三深知在已经有诸多律师挂帅的领域里，再要成名难度太大，唯有拓展新的律师服务领域，找到适合自己的那片天空，才有成名的机会。

那么，还有哪些先机可以把握呢？

二、自我分析

在20世纪90年代中期的法律领域，竞争开始变得异常激烈起来，只有找到适合自身的业务定位，才是取得成功的关键。

SWOT分析是一种评估一个项目、一个企业或个人的优势、劣势、机会和威胁的方法。对于律师事务所或个人律师而言，SWOT分析其实也可以帮助他们更好地了解自身情况，找到适合自己的业务领域，从而在竞争中脱颖而出。

受管理学启发，史建三尝试着运用SWOT分析，来找到适合自己的业务定位。

```
         优势                    劣势
      Strengths              Weaknesses
   ○ 深厚的法律知识          ○ 进入律师领域的
     和丰富的国际              起步时间较晚
     业务经验
                  SWOT
         机会                    威胁
      Opportunities           Threats
   ○ 全球性的跨国并          ○ 老一辈名律师已
     购浪潮                    经成名扎根
```

图2　史建三个人SWOT分析

如图2所示，他的优势显而易见——拥有深厚的法律知识和丰富的国际业务经验。这是他的核心竞争优势，也是他在并购领域脱颖而出的基石。他的研究方向、知识结构和国外阅历为他在跨国并购领域提供了得天独厚的条件。

然而，他也明白自己的劣势，法律界竞争激烈，要在已有领域成名难度较大。认知到自己的劣势也正是他聪明的地方，因为他明白需要在新的机会和领域中寻找突破口。

而机会就在那里，全球范围内的跨国并购浪潮为中国律师提供了新的机遇。这是一个充满无限可能的领域，尤其是在填补国内涉外法律服务空白的领域。他攻读经济学博士学位的过程中深刻认识到了这个机会，决定抓住它，扩展自己的业务领域。

然而，市场竞争是不容小觑的，老一辈名律师已经在各自领域站稳脚跟，这对于新兴律师来说是一种威胁。同时，市场快速变化可能导致他的业务领域失去吸引力。这是一种挑战，需要他保持警惕，不断学习和进步，以适应不断变化的市场需求。

通过分析优势、劣势、机会和威胁，史建三决定将跨国并购领域作为自己的业务定位。这一领域与他的研究背景、知识结构和国际经验紧密契合。他看到了全球性的跨国并购浪潮为中国律师提供的机会，决定抓住这个机会，扩展自己的业务领域。

三、瞄准跨国并购

同时，史建三的经济学博士论文就以"跨国并购"为选题。这是国内最早以跨国并购为主题的博士论文，可谓开创性的选择。他深信，只有深入的学术研究才能够为中国企业在国际并购领域站稳脚跟提供理论支持。通过对跨国并购的深入研究，他积累了丰富的理论知识，同时也在思考着，在跨国并购浪潮中，作为一名律师，如何抓住现有的机会？

随着世界经济一体化的迅猛发展，科学技术的突飞猛进，跨国公司的日趋活跃，政府对经济管制的日益放宽，各国经济相互渗透、相互依存不断加深，地球正变得"越来越小"，"无国界"经济正在形成。现有生产条件下生产力的发展引起的市场供求矛盾和市场竞争日益激化，并扩展到全球领域。跨国并购浪潮就是在这种世界经济大背景下形成和发展起来的，进而成为此后一段时间里世界经济的一个显著特征。

1998年，全球企业并购的交易总额已达到22790亿美元，比1997年增加了54.3%，再次刷新纪录。一些跨国律师事务所在从事跨国并购的法律服务中收入颇丰，获得了几十亿美元的律师费。

中国企业正面临着跨国并购的挑战，中国律师也遇到了千载难逢的机遇。

伴随着中国经济的国际化进程，特别是中国进入世贸组织的时间日益临近，中国将在投资政策、市场准入、国民待遇等问题上迈出更为开放的步伐。一方面，在资本不足的经济条件下，中国的国有企业改革客观上为外国资本提供了众多的并购目标企业，由此将为跨国公司以并购方式进入中国市场提供契机。另一方面，中国企业也开始尝试运用跨国并购的方式走出国门，从事跨国经营，参与国际竞争。

一国企业并购另一国企业，遇到的法律问题比国内企业并购更多，程序更复杂，如果没有律师的参与，要进行跨国并购几乎是不可能的。

在担任锦江集团法律顾问、锦联所律师，并攻读世界经济专业博士学位的这几年里，史建三参与了数起跨国并购的案件，涉及中国企业并购外国企业、外国企业并购中国企业和外国企业之间并购等不同类型，这使他有机会在参与过程中意识到美国律师团队工作在未来国际法律服务中的重大作用，重新检讨了自己在前几个跨国并购案中不足之处。

1996年，史建三以律师的身份，成功主导了中国企业首次并购日本企业的跨国并购案。从目前已知的公开信息看，这个案例，或许可以称为中国律界的第一起跨国并购案，开辟了新的历史篇章。这次并购实践，无疑是他在并购领域的一次重大突破，更为他日后在这一领域的深入探索奠定了坚实的基础。（详见附篇一《第一宗跨国并购案件》）

四、经验之谈

如今回看那段时期,史建三的律师之路可以说是非常成功的。不仅是因为他对跨国并购法律业务持之以恒的探索,也是因为他特有的多元化职业背景。

史建三的职业发展,经历了学者、政府官员、企业法律顾问,再到执业律师的转变,非律师职业的多重角色,有利于他以多视角体验社会各界对律师的需求和要求,感受律师业现状与社会各界心目中好律师的距离;律师职业中的多重角色,既能使他亲身体验到律师应该怎样做才能满足社会各界的不同需求,也让他感受到律师的喜怒哀乐与酸甜苦辣,体会到律师业发展的内部动力与外部环境的冲突。

身在业外看业内,身在业内看业外,身在业内看业内,三者交替进行,构成了史建三对业内外均认同的成功律师标准的独到解读。

就个人的所历所为、所思所悟而言,史建三对自己的律师生涯,总结出了"四要"原则,这四条原则,后来成了史建三多年律师执业过程中始终遵循的"独门秘诀"。

一是要有战略家的眼光。捷足者先登,先占者具有先发效应。而捷足者、先占者的成功首先来源于前瞻性的战略眼光。有了战略家的眼光,才能事半功倍地找准方向、准确定位、做好准备、把握机遇。以个案研究的结果而言,史建三发现,经济全球化浪潮和中国"入世",为中国律师拓展新的服务领域提供了新的机会。而他的研究方向、知识结构、生活阅历无疑又给了他得天独厚的条件。如果用一道公式来总结的话,那就是:战略眼光+准确定位+把握机遇+资源整合+个人努力=初步成功(换个角度看,这其实也是他本人的律师职业发展轨迹）。

二是要有宰相的肚量。有了战略家的眼光，可以看到远大目标，而实现远大目标则需要宰相的肚量。因为在经济全球化和中国"入世"的背景下，新增的高端法律服务需求是"个人服务型"律师或律所无法胜任的。必须组建优秀的团队，通过资源的优化配置，以"团队服务型"方式来满足新增的、高端的法律服务需求。而组建团队、融入团队、发挥团队的整体效应，获取团队的整体利益，需要团队组织者让渡一部分个人利益，需要容忍不同的声音，需要尝试不同的方法，从而需要宰相的肚量和崇高的境界。尤其是在合伙制的律师事务所，合伙人的理念、性格、经营思路、操作模式、工作作风不可能完全一致，因此，彼此之间必须有妥协精神。当然，妥协的目的是以小换大，和平取利；妥协的内容是合作性的付出、谋略性的让步；妥协的方法是认识上的主动、行为上的主动、承担责任上的主动；妥协的合理性在于向公义妥协、向公平妥协、向共识妥协；妥协的适度性在于讲分寸、讲步骤、讲艺术。从经济学的角度看，肚量、境界和妥协，都是利益最大化所必需的前期投入，且投入与产出完全呈正相关关系。

三是要有企业家的经营之道。律师业与法律职业共同体中的法官、检察官、学者等群体相比，既有共同之处，也有差异之处，共同之处在于它们都属于事关社会公平与正义的法律职业；差异之处在于前者是自找业务自谋生，后者是旱涝保收吃"皇粮"。如果把律师比作啄木鸟，那么吃害虫（提供法律服务）是生存之必需，有利树木健康成长（维护社会公平正义）则是客观结果。律所和律师的商业属性是法律属性赖以生存的物质前提，律所和律师不得不面对生存、面对竞争、面对优胜劣汰。因此，律所和律师必须要有企业家的经营之道，善于把握法律服务的细分市场机会，善于研发新的法律服务产品，善于人力资源的管理，善于法律服务的质量管理，善于信息管理，善于财务管理，善于营销自己，善于品牌经营，善于公共关系处理等。

四是要有学者的严谨态度。治学需要严谨的态度，做一个客户满意的律师同样需要严谨的态度，因为法学是一门博大精深的学科，为客户提供满意的法律服务需要精深的法理造诣、了然于胸的法律规则和高超的法律服务技能。为社会和客户所唾弃的"三拍律师"（接受委托时拍胸脯，具体操作时拍脑袋，做砸业务时拍屁股）的主要特征就是缺乏严谨的态度。严谨的态度对于律师来说，有两个内容：一是平时要养成刻苦学习、求知，勇于探求新理论、新法规、新知识、新技能的好习惯，要有学而不厌、锲而不舍、打破砂锅问到底的精神。二是接受客户委托时要仔细倾听客户的需求，归纳出需要解决的法律问题，进行认真的资料收集和尽职调查，做好每一次出庭或参与谈判的前期准备工作，用做论文的严谨态度出具法律意见书、起诉状、答辩词、代理词等法律文书，结案后认真地总结本次法律服务的经验教训并整理成文。

这四条原则，看起来普普通通，但在实践中，却远非一般人想象的那么简单。只有持之以恒地奉行，并且结合自身情况，在遇到每一个摆在面前的问题时，发挥自己的智慧去解决，才能一步一个脚印，走出律师之路的坦途。

第十五章　名律师之战：一场成功反败为胜的诉讼

一、商界波澜

1998年的3月，一场诉讼案件引爆了上海的商业界。捷特龙公司（企业名称系化名，以下简称捷特龙）事先毫无预兆，突然状告上海锦江麦德龙公司（以下简称麦德龙），诉称：自1997年9月下旬始，麦德龙对捷特龙按订单供应的货物的21笔约上千万元人民币迟迟不予付款，要求被告给付全部货款及违约利息。

麦德龙是世界知名的商业巨头。这家成立于1964年的德国公司目前是世界上领先的分销商，其成名立身的C&C（Cash &Cary，现金支付、自己运输）模式按中国国民经济行业分类中属于"批发"，而批发恰恰是中国中央政府严禁外资进入的领域之一。后来经过与上海市政府的一番讨价还价，终于找到一个变通的办法：麦德龙在上海的合资公司以"配销中心"的名义注册。这样，麦德龙才得以在上海落下"户口"。

1996年10月31日，麦德龙与锦江集团、长江实业总公司三方合资组建的锦江麦德龙配销中心在上海开业了。虽然当时没做广告，但这个占地4.6万平方米、拥有600个车位停车场的巨型购物中心仍然成功地吸引了媒体和市民关注的目光。开业后的最初4个月，购物中心始终保持着平均每天200万元的营业额，成绩单表现优异。

而商业上的成功，就得益于麦德龙革命性的C&C货仓式批发模式。这让麦德龙仅用30多年的时间，就从西德的一家国内分销商急速膨胀为世界第二大商业集团。如今，麦德龙的成功，也证明了这一理念在中国这样的转型国家中也行得通。麦德龙甚至给上海这个曾经是中国商业第一发达的城市带来了某种结构性的震荡。几十年来延续着传统批发经营模式的国有批发企业有点坐不住了，为了与麦德龙一起打价格战，不惜在成本开支呈刚性的条件下强行降低价格，结果出现了不同程度的亏损。

而对于麦德龙的上下游企业来说，却得到了极大的优惠。在麦德龙这里，购买任何数量的产品都可以享受到同大零售商一样的进价优惠，而且品种不受限制，这在以前的批发部门是不可想象的。麦德龙的采购量大，品种多，现金结算，而且时间短，信誉好，交易过程竟然完全依照《供货商手册》的规定来，程序清晰透明，没有什么乱七八糟的"潜规则"。

所以，原本的竞争对手也选择了"打不过便加入"。原本与麦德龙存在竞争关系的捷特龙公司，这个供应糖、烟、酒的大型批发连锁企业，他们所属的配销中心也开始向麦德龙供货了。

第十五章 名律师之战：一场成功反败为胜的诉讼

二、追根寻源

那么，作为合作商的捷特龙公司，为什么突然状告麦德龙呢？

收到诉状的麦德龙公司最初也一度陷入疑惑，因为在麦德龙的系统中，所有的业务都正常，并没有发现应付而未付的情况。毕竟，麦德龙的C&C模式能取得突出的成就，很大程度上得归功于高度电脑化的严格的管理体系，这一系统中的信息应当是可信的。

麦德龙内部有一套彻底电脑化的业务流程，覆盖了从采购到销售的整条业务。这样，他们就可以运用信息技术实现全程的管理和监督，使整个进、存、销过程都处于公司的动态监控之下，以防止各个环节上的人情干扰、无谓损失和监守自盗。

比如采购，麦德龙与供货商之间的交易完全按照麦德龙制定的、经过30多年实践检验的《供货商手册》。《供货商手册》规定的交易程序只有一个模式，如果一个供货商想与麦德龙做生意，那么他必须先在麦德龙的"供货商目录"登记，登记的内容除了联系方式这类基础信息外，还有非常关键的供货条件和付款条件。今后双方发生的所有交易，都以目录上的条件为前提。而且，麦德龙只向目录名单上的供货商下订单。

而在公司内，只有商场部门主管或总部采购员可以向供货商下订单，当他们打算下订单的时候，就必须取得电脑系统自动派发一个订单编号，然后通过传真、电话、邮寄、电子邮件的方式向供货商发出带有这个编号的订单。之后的送货、收货、开票、付款，都全部按照这个唯一编号的订单进行管理。

可以看出，这套交易规则环环相扣，每个操作人员的权力都被限制在极小的范围之内，并且相互制约。加上所有的交易信息都要进入电脑系统相互印证，接受管理人员的实时监控，使得采购环节几乎不可能出现差错。同时也可以看到，整个交易流程中，并没有签订过标准的采购合同，只有"订单"这样的非典型合同。

麦德龙在上海开业以来，与近1500家供货商发生数十万笔巨额交易，全都是严格按照这套经过了30多年磨炼才打造成功的交易程序进行的，从未出现过差错。如果麦德龙确实下过涉案的这21笔订单，那么就应当可以在电脑系统中找到订单编号。但经过麦德龙的内部查询，诡异的事情发生了，系统中没有这21笔业务的任何记录。

原来，问题出在麦德龙食品采购部一名叫老余（化名）的采购员身上。老余在生意场上认识了上海J贸易公司（以下简称J公司）的负责人姜总（化名）。姜总一直想从捷特龙第二配销中心倒腾出一批货以摆脱眼下的经济困境，但捷特龙内部有一条强制性规定：大宗交易必须得到上级公司的批准，但麦德龙除外。J公司只是一个名不见经传的小公司，信誉又不足以拿到大宗的货物，于是姜总就打起了"曲线贸易"的主意——借麦德龙的壳来一个"调包计"。姜总找到老余，要他帮忙，并告诉他捷特龙第二配销中心也很想与J公司做成这笔大生意，以扩大自己的业务量，只是苦于内部的这条规定，无从下手。如果老余能开出麦德龙的订单，捷特龙第二配销中心就能顺利地向上级交差，神不知鬼不觉地做成这笔大买卖，对捷特龙，对J公司，对大家都有好处。老余思量再三，觉得虽事情有违业务流程，但给个"借道行船"的方便似乎也没什么大不了，便应允下来。

1997年8月30日至同年的11月26日，老余向捷特龙开出21份未输入麦德龙电脑管理系统的订单，并电话通知捷特龙将货发往J公司的收货地点，其中有3笔由J公司自己派人到捷特龙提货。捷特龙的业务员心领神会，按照老余提供的地点送了货，并先后以J公司为购销对象开具了467万余元的增值税专用发票，并接受了来自J公司的160万元货款。

如果J公司能按时将余下的1000多万元货款还清，那么这一招"明修栈道，暗度陈仓"就大功告成了，可偏偏姜总出了事。他因涉嫌诈骗被捕入狱，最后以刑事"诈骗罪"和"虚开增值税专用发票罪"被判处无期徒刑，这下把捷特龙第二配销中心给急坏了，那可是1000多万元的钞票呀！捷特龙得做多少笔生意才能赚到1000万哪！最终，当J公司的姜总涉嫌诈骗被司法机关逮捕入狱，J公司不再继续支付剩余货款时，捷特龙一纸诉状将麦德龙推向了被告席。

三、初战溃败

了解情况之后，麦德龙积极应诉，委托了史建三的律师团队处理应诉。由于涉及的金额巨大，因此是个不可以输的官司。而当上海市第二中级人民法院如期开庭后，问题的焦点就落在了一个问题上：麦德龙和捷特龙之间是否存在这21笔订单的购销关系？

捷特龙的律师主张：麦德龙的订单就是双方之间的合同，只要麦德龙开具了订单，捷特龙实施了供货行为，双方的购销关系就成立了。老余是麦德龙食品部的采购员，向捷特龙发出了21份订单，从法律上就可以认定是麦德龙向捷特龙发出了订单，因为老余作为麦德龙的雇员，其职务行为视为麦德龙的行为，应由麦德龙承担法律责任。捷特龙按照老余的电话指示送了货，双方的买卖关系就成立了。但在捷特龙完成自己的送货义务之后，麦德龙却迟迟不履行付款的义务，捷特龙不得已才诉诸法院，请求麦德龙按约付款。

而代表麦德龙的锦联所律师,则坚决主张:麦德龙的订单仅仅是对供货商的发盘邀请,它不具备合同的主要条款,对双方并不直接发生法律后果。只有当供货商按订单交货,并经过麦德龙收货确认后,双方的购销关系才告成立。因此,合同成立、发生法律效力的关键事实不是捷特龙是否送了货,而是麦德龙是否收货。在本案中,麦德龙的电脑系统里根本没有这 21 笔订单的编号和收货号,收货间连货都没有见到,更别说确认收货了。因此麦德龙与捷特龙之间不存在这 21 笔货物的购销关系。

按照当时施行《民法通则》《经济合同法》(原《合同法》要在 1999 年的 10 月施行),合同是双方的合意。看起来,似乎只要捷特龙接受了麦德龙的订单,双方的买卖合同就成立了。至于以后的送货、收货,都是合同的履行问题,与合同是否成立无关。况且,麦德龙没有收到货,是因为老余曾打电话来,要求把这 21 笔货送到 J 公司的收货间。

在商界,像这种买方要求把货送到第三方处的交易方法太寻常了。但是站在麦德龙的角度,则坚决主张合意不成立,是老余擅自违反麦德龙的业务流程,开出没有登录麦德龙电脑系统的订单,这纯属他的个人行为,与麦德龙无关,如果说这个合同有合意,那也是捷特龙与老余之间的合意。

最后,这次诉讼案件的一审以麦德龙的惨败告终。上海市第二中级人民法院从买卖合同纠纷一般审判规则出发,站在了捷特龙一方,认定只要捷特龙表示接受麦德龙的订单,双方的购销合同关系就告成立。因此,在捷特龙收到老余开出的 21 份订单后,捷特龙与麦德龙之间的合同就成立了,捷特龙供应了货物,麦德龙就应当依照《供货商手册》付款。尽管麦德龙在本案中也是受害者,但老余的越权采购、违规操作与麦德龙选人不当,管理疏漏有直接关系,故麦德龙对这21笔订单的损失应首先承担民事责任;捷特龙作为销售方在未收到期日货款的情况下,根据老余所发的订单继续发货,并向J公司开具了增值税发票,贻误了向相关行为人追索的时机,也应承担一定的责任。

因此,对本案争议的货款损失按照1:9的比例分派,麦德龙承担主要责任,向捷特龙支付货款9357235.35元,麦德龙全线溃败。

四、再战二审

收到败诉判决后,史建三和他的律师团队并没有气馁,与麦德龙沟通后,决定向上海市高级人民法院上诉,无论如何也要把案子扳回来。

这不仅仅是1000万元货款的事情,更是关系到麦德龙C&C交易规则在中国的效用问题。如果最终麦德龙的交易规则不为中国法院所认可而输了这个案子,那么麦德龙交易规则中通过内部严格控制而实现的自我保护机制在中国就不再有效。至少在采购这环节上,麦德龙几乎要倒退回与国内传统商业企业一样的水平。因为谁都会遇上像老余这样胆大妄为的采购员,传统企业对付这种人只能是祈求上帝让他的野心不要在任内发作,而麦德龙通过30多年的摸索总结出来的电脑管理系统通过环环相扣的交易规则,完全杜绝了他坑害企业、谋取私利的可能性,但其前提是中国的法律承认这种贸易惯例。而一审的结果是:麦德龙今后有可能要为游离于电脑监控系统之外的任何一笔非公司贸易背黑锅。

二审中,史建三找到了原天和律师事务所主任聂鸿胜律师加盟,共同研究上诉方案。聂鸿胜具有精湛的法理功底和娴熟的诉讼技巧,作为搭档,大有强强联合的效果。此外,还有钟佩君、黄荣兴律师协同作战。

而对手方捷特龙公司，在二审中也聘请了陶武平律师领衔的团队为代理律师——陶武平是申达律师事务所主任，代理过许多轰动一时的大案。

双方阵容都极尽豪华，一场名律师大战就此打响。

在史建三的建议下，上诉方还组建了一个助力团队。这个团队成员包括了麦德龙中国的总经理、麦德龙聘请的国际顶级律所的律师、财务总监和法务部经理等。他们一同参与了案件的分析和研讨，共同寻找解决问题的最佳方案。

研讨中，他们还邀请了沪上知名的法学专家加入，共同分析案件。专家们以独特的视角和丰富的经验，为案件提供了新的思路和方向。经过多次深入的讨论和分析，律师团队逐渐找到了突破口，为二审的翻案做好了准备。

他们研究了这次案件后发现，一审之所以败诉，是因为法院不认可麦德龙所主张的"需经麦德龙收货之后，双方购销合同才成立"的观点，这在中国法律上找不到依据。

关于这一问题，捷特龙方面主张，或许老余是私自下订单，但是对捷特龙而言，是谁下的订单并不重要，重要的是下的是麦德龙公司的订单。老余的行为符合原《民法通则》等法律上的"表见代理"，捷特龙没有理由怀疑这21份订单的真伪。

而即使老余的行为属于表见代理，但是麦德龙与供货商之间的业务往来均是按照双方认可的《供货商手册》规定的唯一程序进行的，而这21笔买卖的交易过程明显与正常的交易规则不同，捷特龙对此差异应该察觉，但捷特龙非但没有作出正常的反应，反而向实际收货人J公司开具了部分增值税发票，明知故犯，这说明捷特龙从一开始就知道自己不是在与麦德龙交易。捷特龙是在 J 公司因出事无法偿还巨额货款的情况下，强行把麦德龙拉上法庭的。

于是他们决定，将重点放在麦德龙一直以来的订单规则上，从合同关系成立的实质要件角度，证明麦德龙与捷特龙之间的合同关系并未成立。

史建三和聂鸿胜在进一步搜集证据的前提下，自设辩题，邀请了沪上知名的民法学专家来研讨案件，以期在"决战"中一击必中。

上海市高级人民法院在接到麦德龙的上诉状后，对此案极为重视，以张昌华为首的审判员亲自到看守所，调查询问因涉嫌诈骗而被捕入狱的老余和姜总，两个人都承认捷特龙第二配销中心的业务员自始至终都知道这 21 笔业务的交易对象是 J 公司，而让老余开出麦德龙的订单只是为了好向捷特龙总部交代。在后来的刑事庭审中，二人再次承认了这一点。这让法官彻底改变了对事情的看法，也让麦德龙的律师拿到了足以逆转形势的证据。

在上海市高级人民法院民事案件二审的庭审中，史建三与聂鸿胜旁征博引，与"名嘴"陶武平激烈辩论。一场唇枪舌剑之后，上海市高级人民法院的几位法官亲自对各方面做了调查取证，经过三次开庭，最后得出了与一审法院截然相反的判决：货款损失按照 10∶0 分配，全部损失由捷特龙方面承担。

然而对麦德龙而言更有价值的是上海市高级人民法院在交易规则方面与上海市第二中级人民法院不同的看法。上海市高级人民法院在判词中承认，"麦德龙作为一家国际性的大销售集团，与供应商之间建立购销关系并不采用常规的签订书面合同的形式，而是通过多层次、多环节形成的一个完整系统的交易惯例来确立"，并以捷特龙"应该知道其与麦德龙之间建立购销关系的方式"但"却背离双方交易习惯"

为由，否定捷特龙和麦德龙存在购销关系。

麦德龙终于得到了他真正想要的东西——中国法律对国外先进交易惯例的承认。

最终，一场扑朔迷离、一波三折的纠纷经上海市高级人民法院的认真审理，公正判决，耗时一年有余而落下帷幕。

高手过招总是更能彰显水平。麦德龙案件充分说明，中国的法院拥有一大批精通业务、公正廉洁的法官。今后，中国也将加快依法治国的建设步伐。同时，史建三、聂鸿胜和团队其他律师，以及对手方律师的表现都有目共睹，充分地证明了，中国已具有一批能够胜任任何错综复杂的诉讼和项目谈判任务的高素质的律师队伍。

总部位于美国芝加哥的贝克麦坚时律师事务所

1997年10月,史建三(右一)与林建华(左一)、朱思东(左二)三人登上西雅图观光塔,边俯瞰全景,边"高谈阔论"联手共创国内大所的前景

第十六章 | 在美国，打开新思路

一、"入世"之前

　　20 世纪的最后三年，中国融入全球经济体系的进程进一步加快，与各国的经济相互依赖性加深。中国政府与世界贸易组织（WTO）的有关谈判正在紧张地进行着，但在经济全球化的大趋势下，有识之士都已经看得出，中国加入 WTO 只是时间问题。如果中国加入 WTO，中国也将在外资政策、市场准入和国民待遇方面迈出更为开放的步伐，由此将产生大量的涉外法律业务。

　　中国加入 WTO，必将加快开放服务市场，必将促进中国经济融入全球一体化的进程，必将要求中国律师法律服务水平达到国际水准。为防止和避免中国律师事务所在与进入中国法律服务市场的世界各大律师事务所的竞争中败下阵来，最根本的办法不在于仅规范和限制外国律师事务所在中国的执业范围，而在于中国律师事务所的自强、振兴。

世界经济一体化进程的加快，各国经济相互依赖性的加深，跨国公司全球化战略的推行，为法律服务国际化、一体化和网络化的发展提供了广阔的空间。

市场经济就是法治经济，中国市场经济体制的初步确立，现代企业制度的逐步完善，"抓大放小"政策的推行，为拓展国企改革、资产重组、企业兼并破产等新兴法律服务提供了极好的机会。

此外，上海经济、金融、贸易、航运等中心的确立，各类要素市场的形成，"世界牌""中华牌"引来许多跨国公司地区总部和国内大型企业集团总部纷纷落户上海，为法律服务上层次、上等级提供了良好的前景。

史建三和上海律师界的其他有识之士一样，已经清醒地意识到世界经济一体化和中国"入世"后可能对法律服务市场的挑战。但是，上述机遇并不是每一个律师事务所都能把握的，因为这些法律服务项目都带有专业性和综合性的特征。唯有高层次、规模化、分工精细的律师事务所才有可能把握这种机遇。进一步提升律所业务的国际化水平，则成为了势在必行的一件事情。

史建三经陈乃蔚引荐，在美国认识了满云龙律师。满律师是一位在贝克麦坚时（Baker McKenzie）律师事务所（世界上最大的律所之一）工作的资深律师，了解到锦联所正在筹划国际化事宜，于是帮助锦联所迅速与TerraLex秘书处取得了联系——这是当时排名世界第二的国际律师事务所联盟，在近100个国家及美国40多个州拥有155所独立会员律师事务所，为客户提供高品质的法律服务。刚好在此时，TerraLex也正在寻找一家中国大陆知名律所加盟，经过认真的洽谈和考虑，史建三带领的锦联律师事务所在1998年正式加入TerraLex，成为中国大陆唯一一个TerraLex成员。

这个成就对于锦联所来说意义重大，它标志着锦联所跨入了国际舞台。加入 TerraLex 让锦联所的服务范围得到了极大的扩展，从中国本土扩展到全球各地。同时，也为锦联所的客户提供了更多的国际化法律支持，使得锦联所在竞争激烈的国际市场中有了更大的竞争优势。

通过该联盟，锦联所与美国、加拿大、澳大利亚、新西兰、法国、德国、荷兰、英国、新加坡、韩国等 87 个国家与地区的 127 家外国律师事务所建立了良好的合作伙伴关系，这些外国律师事务所希望锦联律师事务所为他们的客户在中国各地的投资和商务活动提供法律帮助。有鉴于此，锦联所也正在与国内各主要城市的知名律师事务所建立类似的战略伙伴关系，以便合作涉外法律业务，联手共创锦绣前程。截至合并前，锦联所已与北京、天津、大连、广州、珠海等城市的知名律师事务所建立了战略伙伴关系。

二、再赴重洋

1997 年 8 月，在华政同年级校友朱思东的帮助和引荐下，史建三进入美国西雅图的 Bogle & Gates 律师事务所见习，为期半年。

在茫茫的国际舞台上，史建三带着才华和梦想，踏上了半年的美国之旅。在西雅图，这段旅程，不仅充实了他的学业，也开启了锦联所的国际化征程。

学业上，他攻读着世界经济专业的博士学位。晚上和周末，他沉浸在图书馆里，收集和整理着大量的资料，拟定论文提纲，与导师进行多次通信汇报和讨论。每一次的反复修改，都让他更深刻地理解并购领域的复杂性。

第十六章 在美国，打开新思路

史建三在西雅图临时租下了一处小公寓，为了节约成本，他选了一处地租便宜的地段，治安不好且公寓的住户们鱼龙混杂。每个深夜，隔音效果不好的楼板外都传来阵阵嘈杂的噪声，而史建三则伏在案头，奋笔疾书，不断完善着论文结构。终于，在不断的努力和坚持下，他顺利完成了论文初稿。

值得一提的是，这篇名为《跨国并购论》的博士论文，在1998年6月顺利通过了博士论文答辩，并获得该年度博士论文答辩最高分——95分。答辩委员会一致认为：该博士论文不仅填补了一项重要的空白，而且在研究的深度和系统性方面都达到了令人满意的水平。次年，他独著的《跨国并购论》一书出版，标志着国内第一本专注于跨国并购的理论专著的诞生。该书深度剖析了跨国并购这一复杂而重要的领域。它不仅为中国的学术界带来了新的思考，也为中国的跨国并购实践提供了宝贵的指导。

在业务上，史建三在Bogle &Gates律师事务所国际部主任赫伯斯特的协作下，参与处理一些法律项目。不久之后，史建三获得了美国华盛顿州最高法院授予的外国法律顾问资格，美国律师协会也授予史建三会员资格。Bogle & Gates随即正式聘请史建三担任该所的中国法律顾问，开始从事与中国有关的法律事务，并出具一些关于中国法律的意见书。

在国际部的跨国并购业务中，他学到了国际律所如何从事跨国并购法律服务的经验。他与来自世界各地的律师们合作，共同解决着复杂多变的法律问题。在这个过程中，他深刻体会到了法律在国际业务中的重要性和影响力。

三、律所向何处发展

在律所经营管理上，史建三不仅关注着律所的业务发展，还积极学习着美国律所的经营管理状况。在工作午餐上，他与合伙人们交流着经验和见解，倾听着他们对律所经营的理念和思考。通过与他们的交流，他深入了解了美国律所的管理模式和运营策略。这些宝贵的经验对于他未来律所的管理和发展具有重要的启示。

锦联所的发展，史建三心系其中。这半年的美国之旅，让史建三在学业、业务、律所经营管理和律所发展方面获得了诸多成果。这些成果不仅成就了他个人，也将为锦联所的发展注入新的活力。

如今回顾起来，这一次为期半年的美国之旅对史建三未来的律师生涯有着深刻的影响，无疑是他做大做强律所念头的萌发与燎原之火。

初次踏入 Bogle & Gates，史建三被眼前的壮观景象所震撼。摩天大楼内八层的办公场所，200多位律师和100多位法律辅助人员，一切都显得如此庞大和专业。其规模在西雅图排前三名，但在全美排位100名之后。而在史建三看来，那时的国内没有一家律师事务所可与之相比。该所在西雅图市中心最好的办公大楼内拥有八个楼层的办公场所，其中两个楼层是事务所的图书馆，另六个楼层中每层有100多个房间。年营收相当于同一年全上海4000多名律师的营收总额。在这家律所内部，有着证券法律部、税务法律部、项目融资部、劳动法律部、海事海商部、环境法律部、商务诉讼部、国际业务部等10多个专业化分工部门和国外分支机构，能为国内大公司和跨国公司提供全方位的法律服务。

这些成熟的运行机制，史建三设立的锦联所还远远无法比拟。

史建三在工作中发现，外国律师事务所实力整体呈正向效应，规模越大，则分工越细、协同度越高。相比之下，上海的律师事务所实力则呈分散负向效应，律所大了，变成了每个律师各自为战。两者存在着不小的差距，不管是管理模式还是经营模式，上海的律所都远远落后。

然而，这种巨大的落差并没有让史建三灰心丧气，反而激发了史建三心中的雄心壮志。

在那个豪华的前厅，面对宽敞的接待区域和会议室、先进的电脑和文印设备，以及丰富的法律文献图书馆，史建三暗下决心，要将锦联所办成与 Bogle & Gates 相媲美的律所。

这几年来，上海的涉外律所如雨后春笋般蓬勃发展，大量律所开始设立，但是这些律所规模都很小，往往执业律师有十人以上的就可以称为"中型所"了，这种分散的行业状况，限制了上海律师业的整体竞争力。而这个问题已经被很多律师关注到了，越来越多的律师事务所开始寻求做大做强，并取得了令人瞩目的成就。

1993年，除了段和段律师事务所设立之外，刚从复旦大学毕业的周志峰、吕晓东以及在第三律师事务所执业不到三年的黄伟民等人提交办所申请，并于一年后拿到了上海市司法局的批文，成立了上海市方达律师事务所。凭借证券市场与跨境争议解决两项业务特色，上海市方达在此后十年的时间里迅速崛起。

1995年，北京市金杜律师事务所看到上海的地域优势，决定来到上海建立办公室，开拓涉外领域。1995年，由石毅等几名从日本、美国归国的留学生创建了毅石律师事务所，将自己的服务定位于国内的涉外业务、为国外客户的跨国投资等提供法律服务上，几年时间就拥有了70多家跨国企业集团客户。

时间到了1997年,越来越多的律界新秀崭露头角。北京张涌涛律师事务所、上海万国律师事务所、深圳唐人律师事务所正在筹划着合并,后来他们将成立中国第一家集团律师事务所——国浩律师集团事务所(后更名为国浩律师事务所)。俞卫锋、秦悦民、韩炯等众多有海外留学或工作背景的律师也准备回国,他们在一年后合伙创办上海市通力律师事务所,并在国内率先提出"精品化""专业化""一体化"战略。从日本留学归国的姚重华律师也在积极筹备着创办新的律所,那就是后来的上海市协力律师事务所,它将开拓涉外领域,主攻日本业务。

规模化是与专业化相辅相成的。锦联所的未来,是否也应走一条规模化之路呢?将锦联所进一步做大做强的念头在史建三的脑海中萌发。

四、西雅图的不眠夜

西雅图的观光塔是这座城市的地标性建筑,它也被称为"太空针塔"。无论是在西雅图的哪个角落,都可以看见这座高塔,像一艘飞碟架在高耸的针状发射台上,俯瞰着整座城市。1993年上映的电影《西雅图夜未眠》里,那段浪漫故事的许多经典场景,就发生在这座高塔上。

而史建三在多年之后,也始终记得他与两位合伙人一起登上西雅图观光塔时的场景。

那时史建三还在西雅图访问,与朱思东律师同在 Bogle & Gates 律师事务所。而在离西雅图不远的加拿大温哥华,林建华律师长期在此工作。朱思东和林建华,一年前回国时,都在史建三的帮助下办理了海归法律人员特批律师资格,此后他们分别管理着锦联所在美国和加拿大两地的办事处。恰好此时,林建华来到西雅图,所以他们三人相约一起会面,来到了西雅图观光塔。

这一晚,三人登上观光塔,在 159 米的高空,边俯瞰全景,边高谈阔论联手共创国内大所的前景。这种愿景不仅是为了锦联所的未来,更是对中国律所发展的向往。

随后,他们三人在温哥华再次相聚,继续不停地探讨着锦联所的规模化和国际化发展。在一栋白色的西洋别墅里,他们热烈地讨论,史建三提出了规模化和国际化的理念。酒过三巡,他们约定由史建三首先回中国,林建华和朱思东再相继返回,三人共同参与,把事情"搞搞大"。他们心心相印,毫不犹豫地决定要为律所的发展而奋斗,要寻找共享抱负的合作伙伴。

对于国际化律所的建设,他们一起进行了一次次的"头脑风暴",冒出了无数个"金点子"。比如他们打算与 Bogle & Gates 合作撰写一本专门介绍如何在中国经商的书,编译成英文在欧美发行,助力他们拓展涉外业务。他们还想投资设立一家商务、法律咨询服务公司,主要在网上发展业务,并借此拓展个人现有的业务范围和业务量——具体可以由他们三人一起出资,在美国注册成为股份公司,通过互联网平台来寻找客户,随着新公司的发展和积累的增加,在美国总部可以雇佣一些人从事信息服务工作,同时在加拿大和中国设立办事处,进一步开拓业务。他们还给这家公司设定了一个终极目标:成为美国的一个上市公司。

这些想法虽然最后受到现实因素与精力限制,最终没有具体实现,但是在后来他们回国创建"锦天城"的历程里,许多做法或多或少带着当时这些灵感的影子。

正巧,锦联所副主任陈乃蔚律师也来到美国出差。于是史建三将这个想法又与锦联所副主任陈乃蔚交流,同样也是一拍即合。他们两人就一同前往芝加哥,与在那里的满云龙律师联系后,考察了国际著名的贝克麦坚时律所。这次考察让他们更深刻地认识到了国际一流律所的经营模式和管理理念。他们积极学习借鉴,为将锦联所打造成国际化大所的目标不断努力。

考察之后,史建三与陈乃蔚兴冲冲地赶到旧金山,与那里的黄仲兰律师会合。黄仲兰也是史建三当时在华政的同班同学,他在美国获得法律博士学位后回国,创办了贝林律所,后来成为长城律师事务所的上海分所主任,此时也有通过合并做大做强的想法。

"美国为什么能够把律师事务所做得这么大,上海却都是一些小所?"有人提出了这个问题。

大家经过分析给出了一个答案——可能因为上海是阁楼文化,大家容易小富即安,没有考虑将律所做出规模化的远大目标。讨论中,几个同学感到,位卑不敢忘忧。作为法律工作者,"匹夫有责",也该为中国的法治事业出点力量。在共同探讨如何借鉴贝克麦坚时的模式后,他们更加坚定了整合几个律所团队,一起创建大所的念头。

这种做大做强律所的念头如同燎原之火,在多人的头脑中激荡。他们坚信,在合并方式下,他们必将走向更广阔的国际舞台,成为中国律所的翘楚。这一梦想的种子在西雅图的半年之旅里萌发,并在之后的岁月里不断发芽生长。史建三将带着对律所发展的热情和坚定信念,继续为实现这一目标不懈努力。

第十七章 | 上海合伙人——锦天城的诞生

一、清醒与反思

"来吧,来吧,相约一九九八。相约在甜美的春风里,相约那永远的青春年华。"

在那英那首传遍了大街小巷的《相约一九九八》的歌声中,时间步入了公元 1998 年。中国人正满怀着对未来的美好渴望,期待着未来的到来。香港和澳门回归,三峡工程即将完工,位于上海浦东世纪大道 88 号、高达 88 层的金茂大厦也将要竣工,即将到来的新世纪似乎充满着美好。

而史建三与伙伴们的探索也眼看着将会迎来希望。经过几个月的考察,史建三与伙伴们逐渐达成了共识,那就是——面对机遇与挑战,他们应该要增强"四个意识"。

一是危机意识。那种满足于四五个律师,几十万元收入,小富即安现状的律师事务所，必将在竞争中被市场所淘汰。作为一个有战略眼光的律师事务所，每天都应有危机意识，才会有竞争的压力和发展的动力。

二是规模意识。中国新一轮的经济发展，为开拓新的律师业务提供了广阔的前景，国际金融资本的进入、企业的兼并收购、资产重组和产权交易、上市公司的运作、大型招商引资项目的落户等，都有律师提供法律服务的机会。但一个律师事务所没有相当的规模，没有一大批专业知识交叉的律师，是难以接到大型法律服务项目的。

三是分工意识。从分工的角度看，律师事务所可以有三大类型，第一类是小而全的律师事务所，不分专业，每个律师都是"万金油"式的律师；第二类是专业性较强的律师事务所，处理专业法律业务具有针对性；第三类是具有一定规模的综合性律师事务所，所内专业部门较为齐全，除能提供专业法律服务之外，还能提供专业交叉的大型法律服务项目。一个新的客户，在比较三种不同类型的事务所之后，会选择哪一类事务所？不同层次的客户可能会做出不同的选择，但具有竞争力并能提供优质服务的排列次序毫无疑问将是第三类、第二类、第一类。因此，增强分工意识，是事务所为客户提供优质服务的前提条件。

四是管理意识。事务所的规模效应和分工效应离不开管理，只有内强管理，才能外出效应。目前，许多事务所在管理中存在的问题不少，如缺乏管理经验、出现角色转换障碍、受制于30%的分配方式等。所以，只有增强管理意识，才能永远立于不败之地。

在合作创业的过程中，最重要的就是达成共识。许多团队的合作最终分崩离析，往往就是因为干到一半，意见不统一，最后宣告解散。幸运的是，这一回，史建三与其他同事、合作者们达成了宝贵的共识，并在这个共识的基础上，向着一个共同的目标努力。

二、为什么要合并

律师事务所要发展，途径主要有两个：一是通过内部发展；二是通过合并发展。内部发展的过程比较漫长，如美国较大的250家律师事务所中，绝大多数至少有50年的发展历史，相当一部分拥有100多年的历史。但是，全球化的浪潮袭来，中国极有可能即将加入WTO，届时西方这些"巨无霸"般的律所进入中国市场，还会有100年的时间留给中国律所来内部发展吗？中国此时有律师九万多名，却分布在九千多家律师事务所中，每家律所平均只有十人，这样的"小舢板"，如何与欧美那些一家律所便有一两千人的"航空母舰"相抗衡？

所以，通过内部发展的方式很难在短期内达到目标。通过合并的方式扩大规模，是他们抓住机遇、笑迎挑战最有效的途径。

根据上述判断，联合的正面效应是显而易见的，它就是一场争分夺秒的"弯道超车"。经过在美国的会面，史建三、陈乃蔚代表的锦联所，与黄仲兰所代表的长城所上海分所，已经初步形成了联合的意愿。

其实，当时的律师行业尚处一片蓝海，像长城所、锦联所，发展得都不错。长城律师事务所上海分所现有律师3名，其中博士1名、硕士2名。业务强项为外国投资法、国际商务法、国际商事仲裁和诉讼等。而锦联律师事务所现有律师35名，其中专职律师20名、兼职律师13名、特邀律师2名。事务所下设公司法律部、知识产权法律部、房地产法律部、金融证券法律部、劳动法律部、业务部门。在美国和加拿大设有联络处。业务强项为投资融资、公司运作、知识产权、对外贸易、海事海商、房地产、劳动法律等。既然发展得这么好，为什么要费尽心力去合并呢？

这其实也是很多人想要问的问题——他们为什么要合并？

史建三曾花了很多精力来解释这件事情。毕竟不是所有人都能提前预见到未来中国融入全球化后律师行业面临的挑战，他只能立足于现状，告诉别人合并的好处。他告诉其他人，在锦联所、长城所两家基础上，如果再进一步扩大合并规模，加入具有国际化业务背景的其他律师团队，将使新律师事务所的结构进一步优化，并可能进一步获得发展上的乘数效应。

他们更发现，合并后，各方专业优势的交汇，除进一步完善传统的法律专业服务之外，还将衍生出许多对中国律师业来说属于新兴的法律专业服务领域，如资产重组、产权交易、证券期货、国际融资、跨国并购等法律服务领域。经济实力的增强，将使办公进一步现代化和自动化，通过现代通信工具，建立法律信息传输网络，做到信息资源共享。通过专业化分工、团队协作办案、内部业务介绍制度，实现业务联网管理，将会极大地扩充业务来源和业务量。

最终，在反复地讨论之后，锦联所内部也基本认识到了合并之后的规模效应所带来的优势，律师们达成了赞同合并的共识。

三、痛苦的过程

然而，联合也是一个痛苦的过程，因为联合的每一方都要付出代价，各方都要放弃小团体利益，舍掉原本的一些坛坛罐罐，更重要的是，联合各方要具有相互妥协的智慧。这些事情，说得容易，做起来却非常艰难。

怀着以上的宏愿和使命感，史建三于1998年2月回国后，开始四处寻找志同道合者，希望通过律所合并的方式，扩大规模，抓住机遇，笑迎挑战。他们在林建华的牵线下，与中新所的主任刘学灵（后来担任通研律师事务所主任）及其主要合作者顾肖荣（时任上海社科院法学研究所所长）谈过多次；在罗建荣的牵线下与律和理律所主任陈邦理谈过，与刚从南市区法院副院长岗位上辞职准备拉一批律师建新所的沈伟稼谈过（沈伟稼后来建立联诚律师事务所）；在陈乃蔚的牵线下与共同综合所的主任裘福根谈过。随后，史建三和黄仲兰又共同或分别与东华所的主任马建军（后加盟君合律师事务所上海分所）、华利所主任黄顺刚（后加盟融孚律师事务所）等10多家律所商谈合并事宜，均无功而返。

"怎么就谈不成呢？"他们总结反思，发现了主要的问题所在——在主任头衔、律所名称和律所掌控权的问题上，大家都难以割舍。

律所合并牵动着无数人的利益，而律师事务所恰恰是人合性的，有人的地方，就有江湖。虽然大家都知道合并成为大所的好处，国际融资投资、公司收购兼并、IT产业和电子商务及生物工程方面的法律服务，只有综合能力强的大型律师事务所才有能力承揽。小所即便揽下这类业务，风险也很大，一旦出错，根本无力赔偿。这些道理律师事务所主任们大都明白，可心里"小九九"一打，他们就犹豫了：小所人际关系简单、支出少、分配机制灵活，尤其是许多事情可以主任一个人做主，避免麻烦，于是"宁当鸡头，不作凤尾"。

所以，为了避免落入"鸡头凤尾"的怪圈，史建三跟黄仲兰思忖再三之后决定，他们俩谁都不要主任头衔，以放权促律所发展。

四、三方会聚

1998年夏天的雨季来得尤为漫长，那场抗洪救灾牵动了所有国人的心。而抗洪的成功也让人们提起一口气，觉得天下没有真正难办的事情。

这年10月2日，史建三和黄仲兰共同去拜访华东政法学院前任院长史焕章，希望他能担任新建大所的主任并牵线寻找华政校友担任律所主任的志同道合者，共商合并创建大所的大计。也就是这次拜访，史建三与黄仲兰看到了成功的契机。

史焕章与史建三的渊源很深，当初史建三去美国交流，就是在史焕章院长的帮助下办理好的。史焕章院长探明他们的来意后，立即向他们推荐了同是华政校友的天和所主任聂鸿胜律师，随后当场打电话给聂律师。聂鸿胜当时正在外地出差，答应回沪后立即和他们碰面商谈合并事宜。

聂鸿胜也曾是华政的老师，1995年，他与沈国权等几位律师在普陀区注册成立了上海天和律师事务所。聂鸿胜与沈国权都是中国最早一批具有证券法律业务资格的律师，天和所的业务强项也是证券期货法律、产权交易，并且擅长经济领域的仲裁、诉讼等，也是一家具有相当实力的精品律师事务所，经过三年的运营，年创收已经达到了400万元。此时，天和律师事务所有律师20名，其中专职律师17名，兼职律师2名，特邀律师1名，其中还有5名律师拥有硕士学位。史焕章告诉史建三等人，不久之前聂鸿胜参加一个活动时遇到了他，和他说起，为了与外国所竞争，天和所也正有把事务所做大做强这方面的考虑。

聂鸿胜回沪后即与黄仲兰和史建三相约会商，1999年年初，三位未来上海规模最大的律师事务所的三位创始合伙人，就这样历史性地会面了。

他们三人都曾是华政的老师，见面后，大家均有相见恨晚之感，

第十七章 | 上海合伙人——锦天城的诞生

因为关于合并创建大所的诸多想法都不谋而合，均愿意丢弃小团体利益中的"坛坛罐罐"，也未在主任头衔等问题上卡壳，一致决定做好各自所内律师们的思想工作，早日合并成立崭新的律师事务所。甚至在合并后律所的字号方面，他们也并不纠结——大家决定完全不使用以前三家所的名字。在之后的两个多月时间里，他们三人进入了密集磋商期，讨论合并创建新所的具体事宜，如新所发展战略、市场定位、人员整合、业务整合、办公场所整合等。同时将讨论的内容与各自所内的律师沟通，听取他们的意见和建议，以不断完善合并方案。

黄仲兰在其分所具有绝对的权威和影响力，所以对于合并不存在任何问题。

锦联所当时有四大板块，罗建荣副主任带来的浦东和房地产板块，钟佩君副主任带来的诉讼板块，陈乃蔚副主任带来的知识产权板块和史建三负责的投资、公司法律顾问和涉外法律服务板块。在位于锦江饭店的锦联所办公室召开全所大会时，罗建荣、钟佩君和陈乃蔚分别代表各自板块的律师赞成合并创建新所，不过所里还有两名兼职律师是锦江集团投资部的经理和经理助理，合并会影响他们在锦江集团的职业生涯（因为锦联所最初是在锦江集团的支持下成立的），所以并不愿意脱离集团的组织体系，但为了顾全大局，他们也不反对锦联所参与合并。

而天和所在合并创建新所时遇到了一些波折，出现了一些反复，为此，史建三与黄仲兰还多次与天和所的律师们进行沟通，以解除他们的困惑和担忧。

就这样，经过三家律所内部多次的讨论与协商，大家最终都同意了合并创建新所的计划。

五、一锤定音

1998年12月27日,史建三与黄仲兰、聂鸿胜又一次拜访了史焕章院长。在史焕章南丹路的家中,史建三等人向史焕章报告了合并创建新所的磋商结果和最新进展,听取了他的意见和建议,并在他家里签署了一份对锦天城而言最具有历史意义的合伙协议。

首先,与会各方一致认为,三家律所合并新设对于充分发挥规模效应和综合优势,把握世界经济一体化和法律服务全球化给中国律师业带来的重大机遇,迎接新世纪的挑战,参与国内外法律服务市场份额的竞争,具有重大的战略意义。

其次,鉴于三家律所的历史原因,新所的统一需要有一个过渡时期,合并的过渡期暂定为一年。大家一致同意,由三所主任依据各所律师的推荐,分别担任新所的临时召集人,并为过渡时期管理委员会委员。新所法定代表人聘请史焕章担任。

最后,管理委员会下设市场研究开发委员会、业务委员会和公平协调委员会,三名临时召集人为上述委员会的当然委员,分别负责市场开拓、重大案件讨论和业务分配、成本分摊、收益分配等协调等工作。市场研究开发委员会和业务委员会由三所另各派一人参加。公平协调委员会由史焕章任主任,各所派一人参加。

这家新建立的律师事务所,市场定位是:综合实力强、整体形象好的大型律师事务所。新所的主要专业领域为金融、保险、证券、期货、房地产、知识产权、企业重组、风险投资、诉讼仲裁等。新所力求扩大上海市场上的份额至5%。

他们要在当时中国最好的办公楼——将在次年开张营业、高达88

第十七章 | 上海合伙人——锦天城的诞生

层的上海金茂大厦内先租赁200平方米的办公室,作为新所统一对外的形象。几位合伙人信心满满地认为,将来可以重点以金茂大厦为开拓业务市场的制高点,三所合力培育新市场,开拓新业务,并以此在成本分摊、业务分配、收益回报等方面运行新机制,起到示范作用。

同时,三所之间要有一定业务量的交换,以达到统一收费标准、统一服务标准,增强内部黏性。三家律所一致同意,过渡期结束时,应达到:统一管理、统一办公、统一通信、统一财务、统一分配、统一业务。新所要成为能够与中外大型律师事务所展开竞争的事务所。

这"六个一"的目标,也是史建三在商谈中极力主张的,最后被作为过渡期的目标,获得了几位创始合伙人的同意。

随后,在临时办公地上海证券大楼会议室,史建三等人组织召开了三家律所的全体人员会议,七八十个人济济一堂,在这里宣布了合并的决定。同时,这次会议还有一个议题,那就是准备确定律师事务所的名称。会议上定好了调子,大家可以畅所欲言,每人5分钟的时间讲明建议及理由。律师们你一言我一语,一共提出了20多个建议名称,但不外乎是"中"什么、"国"什么这类寻常的名称。

沈国权律师提议,三家律所中各取一个字,叫"锦天长合",寓意着三家律所从此联合,得到了一些律师的支持。

这时,特邀律师林钧凤提了一个新的建议:取锦联之锦,天和之天,长城之城,就取名——"锦天城"。这个名称让所有人眼前一亮,很快有其他律师赞同,说锦天城谐音为"今天成功",英文名是"All Bright",意为"前程似锦",十分合适。随后,这个律所的新名称就

173

在全体律师投票之下,以一票的优势,愉快地通过了。[①]

沪上律师界的一艘"巨型航母"——上海市锦天城律师事务所,就这样诞生了。

[①] 锦天城得名过程的部分细节,参见吴剑霞、吴梦奇、伊晓俊:《锦天城:从上海走向全球,飞速发展的律界"航母"》,载微信公众号"智合"2020年9月20日,https://mp.weixin.qq.com/s/8ReMNDOYyLljXBqutFeO9g。

第五部分
1999—2004：
从"锦绣"到"天城"

史建三作为锦天城第一任党支部书记和轮值主席，接受东方卫视记者采访

1999年9月21日锦天城律师事务所开业典礼

Three law firms merged

THE recent merger of three major law firms has created the largest partnership law firm in Shanghai.

The move, so far the biggest law firm merger in the city, aims to create a competitive Chinese company in the market that is covered by major international law firms.

Huang Zhonglan, a partner of AllBright Law Office, said the incorporation of the Great Wall Law Offices Shanghai, Shanghai Tian He Law Firm and Shanghai Jin Lian Law Firm sharpens the image of Chinese law firms. This is seen as crucial given the imminent opening up of China's service industry with the country's possible entry into the World Trade Organization.

Currently, there are about 5,000 Chinese lawyers in Shanghai, generating an annual turnover of 600 million yuan ($72.4 million). However, foreign law firms licensed in Shanghai have an estimated $600 million to $1 billion turnover a year.

The fast growing market arising from expanding foreign investment in the city has attracted more foreign law firms to operate in China, and the competition has become increasingly extensive.

Located on the 25th floor in Jinmao Building, AllBright employs more than 80 attorneys, eight of them with a doctoral degree and 20 with master's degree. They represent more than 100 multinational companies investing in China.

Shi Jiansan, the former partner of Shanghai Jin Lian, said: "This merger strategically unites the operations of three highly successful firms, each focusing on different markets."

Following the merger, AllBright now has six offices throughout China and three in the United States and Canada. The company can combine professional knowledge and experience to offer more comprehensive legal services to their clients.

Huang said the merger has honed the company's competitive edge in terms of its services offered for foreign investors. Many of the attorneys were educated in the West and have experience in the United States, Japan, Europe and Hong Kong. They are experienced in representing foreign investors in China.

AllBright provides services to both Chinese and foreign companies in the fields of investment, trade, intellectual property, finance, securities, technology transfer and capital reorganization.

Great Wall, originally sponsored by the Ministry of Foreign Trade and Economic Co-operation, has represented a number of leading international companies, including several within the ranks of Fortune 500, as well as leading Chinese companies. Besides locations in Shanghai, Great Wall has an associated office in San Francisco.

Tian He, founded in 1995, has more than 20 lawyers and two main offices in Shanghai. It is experienced in providing advice on futures transactions, initial public offerings and equity transfers.

Jin Lian is one of the largest Chinese law firms in Shanghai and offers a comprehensive array of legal services. It has departments specializing in corporate law, banking and securities law, intellectual property law, and labour relations.

(Star News)

Huang Zhonglan, Shi Jiansan and Shen Guoquan (from right to left), the partners of the AllBright Law Office, pose for a picture taken after their merger.

《中国日报》向全世界报道三所合并的消息，照片中间为史建三

锦天城杭州分所筹备会议，右四为史建三

第十八章 | 律界"航母"扩张记

一、初次打响

1999年4月,经过了不长的过渡期,锦联所、天和所以及长城所上海分所正式成功合并成为锦天城律师事务所,诞生了上海最庞大的律所,这个壮丽的融合史无前例,开创了一个全新的篇章。

"锦天城"这个新名称,开始的时候有些人听着不太习惯,因为律师事务所此前很少有三个字的名称,也从未有叫什么城的,有人还误以为这是一家房地产公司。但是,随着事务所各项工作全面铺开,名声在上海滩打响之后,"锦天城"这个名号,就渐渐顺耳起来,怎么听怎么响亮。

其实,在律师事务所合并筹备初期,也曾有过一番不小的波折。他们面临着前所未有的问题,这次律所合并是跨区、跨地域合并,司法行政机关也未曾有过。需要向哪一级司法行政部门报批?各所资产如何评估审计？债权债务如何处置？正在履行的法律服务合同如何承继？原长城律师事务所被撤销后上海分所如何处理，原有律师如何安排？原所和新所如何衔接？面对这一系列问题，他们希望加快审批速度，抓住中国入世前的有利时机，尽快以新所的形象拓展法律服务市场。

作为浦东新区政府法律顾问团的成员，史建三利用自己的有利条件与两级司法行政部门密切沟通，共同完善报批文件和程序。得到司法行政部门的高度认可，新所的合并审批程序只用了2个多月的时间就完成了。同时，新所在上海市司法局和浦东新区司法局的支持下，获得了50万元的无息贷款，以及财政返税的优惠政策，为新所的发展提供了有力支持。

锦天城成立后，遵循合并前的约定，锦联、天和以及长城所的负责人均不担任法定代表人，事务所主任由史焕章院长担任。作为合伙制的事务所，律所主任是由合伙人推选产生的。合伙人会议是事务所的最高权力机关，主任是法定代表人，对外代表事务所，对内则是合伙人中平等的一员，对所内事务没有最后决定权。采取弱化主任的地位和作用，而强化合伙人的作用的方式，这可以充分发挥全体合伙人的积极性。

而在锦天城律师事务所每一项决策背后，都有史建三的身影。作为锦天城的创始合伙人，史建三是律所管理中多方面工作的负责人。经过全体合伙人投票，他被选为第一任律所轮值主席，在律所党支部成立后，也担任了锦天城的第一任党支部书记。他以自己丰富的经验和深刻的洞察力，扮演了律所合并、整合与发展的主导者角色。

锦天城管理中最大的特质，大概就是"民主"。与锦天城的律师交往，感受最深的就是民主。锦天城的律师大多曾"转战南北"，历经离合，因此更能理解"人和、神和"对于一个律师事务所的重要性。

在经济社会中,利益对于平衡人与人的关系是至关重要的,但如何协调,如何平衡常常令人大伤脑筋。而锦天城选择了民主、平等,没有职务上的限制,没有资历上的界限,任何人有想法都可以通过合伙人会议讨论。

在这样的情况下,律所有意识地要避免事务所旧体制下的家长制作风和主任独断专横的现象——当然,律所的现状也不允许这种情况存在,新的律所采用了合伙人会议、专业委员会、轮值主席、行政主管有机结合的管理模式,从而形成了一种民主特征很强的管理体制。

第一,合伙人会议是锦天城最高权力机构,所有的重大事项均由合伙人会议决定。决策以协商一致为主要方式;协商无法达成一致的,可以延期再议;必须及时决策的,在意见各方充分阐述理由之后,按决策事项的重要性程度,分别采用半数通过、五分之四通过方式进行举手表决或无记名投票表决。

第二,为了保证民主前提下的效率,合伙人会议下面又设立业务、财务、行政人事、规则和公平协调五个专门委员会,合伙人分别参加各个专业委员会,以此参与事务所的部分管理工作。合伙人会议需要决议的事项,也通常先由相关的专业委员会讨论研究,提出具体的提案供合伙人会议表决通过。

第三,为了保证合伙人会议正常举行和相关决议的贯彻执行,锦天城建立了合伙人会议的轮值主席制度。轮值主席的主要职责是负责主持合伙人会议,收集提案,确定会议议题,根据合伙人会议授权处理日常事务等。轮值主席开头几轮半年一换,后来感到时间太短了,改为一年一轮,并且不得连任。

第四,合伙人会议的秘书由行政主管兼任,以便真实了解合伙人会议决议的精神,在合伙人会议闭会期间,协助轮值主席和相关委员会的主任委员忠实地贯彻执行合伙人会议的决议。

而民主需要集中，平等需要制衡，锦天城的民主有着一系列的规则保驾护航。为了克服事务所旧体制下的家长制作风和主任独断专横的现象，锦天城崇尚规则治所和制度治所。除了章程、合伙协议、议事规则等主要制度外，史建三与合伙人们在人事管理、业务管理、档案管理、财务管理等方面建立了各项规章制度。

新的事务所成立伊始，律所上下充满了初创企业特有的蓬勃朝气。史建三多年后依然记得，那时候每周四下午都会开一次合伙人例会，在会上，各位合伙人都如打了鸡血似的，激情澎湃、畅所欲言，或争论，或附和，偶尔也有争吵。但争吵后，双方又搂腰搭肩、嬉笑着走出会议室。有一次合伙人会议从下午一点开，一直延续到次日凌晨三点。对于管理与业务上的事，合伙人都是殚精竭虑、亲力亲为。

二、大所发展之路

历史上的经验教训证明：一种提供适当有效的个人刺激的产权制度是业务收入增长的决定性因素。

合并不是简单的1加1等于2，而是一种人力资源、知识资源、信息资源和办公资源的优化组合，其在律师事务所的对外形象、律师业在浦东新区乃至上海的地位、律师的专业分工和优化组合、新兴法律服务领域的开拓、保持律师事务所的发展后劲以及参与国际律师业的竞争等方面的乘数效应是显而易见的。

在锦天城成立之初，史建三等几位创始合伙人曾考虑过照搬国外成熟合伙制的分配模式，在每年的务虚会上，有的合伙人也几次提出过合伙人之间签"终身大合同"，将所有的客户、业务统一起来，实行计点计分等分配模式,但最终均未被采纳。合伙人会议经过充分酝酿,认为:选择何种产权制度和分配制度应充分考虑事务所的历史背景、律师的可接受性、公正性等各方面因素,并有利于团队合作和资源优化配置。

鉴于锦天城是由两个合作所和一个国资所整体改制,重组而成的新所,难免带有合作所和国资所的某些痕迹,而经过了三家不同体制律所的整体合并,合伙人之间的个体业务创收能力差异较大。因此,史建三等几位创始合伙人们将创立后的锦天城定位为合伙制律师事务所的初级阶段,并选择易于为广大合伙人所接受的产权制度和分配制度。他们希望,等到事务所向中级阶段和高级阶段逐渐发展之后,能再考虑进一步完善现有的产权制度和分配制度。

与初级阶段的合伙制事务所相适应,锦天城在成立后,产权就比较清晰,分配模式也在循序渐进地向中高级阶段推进。

首先,锦天城以产权清晰为初步目标,保持"存量",保持稳定。

这一点,说白了也就是不对合伙人原有的业务和客户实行"共产",而是通过分摊成本的方式,确立合伙人与事务所之间的经济关系。成本分为事务所的公共成本和合伙人的个人成本两类,事务所的公共成本包括房租、办公费用、行政人员工资福利、公共业务开拓费用、事务所对外交往所发生的费用等。公共成本原则上由合伙人均摊,适当进行微调。公共成本的预决算,须以出席合伙人会议五分之四的合伙人通过方为有效。合伙人的个人成本包括个人为维护原有业务和客户的费用、开拓个人业务的费用、聘用助理的工资福利和助理使用公共设施的费用等,均由合伙人个人承担。在分摊了公共成本和个人成本并完税之后的收入,由合伙人在遵守财务规定的前提下予以支配。上述做法的好处是产权清晰、形式公平。业务收入多的合伙人,其个人成本也相对较高，业务收入少的合伙人，其个人成本也相对较低。合伙人个体能力的差异，在产权清晰、"合伙人不赚合伙人钱"的基础上，其收入的多少，也得到了公平合理的体现。

这一选择，其实也是史建三等各位合伙人在协商与相互妥协之后所有人都能接受的方案。上述做法的负面影响也是显而易见的：合伙人之间把账算得太清楚，容易产生事务所的离心力。

其次，以开创事业、共同繁荣为目标，共创"增量"，共创辉煌。

已有的蛋糕，大家划分得清清楚楚，这是一种妥协。但合并的意义就在于拿到更大的蛋糕让大家分。所谓共创"增量"，是指利用事务所合并后的资源优势，合伙人共同进行纵向的市场研究、品牌策划、业务开拓、专业化分配和加工以及质量控制与风险防范；利用合伙人各自的专业特色优势，进行横向的专业化配合。由此产生的业务界定为公共业务，如总机接入的业务、因事务所品牌而上门的业务、通过事务所网站进入的业务、主任接入的业务、来源不明业务以及合伙人自愿投入的业务等。对于因公共业务而产生的收入，则由合伙人会议另行决定分配模式。

最后，在为了明晰产权保持"存量"、为了长远发展共创"增量"的基础上，允许一部分合伙人将原有的客户、业务"存量"投放到一起，在人员整合、业务整合、客户整合、市场整合、分配整合方面进行更深入、更彻底的团队合作。

这一点，是史建三在合并后所致力探索的方向，他与其他合伙人经过一些摸索，找到了一些属于过渡性的团队间合作的模式，逐步形成了若干个深度合作的团队，这是锦天城从单个律师走向整合的中间阶段。这些团队本身的组建、磨合与完善以及团队与团队之间的合作与规则的确立，也为锦天城最后走向能抗风险的"航空母舰"奠定了基础。在试点的基础上，史建三希望各个团队能尽快从原始的、小生产的模式中解放出来，引进现代化的经营理念、管理制度、营销手段，实现事务所结构、管理模式、服务方式、业务领域等的根本性转变，走现代型、专业化、协作化的发展之路。

三、壮大的历程

几年后史建三与朱国华合著的著作《上海律师事务所管理模式研究》中，有这样一段话："如果几个大律师能够团结在一起，组成一个律师事务所，麾下还有不少成长中的年轻律师和律师助理，再加上有效的律师事务所管理，大律师们能成倍地最大化其个人品牌和业务收入，若这样的律师事务所越来越多，律师业自然会兴盛强大。"

这其实也是史建三在管理锦天城过程中的有感而发之言。合并之后，三家原律所都退掉了原来的办公楼，不过，金茂大厦的租金比较贵，所以一部分律师到金茂大厦办公，另一部分在延安东路的港泰广场办公。

包括史建三所从事的跨境并购业务在内，国际金融资本的进入、企业的并购重组、高新技术行业无形资产的运作、大型招商引资项目的落户等法律服务项目，都带有专业性和综合性的特征。相比之下，团队运作的规模所比较容易把握这种机遇。

团队运作的合力，使得锦天城能够形成一个拳头拓展业务市场，从而做大规模。随着史建三主持推动的资源整合工作逐步向前，大家看到，合并后产生的好处越来越多地显现出来。

通过团队运作的合力，他们可以集中精力开发上海地区、北京地区、浙江地区、欧美地区、日本地区、中国港澳台地区等高附加值的区域业务；也可以集中精力开发涉外诉讼和仲裁、涉外金融投资、高科技及风险资本、企业改制、重组、收购兼并、知识产权保护、银行、证券、期货、保险、建筑、房地产、电子商务高附加值的专业领域。如 2001 年，黄仲兰、钱奕领衔的团队，以锦天城的名义和上海市科学技术委员会一起组织了上海/硅谷可视会议论坛，组织上海的高科技领域和风险投资领域的专业人士、高级经理层与海外同行进行对话磋商，共同发展上海的风险投资，生物医药，软件和集成电路业等，在海内外有了很多的报道，也促使了一批著名的跨国风险投资集团与上海的风险投资机构进行合作，由此也为锦天城带来了这一领域的法律业务。

其次，合伙人们在有形网络和虚拟网络的业务市场开发方面取得了成效，拓展了业务。如锦天城通过建立律所官方网站，开设了涉外之窗、知识产权之窗、金融法务、经法周刊、信托实务、房地产沙龙等 10 多个业务专栏来加大业务宣传的力度。网站访问量在短短三年时间就已突破 10 万点击数，并由此带来了一批业务，也与一大批潜在的客户建立了联系。

同时，律所的规模化，也降低了开拓业务的成本，使得局域网、网络系统及网站维护、各类先进设备得以广泛使用。由此又使法律服务信息交互、法律文本库等资源共享的信息支持系统得以广泛使用。

锦天城逐渐打响的名声，使律师们看到了法律服务方式的发展方向，吸引了一批律师精英加盟合伙人队伍，从而推进了事务所的规模化进程。而规模化的进程又引起了跨国公司和国内大型企业集团的高度重视。他们来锦天城考察，见到了一流的办公设施、管理体制、运行机制等软硬件，使他们对锦天城能提供高质量的服务充满信心。

这样一种开创性的办所模式，也引来了上海乃至全国的律师们的瞩目。

锦天城成立伊始，合伙人会议决定，在港泰广场租下了一层三分之二的楼面，这在当时的律所中着实算是大手笔。虽说是三家律所合并形成，但成立后的锦天城，所有律师满打满算其实也只有60余人。入驻港泰广场办公区的主要是原来锦联所和天和所的律师，刚刚搬来时，偌大的办公区域还显得有些空荡。但经过了几个月的时间，楼层里就已经坐满了人，需要考虑再租下新的楼层了。

这些人并不都来自原锦联所与天和所，而是其他慕名受邀加入的律师——锦天城成立的消息从新闻报道开始，就成为了律师们之间热议的话题，他们都很关注这家新律所民主化的管理模式，更关心锦天城之后的相应收费模式、营销模式给自己带来的实实在在的好处。所以，在史建三与伙伴们的邀请之下，越来越多的律师们或者独立加入，或者成建制、成团队地加入，纷纷来此报到。

朱林海律师就是锦天城成立后第一批加入的律师之一。他原来在傅玄杰律师事务所执业，在邵鸣律师的团队中，案源稳定。收到邀请之后，邵鸣律师和朱林海律师便带着团队加入了锦天城，并且很快就参与进了这家律所的管理中。这让人能鲜明地感受到这家新律所的不同之处，它并没有许多老式律所常见的"抱团"现象，此后的几年中，朱林海一直在管委会，与史建三共同讨论、实施着锦天城的管理与发展工作。

"那个时候的锦天城，还是一个刚刚起步的律师事务所，但是我们都坚信它能成为上海乃至全国最好的律师事务所。"二十年后，已经是锦天城高级合伙人、第十二届上海律师协会监事长的朱林海如此回忆道。①

后来成为锦天城高级合伙人的鲍方舟律师依然能记得2000年1月第一次来到位于港泰广场的锦天城办公楼时的情景。当时他还是朱林海小团队里的实习生，其他律师转所需要办理手续，实习生却不用那么麻烦，所以朱林海律师就先让鲍方舟来锦天城报到。那天，朱林海把鲍方舟带进了史建三的办公室，介绍了他，然后告诉史建三他将来此正式实习。

后来鲍方舟回忆，他见到史建三的第一印象，就是忙碌。那时锦天城刚刚创立，史建三作为负责人，手上的事情千头万绪，每天都有大大小小的事情等着他来处理。这不是没有原因的，一家大型律所的管理不是小说、电视剧里那样，总是高端大气，而是要处理一些千头万绪的小问题。

举个例子，律师们日常的电脑办公，如何做到精细化管理？要知道，那时社会上还没有专为律师事务所定制的信息化管理系统。所以，史建三与林建华律师、行政主管陈运一起研究，找到了一家正准备开发律师事务所信息化管理系统的公司——必智软件公司，必智公司的工程师也很坦率，直言他们也没做过律师事务所的办公自动化（OA）系统，但希望双方可以共同合作来开发这套软件系统。于是，律所的行政、网管IT便一天天地与必智公司的工程师们一起召开研发信息化管理系统的需求会，两个月后，在双方的密切配合下，终于成功研发出了适合锦天城使用的信息化管理软件。这套系统在业务管理、风控管理、行政人事管理、财务管理、品牌宣传等方面实现了律所一体化管理。此后一直使用，虽然锦天城在信息化管理系统上经历了二次更

---

① 参见视频《锦天城律师事务所20周年系列专访——朱林海》，载民主与法制网2019年10月2日，http://www.mzyfz.com/html/1429/2019-10-2/content-1408247.html。

新和转换，但事务所从 2000 年开始的所有信息，包括人员、业务、风控、文档、财务等数据都完整留存在了后来的 IP 多媒体（IMS）系统中，只要随时调取数据库，就可以看到锦天城的发展历程。

而这件事情，只是史建三无数工作中的简单一项而已。

对于所里的普通律师们来说，史建三始终给人一种温文儒雅的感觉，作为有名的大律师，平时却没有架子，看到鲍方舟这样的年轻"小朋友"，史建三都很客气，十分亲和，即使这是一个新来的实习生，和他并非一个团队，他也没有什么咄咄逼人的气场，和他讲话会感觉很放松，而在交谈中又透露着睿智、权威、专业。

当时锦天城的律师和员工们都说，史建三是个谦谦君子。不太热衷去搞权术、办公室政治，只是想单纯地把事情搞好，为了完成事务所的共同目标，可以倾其所有地付出。他也是个对名利看得很淡的人，以他在事务所的地位，完全可以去谋一些自己的名利，但他只是想把事务所搞好，把律师行业搞好。

那时上海律师行业，还有着很浓的师徒制氛围。很多其他的律师，往往会有"教会徒弟、饿死师傅"的想法，总不愿意对年轻律师毫无保留地指导。而史建三却恰恰相反，他很注意提携自己的后辈，甚至会拿出自己的客户、资源，去扶持帮助年轻律师们，哪怕他们并不在自己的团队里。比如鲍方舟仍记得有一次，在史建三的引荐下，他们团队承接了锦江集团的资本运作项目，这个大项目在之后就由他们一手负责。

这也是史建三一直在所里提倡并且身体力行的政策——各个团队拿出一部分客户作为公共业务，促进所内资源整合。在其他团队还有所迟疑之际，史建三就先拿出了自己的一些客户，放在公共业务的篮子中。史建三并不太吝啬自己的那一亩三分地，他的着眼点早已经是整个律所，甚至整个行业更远的未来。

也正是在史建三的主导下，锦天城的团队规模迅速地扩大起来。

四、品牌战略

与规模一同提升的，还有品牌。

律师靠口碑，律所靠品牌。对于一个三所合并的律师事务所，能否迅速创立一个新的品牌，予以扩展并提升，就成了合并后的事务所能否获得合并乘数效应的关键。包括史建三在内的合伙人，通过巧妙借势嫁接品牌、优质服务充实品牌、协同造势扩展品牌、高端市场提升品牌、越界跨境延伸品牌，走出了一条锦天城品牌发展的独特之路。

早在三所合并酝酿期间，三所的核心人员就在考虑合并后迅速创立品牌的问题。从品牌的角度来看，三所合并后的锦天城是一张白纸。三所的核心人员经反复讨论后达成共识，即迅速创立品牌的唯一途径就是采取"借船出海""借势嫁接"的品牌策略。

当时，正值中华第一高楼金茂大厦竣工对外出租之际，尽管租金贵到令合伙人们感到力不从心，但黄仲兰和史建三及其他几位合伙人商议后，还是决定先租用一部分（由以涉外业务为主的黄仲兰长城所团队入驻），作为锦天城成立之初的对外形象。因为他们认识到，实行借船出海的品牌策略，就是要有效地利用特定地域、特定时机、特定人物和特定事件以及与其密切相关的时间、文化及环境背景，把根植于此的认知度、美誉度和形象力转移或嫁接到另外一个相关的企业或产品身上。金茂大厦项目的创意来自邓小平同志南方谈话的精神，立项于开发浦东的宏伟规划，已经在1999年8月竣工开业。作为共和国的摩天大厦，金茂大厦的设计思想、建筑质量、科技含量、文化品位等方面都达到当时世界的最高水平，成为中国对外开放、发展经济的标志性建筑。

借助于客户对金茂大厦品位的认同感和对律所入驻金茂大厦的第一感觉，锦天城的借势嫁接术获得了初步成功，从而有效地缩短了新品牌被认知的时间，在一定程度上也锁定了进入市场的机会点和客户的档次。

当然了，"借势嫁接"只是做到了锦天城品牌与金茂大厦品牌在品质上的部分"形似"，而要做到品质的"神似"，则需要从提高服务质量、提高客户满意度等诸方面予以努力，并运用一定的方式将高质量和满意度传递至社会上的潜在客户。

锦天城的律师们通过努力，在建所之初就办理了一批客户非常满意的诉讼、仲裁和大型非讼项目，从而为充实品牌奠定了良好的基础。如黄仲兰代理的"大西洋船务案"潮涨潮落，锦天城两位律师临危受命，经过大量的证据收集和法律研究，在太平洋彼岸进行了一场法律交锋，终于让美国上诉法院推翻了一审判决，宣布我国外贸公司彻底胜诉，这一判决已被载入美国联邦法院的判例，成为国家主权豁免理论和司法实践的一个重要里程碑（《新民晚报》有详细刊载）。这些成功案例不胫而走，都使锦天城的品牌内涵得到了充实。

在充实锦天城品牌内涵的同时，还需要律师们利用个人声誉、专业技能、学识和口碑，协同造势扩展锦天城品牌。史建三与其他合伙人有意识地带领律所参与国际、国内的各种事务所评比，让锦天城在媒体和社会上有一定的出现频率。后来几年，锦天城陆续在全国律师事务所评选中获得全国优秀律师事务所称号；在2004年首届亚洲法律杂志（ALB）评奖中，荣获"房地产律师事务所""资本市场律师事务所""上海律师事务所"大奖等。上述评比结果，增加了锦天城在社会上的美誉度。

声誉的提高也产生了良好的正向效应，截至 2002 年 2 月，已有 114 家跨国公司和数百家国内大型企业集团委托锦天城办案。事务所的规模化自然也引起了政府及有关机构的注意，一些大型引进外资项目，锦天城通常会成为政府机构推荐的对象之一。

五、海归们

1999 年 4 月的一天，在德国慕尼黑，坐落于老城区的潘德律师事务所①里，亚洲部的中国法律顾问陈克律师像以往一样，打开了最新一期的《中国日报》。

作为华政七九级校友，陈克在硕士毕业后也留在华政任教，后来前往北京，在中国人民大学攻读了博士学位，随后在 1993 年前往德国马普学院进修，之后便定居在了德国，在这里成家立业，并在德国的几家国际性律师事务所工作，收入丰厚。在电子通信仍然并不发达的 20 世纪末叶，地理上的远隔重洋，其实也意味着与国内的社交圈基本失联。他关于中国的信息获取渠道，很大一部分是靠着这份在海外发行的英文版中国报纸。

而这一次，他忽然在报纸上看见了自己的老同学的面孔——在一篇题为《三家律所合并》的报道中，介绍了锦联、天和、长城三家上海律所合并的过程，并附上了锦天城成立仪式上的照片，史建三、黄仲兰和沈国权等昔日同窗，都在照片之中，神色意气风发。

---

① 2000 年 1 月，英国"魔圈所"之一的高伟绅律师事务所（Clifford Chance）和美国罗杰斯律师事务所、德国潘德律师事务所合并，如今已成为全球最大规模的律师事务所之一，在全世界 32 个重要的金融中心都设有办事处。

看着这篇报道,一个想法从陈克的心中浮现。何不回上海,加入他们?

当初他来到德国留学、工作时,中国内地的律师行业还处于国办所占统治地位的时代,然而短短几年时间,随着律师制度的改革,新的律所迅速崛起,正处于狂飙突进的时期。陈克不想错过这样的时代。

带着这个想法,他订下了前往上海的航班,出发前甚至还没有提前联系。飞抵上海之后,陈克便给昔日好友史建三和陈乃蔚打了电话,简单约了个时间,便前往港泰广场,去见了史建三和陈乃蔚详谈。

中国律师行业的突飞猛进让他惊奇,而史建三的热情邀请也让陈克最终下定了归国的决心。史建三也很快为陈克办理了司法部特批的免律考律师资格,几个月后,陈克便正式加入锦天城,最终成为高级合伙人。史建三、陈乃蔚、聂鸿胜等还为陈克律师引荐了专业对口的一些涉外律师业务,逐步帮助他完成从国外律所工作到国内律所执业的顺利过渡。此后的二十多年里,陈克在锦天城,为众多境外投资者、跨国公司、其他大型企业和金融机构进行跨国并购项目、投融资项目的全过程法律服务工作,其中包括代表柯惠—康迪合资公司完成医疗器械领域的跨境并购、德国采埃孚公司和罗森博格公司等进入中国等重要的投融资项目。尤其是,他在中国核电项目融资方面提供了早期业内较为领先的法律服务。

陈克的故事只是许许多多锦天城律师中的一个,锦天城成立之后,具有不同教育与工作背景的律师们从五洲四海汇聚过来。两三年时间,合伙人的人数就从1999年合并新设时的5人激增至34人(含经合伙人会议同意准备向司法局申报的人数),在此期间,没有一个合伙人离开锦天城;执业律师的人数从1999年的58名增加至2002年的135名(含杭州分所的22名执业律师);事务所的总人数从1999年的80名,增加至 2002 年的近 200 名；海外高层次归国人员从 1999 年的 9 名增加至 2002 年的 34 名；博士以上学历的高级人才从 1999 年的 4 名增加至 2002 年的 12 名。

六、走向全国

当初发起合并的初衷就是寻求规模效应，这一初衷也在后来史建三主持锦天城的工作期间持续地贯彻。

2000 年年初，锦天城还刚刚设立不久，史建三与同事们便开始研究跨省、跨国建立分所的可能性。

律师事务所要不要跨地域扩张？这个问题在当时还没有定论。许多律师认为，律师事务所是强调人和性的，并不适合像其他行业的大公司那样在各地设立"分号"。虽然有此争议，律所的跨地域扩张却已经在逐步尝试中，这方面，北京的律所已经走在了前面。1994 年，北京君合律师事务所在上海设立分所，开启了行业的先河。四年后，北京隆安律师事务所也在上海设立分所，并在次年设立沈阳分所。随后的 20 世纪最后几年，德恒、天元、京都、中伦、金杜等北京律师事务所都相继在上海开设了分所。

但是，上海的律师界却迟迟没有迈出这一步。

史建三、罗建荣、林建华三位律师，都是华政复校后头几年的毕业生，后来也共同留校任教，因而被开玩笑地称为锦天城"三建（剑）客"。锦天城成立之后不久，一天，林建华找到史建三、罗建荣，提出了向浙江拓展的方案。原来，林建华的同学马赛时任浙江省贸促会法律部主任，此时也有意要重组法律团队，向律师领域扩展，所以也通过林建华，表达了初步的合作意向。

这其实是20世纪90年代以来律师领域常有的事情。北京、上海等地的很多知名涉外律所，都是从外经贸条线的法律部门演变而来的。比如著名的环球律师事务所，就与中国贸促会法律部门有着很深的渊源。因而，在林建华的牵头下，浙江省贸促会法律部提出意向后，他们便欢欣鼓舞地计划起来，准备筹建锦天城的第一家分所——杭州分所。

但是，他们的筹建方案在提交合伙人会议审议时，遭到了否决。开设外地分所，对于上海律师界来说仍是新事（直到几个月后，上海市方达律师事务所才率先在深圳开设分所），许多合伙人担心风险太大，不同意由律所出资设立。而合伙人会议需要一致决议通过才行，有人反对，就意味着方案流产。

虽然风险存在，但是史建三等人已经看到，跨地域的扩张其实已经是大势所趋。在他们三人的坚持下，合伙人会议上终于形成了变通的方案：提案人史建三、罗建荣、林建华自筹资金，去创办杭州分所，风险及盈亏都由他们三人承担。在这个条件下，合伙人会议授权史建三、林建华、罗建荣三位律师全权负责处理杭州分所事务。就这样，"三剑客"自掏腰包，各拿出10万元，在杭州租下写字楼，添置了办公桌椅和台式电脑，并向地方主管部门提交设立申请。

在事务所并未给予支持的情况下，"三剑客"靠着自己的力量，把杭州分所办了起来。后来，亲身见证并经历这一过程的锦天城杭州分所高级合伙人刘卫平律师回忆说：史建三律师作为锦天城的合伙人，一手策划并支持了杭州分所的成立与开业。①

2000年11月，筹备数月之后，锦天城杭州分所正式成立，并在

---

① 参见刘为平：《小河择流，大船扬帆》，载民主与法制网2019年10月21日，http://www.mzyfz.com/html/1430/2019-10-21/content-1408224.html。

汪庄举行了成立仪式。随后刘为平、姜丛华、章晓洪三位资深律师相继加入了杭州分所，成为合伙人。杭州分所仅仅用了三年时间，创收就逼近千万元大关。这次"意外"的成功，彻底破除了锦天城全体合伙人在跨地域扩张道路上的畏难情绪。2003年年底，合伙人会议表决决定，退还罗建荣等三人的垫资，收回杭州分所"经营权"，纳入律所统一管理。

自此，锦天城的合伙人们对于跨地域设立分所再无异议。[①]

2001年，锦天城获得司法部的批准，在美国旧金山筹办分所；2004年经批准设立北京分所；2005年经批准设立深圳分所。与此同时，锦天城又加强了与各地律师事务所的战略联盟与合作，先后与湖北、湖南、青海、新疆等地的律师事务所建立战略合作关系。

也就是这几年，全国律所都掀起了跨省扩张的浪潮。通力、君泽君、炜衡、中银、德恒等律所纷纷加入了这股浪潮，锦天城也算是搭上了这一轮的顺风车。

各分所的设立和运作，与各联盟所的合作，为锦天城品牌的延伸发挥了重大作用。如杭州分所建所之后，客户量和业务量稳步攀升，很快名列浙江省律师事务所前茅，并多次被浙江省律协评选为优秀律师事务所。又如北京分所，一方面在反倾销领域做出了专业品牌，另一方面又成为上海总所、杭州分所、深圳分所在北京从事法律服务的桥头堡。

经过三年时间，锦天城迅速地发展了起来，成为了律师界名副其实的行业巨头——秦岭淮河以南地区最大的律师事务所。办公场所从1999年的850平方米增加至2002年的2400平方米。业务创收从1999

[①] 关于杭州分所的设立过程，部分信息可参见王健：《从900万到30亿，锦天城奇迹是如何创造的？》，载《民主与法制周刊》2019年第37期。

年的 900 万元增加至 2001 年的 5000 余万元。而客户数量也从 1999 年的 500 余户（不含个人客户）增加至 2002 年的 2000 余户，新增加的客户中包括 57 家已上市公司、37 家正在改制上市的公司和 114 家跨国公司的客户。

规模效应也为每个律师带来了更多的红利，律所人均创收出现了显著的提升。业务创收超 100 万元的合伙人，在 1999 年只有 3 人，占所有合伙人的 20%；到了 2000 年，这个数字达到了 10 人，占 43.%；2001 年，更进一步增加到了 19 人，占 76%。

不只是合伙人层面，还有那些非合伙人的执业律师也获得了收入方面的提升。三所合并前只做 20 万元、30 万元业务的律师，在合并后短短二三年内业务量连续翻番，达到 100 多万元和 200 多万元。一批在锦天城成立后新加盟的律师精英，其业务创收情况和原所相比，也有大幅度的增加。如某律师在原所的业务创收量每年在 50 万元到 60 万元之间徘徊，加盟锦天城后的第一年，业务创收量即迅速攀升至 300 多万元，令人称奇。

七、律所管理者的心血

从 1997 年萌生合并创建大所的念头，到锦天城成立后负责事务所管理的这几年，这是史建三回望职业生涯中最为精彩和激情四溢的时光，他将这段时光称为他"人生中最为投入和呕心沥血的职业经历"。

锦天城成立后，由于合并各方及其他律所慕名而来的律师在理念、经营方式、业务取向、分配模式和执业风格上均有差异，新所面临着严峻的挑战，运营变得更加复杂。作为律所第一届轮值主席，史建三面临着巨大压力，他主持组织了频繁的合伙人会议，每周都要熬夜讨论，以确保新所的顺利运营。

随着事务所的不断发展壮大，合伙人数量的增加，轮值主席制度逐渐无法适应新形势和状况的需求。2003年3月27日，合伙人会议决定以管委会和监事会制度取代轮值主席制度。史建三作为管委会的主要召集人，主要负责对外业务拓展、对外事务所形象攻关以及事务所公共业务等方面的工作，与管委会副主任朱林海律师一起，共同负责对内的事务管理。这一新的制度为事务所带来了新的管理模式，有力地推动了锦天城的持续发展。

经过多次赴海外取经，史建三进一步将海外的先进管理理念融会贯通，通过提高内部的信息化水平，让锦天城这台庞大的机器实现精准、高效地加速运转。他们有一个长远的规划——先在长三角地区立足，而后向内地主要城市扩张，往中国香港特区、欧美等地拓展。结合上述明确的发展目标，史建三与合伙人们对锦天城的未来发展，经过反复讨论，形成了比较清晰的思路。

对内，他们鼓励旗下律师在执业理念上要不断向西方看齐，在下工夫提高法律素养的同时，以全身心的敬业姿态投入每一个案子。

对外，他们致力于将自己打造为国际一流律师事务所。凭借着史建三当时在锦联所时建立起的合作基础，锦天城于1999年加入了TerraLex国际律所联盟，是该联盟在中国大陆的唯一会员所。TerraLex后来还将年度的年会选在上海召开，这是上海历史上召开的最大规模的国际律师会议，也是TerraLex历史上第一次在欧美以外的地区召开年会。在业界看来，锦天城作为中国上海唯一的会员所参与本次年会的举办，这也标志着锦天城已跻身于国际一流律师事务所的行列。

在全体合伙人的努力下，锦天城展现出了"民主管理的理念、规则治所的魅力、产权清晰的引力、团队运作的合力、丰厚回报的潜力"。

成立后五年间，吸引了十多家律所主任或副主任带着他们的律师团队加盟锦天城。锦天城多次被中国司法部及其下属司法行政机构、律师行业协会等评选为中国优秀律师事务所，并在国际法律评级机构中取得优异成绩，甚至进入了全球百强律所榜单。

这是一段光辉而辛勤的岁月，锦天城的辉煌成就离不开每一位合伙人的付出与努力，而史建三作为其中的一员，为锦天城的辉煌添上了浓墨重彩的一笔。回望四十多年的职业生涯，他曾自豪地对后辈们说，这段时间是他唯一一段全身心投入并为之倾注了心血和智慧的职业经历。

这是他职业生涯中最为辉煌和难忘的时刻，也将成为他人生中最宝贵的回忆。

第十九章 | 如何做一个跨国并购的律界先行者？

一、并购律师

一般人眼中的律师就应该是"打官司"。事实上，锦天城的非诉项目多于诉讼项目。锦天城律师在建所之初所参与的一系列非诉大型项目中，通过为客户提供盈利模式策划、交易结构设计、合同谈判起草等优质的法律服务，建立了良好的声誉。

就史建三而言，他的跨境并购业务也是以非诉讼的项目服务为主。跨国并购是一项涉及国家引资战略、产业指导、经济政策、财务制度、相关法律和法规等方面的系统工程。它涉及东道国外资法、证券法、税法、公司法、劳动法、金融法、反垄断法和会计法等诸多法律领域，法律关系错综复杂。

业界普遍认为，一国企业并购另一国的企业，遇到的困难比国内企业并购更多，程序更复杂，如果没有深谙国际资本运作规律的律师来协助，要进行外资并购几乎是不可能的，即使可能，成本也必定很高。甚至可以说，一起迅速而成功的外资并购案，很大程度上是源于并依赖于专业律师富有成效的工作。

因此，这个复杂的系统工程，绝非并购双方独立可以完成，或者仅靠律师就可以包揽的，而需要投资银行、会计师事务所、律师事务所等专业顾问的协助。而其中，律师的作用则是一项关键，其提供的法律服务在外资并购活动中发挥的作用是显而易见的，律师以其专业知识和经验为企业提供并购战略方案和选择、并购法律结构设计、尽职调查、价格确定及支付方式的安排等法律服务，统一协调参与收购工作的会计、税务、专业咨询人员，最终形成并购法律意见书和一套完整的并购合同和相关协议。

在跨国并购的法律事务领域，史建三是最早"吃螃蟹"的人之一。1996年，在率领中国企业并购日本企业的案例中，史建三恰逢其时地进入了这一领域。这让他站在了跨国并购领域的前沿，有机会成为业内的知名专家。

每个行业都有着"捷足者先登，先占者具有先发效应"的原则。这一原则意味着在竞争激烈的领域，率先进入并取得成功的机会更大。史建三在国内这一领域刚刚开创时就率先涉足，让他能够在跨国并购法律服务领域累积经验和声望，逐渐成为了行业内的领军人物。

二、他山珠玉

经办过几个不同类型的跨国并购项目之后，史建三对这门业务也逐渐有了更深的了解。而到了他在西雅图访问期间，参与了美国律所的几个重要项目之后，他更是大开眼界，进一步对国际水平的并购法律事务工作有了更深一层的认识。

那时，Bogle &Gates 律师事务所国际业务部的主席赫博斯特得知史建三正在从事跨国并购方面的博士论文写作，非常有兴趣参与跨国并购方面案件，所以就给予他一个参与为加拿大公司收购美国公司提供法律服务的机会，并计划每个星期一起讨论一次该案进展情况及中美两国在并购方面的立法、司法和法律服务方面的差异情况。

美国 WC 公司是一家注册于华盛顿州的饮料生产销售公司。早在 1997 年年初，该公司的董事会就开始讨论如何使股东利益最大化的问题。根据 WC 公司的财务现状和饮料市场的有利条件，并向财务顾问咨询，董事会认为出售该公司是实现股东利益最大化战略目标的最好方式。

为此，WC 公司先和两家投资银行进行了接触，并选择了其中一家为投资顾问，从事公司出售的策划。WC 公司与被选中的投资银行多次讨论了市场策略和潜在收购者情况。1997 年 6 月，投资银行向 300 家潜在的收购者发出饮料公司（隐去 WC 公司的名称）出售信息，以征集这些潜在的收购者的收购意向。随后，在律师的参与下，投资银行在与那些表示有意收购的公司签署保密协议后，向这些公司提供了关于 WC 公司意欲出售的详细情况以及 WC 公司经初步评估后的出售价格情况。经过两轮的征集和筛选后，有 9 家公司接受 WC 公司经初步评估的价格，有意收购 WC 公司，并作了初步的收购报价，其中包括美国的 AP 公司和加拿大的 BC 公司。投资银行和 WC 公司经讨论和评估后认为，这两家公司的经济实力和经营能力能保证 WC 公司在被收购后继续作为一个独立的法人进行市场运作，且收购报价较高，经谈判后有利于实现 WC 公司股东利益最大化的目的。

考虑到和美国公司谈并购事宜属于国内的并购活动，法律障碍相对较小，WC公司首先开始与AP公司进行前期的并购谈判和尽职调查。然而，在谈判中，AP公司要求在证券市场上公开收购，而不愿意通过协议方式收购。与此同时，加拿大的BC公司却采取了灵活的态度，提出了比AP公司更有竞争性的收购报价。WC公司的董事会经反复讨论，决定终止与AP公司的谈判，同时开始与加拿大的BC公司进入正式的并购谈判。

加拿大的BC公司注册于不列颠哥伦比亚省温哥华市，是一家在多伦多证券交易所上市的公司，该公司的股票也同时在纽约纳斯达克交易市场上挂牌交易。为了抢占美国西北地区饮料市场的份额，决意通过收购美国的饮料公司来达到其市场扩展的目的。为了保证此项收购的顺利完成，需要美国律师事务所的通力合作。Bogle &Gates律师事务所在温哥华设有分所，其在并购法律服务的领域内知名度颇高，且具有法律服务专业门类齐全的综合性优势，所以BC公司选择了该事务所为其并购WC公司提供法律服务。

事务所接受委托后，随即召开了证券法律部、公司法律部、税务法律部、融资投资法律部、反托拉斯法律部、国际业务部等专业部门负责人会议，在对BC公司提供的初步资料进行初审的基础上，从公司法、证券法、反托拉斯法、税法、会计法等不同角度，对此项并购的合法性问题、法律障碍及其排除方案、合理避税、并购操作方案等进行了讨论。会议决定由国际业务部牵头，各部门配合，协助BC公司完成此项跨国收购任务。

一宗企业并购能否成功的重要因素之一是采取什么交易手段来完成。由于各个目标公司的股东、管理层的要求和财务结构、资本结构完全不同，因此要针对不同企业的特点，采用不同的交易手段。为了保证在较短的时间内按照加拿大BC公司有关交易安全、少付现金、

第十九章 | 如何做一个跨国并购的律界先行者？

合理避税的要求，律师事务所为 BC 公司设计了一套复杂而精准的方案，即由加拿大 BC 公司先在美国华盛顿州登记注册一家全资子公司，由子公司并购 WC 公司，从而将跨国并购转化为国内企业并购，以简化法律程序，避免跨国并购可能碰到的各种障碍并获得合理避税的条件，综合采用股票换股票、可转换债权换股票、认股权证换股票和部分现金兑付等方式，收购 WC 公司，从而大大缓解了 BC 公司为收购 WC 公司所可能产生的融资矛盾。

并购方案设计完成后，进入了对目标公司进行全面调查的阶段。一天，国际业务部主席赫博斯特来到了史建三的办公室，向史建三了解中国对并购目标企业调查的内容有哪些。面对赫伯斯特律师的询问，史建三没有被难倒，他凭着曾经办过几个并购案件的经验，向他列举了 30 多条调查项目。听了史建三的介绍后，赫博斯特拿出了跨国并购调查的清单。史建三接过清单一看，只见该调查清单包括 17 个大类、119 个项目、数百个细目，真可谓面面俱到，不留后遗症。

这一次，史建三很明显地感觉到，在提供跨国并购法律服务方面，中国律所与美国一流律所存在很大的差距。

跨国并购充满各类风险。国际一些知名的研究机构、咨询公司，在研究并购成功率时，得到的结果基本一致，即跨国并购中占六成以上的比例是失败的。从法律的视角来分析，没有进行充分的法律分析、法律策划和法律控制，是跨国并购失败率居高不下的重要原因。

综合起来看，这些情况包括：没有对东道国的外资政策、产业政策和相关法律进行深入的研究，导致并购交易被政府主管部门否决；没有对并购交易结构进行合法性分析和调整，导致并购交易无法顺利进行；没有对并购交易过程中的信息进行法律控制，导致信息不适当披露而引发价格波动，并使并购交易终止；没有对目标企业进行彻底的法律尽职调查，导致并购后法律纠纷爆发而失败；没有对并购后的行政整合、业务整合方案进行有效的法律策划和控制，导致并购后因整合发生法律纠纷而失败；没有对并购合同、协议的主要条款达成一致，导致并购终止；没有正确处理好与目标企业管理层的聘用关系和员工的劳动法律关系，导致并购中途流产。

在结束对WC公司的调查后，并购双方在各自律师的协助下，起草同意并购的决议，并提交各自的董事会表决通过。随后，董事会将通过的并购决议提交股东大会讨论、批准。并购双方签订并购合同。并购合同是整个并购活动中最重要的文件，同时也是并购履行的主要依据，因此这是买卖双方律师的工作重点。国际业务部主席赫博斯特起草并购合同，随后递交卖方律师修改。每修改一次，史建三就得到一份拷贝。前前后后他得到了十几份拷贝，也就是说，经过来来回回十几次的修改，谈判才最后定稿，交由双方签署。

这份跨国并购合同记载的内容比史建三在国内看到的企业并购合同内容多上几十倍，其中一些主要条款和史建三在国内律所处理的并购合同相类似。但双方律师在起草和修改过程中，为了把意思表述得明白无误，没有歧义，通常从正面、反面及侧面几个角度反复阐述。有些条款则是中国律师初涉并购案件所容易疏忽的，如先决条件条款，通常应规定双方都已取得并购行为的一切同意及授权，尤其是董事会和股东大会的批准；双方都已取得有关此项并购的第三者（通常是指政府主管部门和债权人）必要的同意与核准；至交割日止，双方此项并购活动的所有声明及保证均应实际履行；在所有先决条件具备后，双方才履行交易的正式手续。又如声明、保证及承诺条款，通常包括卖方向买方表示并保证目标公司没有隐瞒重大问题，否则买方可以取消合同；买方向卖方保证买方有法律能力、财务能力并购目标公司；

第十九章 | 如何做一个跨国并购的律界先行者？

卖方向买方承诺在履约日前使目标公司营运维持原状，不支付股利，不签订重大合同，不改变财务结构，不出售重要资产等；卖方董事会签发给买方责任函，罗列目标公司的法律地位、财产清单、负债情况、诉讼仲裁等情况。

再比如限制竞争条款、损害赔偿条款等，这些并购合同中的起草和修改技巧，都是后来国内的一些并购案件中已经常见的合同条款，但此时国内尚对这些内容不太了解，史建三也将这些经验记录下来，准备带回国与其他律师学习研究。

买卖双方正式签署并购合同后，双方律师开始协助买卖双方履行并购合同所约定的事项。WC 公司将其法定账簿、被并购证明、地契、动产和其他有关文件都移交给加拿大 BC 公司在美国的全资子公司，律师在审查 WC 公司履行并购合同所有承诺后，支付 WC 公司部分现金，并通过替换股票、可转换债权及认股权证方式将原 WC 公司股东手中的股票转换为 BC 公司股东的权益。同时，完成向政府有关部门的变更注册登记的手续。为保证被并购企业将来的正常运营，律师还协助 BC 公司向原来的顾客、供应商和代理商发出正式通知，承继原由 WC 公司与他们签订的契约中的权利和义务，对有些契约进行调整或撤销，通过适当补偿的方法办妥法律手续。

史建三在美国律所的经历为他提供了了解跨国并购的整体运作方式的机会。这个经历让他不仅能够从国际角度看待跨国并购，还能够学习国际先进的法律实务经验，这对他的职业发展和学术研究都具有重要价值。

经过理论研究与实践操作的双重训练，史建三对跨国并购理论逐渐有了较深入的理解和运用。在这个复杂的领域，史建三对跨国并购的认识，不仅让他可以将其应用于实际工作中，也为他后来在学术界的研究提供了有力支持。

三、跨国并购律师需要什么

经过这个项目之后,史建三对整个项目过程进行了复盘,更加深切地感受到了美国律师们在业务上的专业度。

史建三认识到,跨国并购法律服务是一项高强度团体协作的工作。在跨国并购法律服务面前,能够闪光的是团队精神和协作精神,个体律师的才华只有融入团队精神才能有所作为。一起迅速而成功的并购案,在很大程度上是源于并依赖于专业律师富有成效的协同和分工作业。在这方面,美国的律师无疑要比中国律师强得多,因为美国大部分的律师事务所具备专业化分工和协同作业的规模和综合优势,而我国的许多律师事务所实际上还处在个体合作的阶段。

正因为跨国并购需要一揽子法律服务,所以只有有准备的综合性、专业化分工的律师事务所才有资格承揽这项业务。跨国并购法律服务是一个极为复杂的系统工程,涉及东道国外资法、证券法、税法、公司法、劳动法、金融法、反托拉斯法、会计法等诸多法律领域。律师事务所只有通过专业化分工,团体协同作业,增强综合协调优势,才能为跨国并购等大项目提供法律服务。跨国并购需要律师团队的合作精神,而不是律师个人英雄主义,它需要21世纪"最吃香"的涉外律师、财务律师、知识产权律师及其他专业领域的律师的联合作战精神,才能承接和完成。

这一点,也成为了史建三后来极力促成锦天城建立的直接动因。在锦天城设立后,史建三牵头组建并购律师团队,也在后来承接了一系列重要的跨国并购案件。

第十九章 | 如何做一个跨国并购的律界先行者？

四、行业先行者

伴随着现代法律服务的节奏加快，在世纪之交，上海律师业已经全面参与了外资并购的法律服务。据上海市律师协会不完全统计：21世纪最初几年，上海律师业从事外资并购及国际投融资法律业务的律师事务所有 30 余家，除了锦天城之外，还有金茂、方达、通力、段和段等，专业从事外资并购的律师有 300 余名。在短短几年时间里，就是这 30 余家律所，为数百个外资并购项目提供了专项法律服务。

在为外资并购提供法律服务的过程中，实行专业资源优化配置、多专业协同作战已成为上海律师业闯入现代法律服务市场的特种战术，并在外资并购的法律服务中大放异彩。在经济全球化和法律服务国际化背景下，规模化、专业化、国际化的律师事务所正在不断涌现，在与国外律师的竞争与合作中已体现出外资并购法律服务的高水准。

在为外资并购提供法律服务的过程中，国际视野、品牌意识、竞争意识、服务意识以及管理方面的现代法律服务理念显得尤为重要。所以，史建三将目光进一步延伸至国际舞台。他先后策划和组织了三场跨国并购法律服务的国际论坛，主办者有国务院国资委、商务部，以及国际顶级律所、全球并购研究中心、上海产权交易所、上海工业博览会主办方、上海律师协会等。作为这些国际论坛的策划者和组织者，史建三不仅为法律界搭建了一个交流平台，更是在这个平台上担任了主旨演讲嘉宾的重要角色。在论坛上，史建三毫不吝啬地分享了自己的洞见和经验，他的演讲不仅仅是知识的传授，更是对整个跨国并购领域的引领和启发。国际论坛吸引了大批跨国公司法务、央企和国企的"三总师"、中外三资企业总经理、上市公司首席执行官（CEO）

和首席财政官（CFO）高管、中外律师事务所律师参会。不少参会者后来成为了史建三的客户，一些出席论坛的律师，则成为了业务的介绍者和合作者。

自那以后，史建三又以并购领域的专家身份，受邀在国际论坛组织和国内高端论坛上就并购和跨国并购专题作了30余场演讲，许多参会者成了潜在客户，案源滚滚而来。

获得了丰厚收益之后，史建三也开始逐渐把重点放在对行业的研究上，希望能发挥自己的经验，推动整个领域与国际更高水平接轨。

从2002年起，史建三参与了《中国并购报告》的编写工作，担任副主编，这使得他对于中国的并购市场有了更为全面和深入的了解。2004年，他创立了中国第一个并购法研究中心并担任主任，推动了并购法律的研究和实践。

随着史建三根据自己的博士论文改写的中国第一本《跨国并购论》专著的问世，史建三继续以研发引路，走开发法律服务新领域和抢占业务制高点的路线，几年来一直在并购和跨国并购法律服务领域深耕。

史建三与罗斯福（中国）投资基金主席德尔·罗斯福先生合影

第二十章 | 站在"入世"的历史时刻

一、"入世"时刻

2001年11月10日,期待已久的好消息终于传来,在多哈回合的谈判中,随着会议主席卡迈勒手中"入世槌"落下,WTO第四届部长级会议通过中国加入WTO的决定。历经15年谈判,中国正式加入WTO成为第143个成员。

在今天回顾这一历史事件,我们可以清楚地看到,中国"入世",开启了对外开放、全面融入全球经济体系的新阶段,也开启了中国经济狂飙突进发展的黄金十年。在中国加入WTO之后的几年里,中国的外贸规模快速增长,进一步促进了中国经济的发展。加入WTO也推动了中国对外开放的步伐,加快了国内市场的改革和开放。通过加入WTO,中国逐渐成为全球贸易的重要组成部分。

持续关注这一新闻的史建三,也看到了新的机遇。

中国"入世",同样也是中国律师业大发展的契机,就WTO而言,其首先是一个建立在法规基础上的贸易体系。自1996年WTO成立五年来,始终坚持非歧视、最惠国待遇、国民待遇、贸易自由化、互惠、一般取消数量限制、透明度、发展中国家和最不发达国家优惠待遇、市场准入、公正平等处理贸易争执这些原则。这些原则和已生效的42个协定就是WTO的法律规则体系。WTO的基本原则和协定绝对是一个现代经济体系所必备的。"入世"将有助于中国建立一个全面的、强有力的法律体系,这是除经济利益之外,对中国未来发展最具深刻影响的方面。作为中国法律体系中不可缺少的一个组成部分,中国律师业无疑将成为中国"入世"后最大的受益者。

"入世"表明中国的开放政策将成为对国际的公开承诺,它将对中国的经济社会领域产生深远的影响,其意义丝毫不亚于第一次开放。第一次开放的压力和动力主要来自体制内部,源于国家自身经济发展的矛盾和需要;第二次开放则更多的是来自外部,源于世界经济一体化对国内经济体造成的压力。随着经济全球化的发展,产业结构调整的加快,产品周期的缩短,新技术、新工艺层出不穷,而中国经济要跃上新台阶,必须参与经济全球化,加入国际经济大循环之中。中国目前内部存在的经济结构不尽合理,利用外资增速减缓等问题,也促使中国必须再次选择开放。

"入世"意味着中国经济将全面融入世界经济一体化的过程,在中国市场对世界开放的同时,WTO各成员方的市场也将对中国开放,中国与WTO成员方之间的经济交往将成倍增加。凡交往皆有法律。近世以来,人类的交往行为渐渐地跨越了固有的国界,在政治上出现了世界性对话,在经济上产生了全球性贸易,在文化上导致了跨国性交流。WTO就是人类经济交往全球化的产物,是这一情形的规范保障。它同一切具有国际性的法律一样,正在改变着人们关于法律的固有观念,同时也在教导人们认知一种全新的法律观念——世界主义的法律观。在世界经济一体化、法律服务国际化的背景下,法律服务的舞台也将由国内扩张至全球,由此为中国律师业提供了更大发展的空间。

而且,"入世"不仅带来更大的对外开放,还将带来更大的国内改革,以开放促改革的观点,越来越成为中国企业界与知识界的共识。多年来,中国一直依靠自身的动力进行改革,在自己的轨道上滑行。随着中国改革日益深化,改革的难度越来越大。国企改革、扩大内需、结构调整、产业升级是摆在眼前迫切需要解决的问题,人们期望加入WTO能为中国的改革点一把火。客观上,中国在被纳入WTO这一国际贸易法律体系之后,中国的改革开放无疑多了一个制约,这种制约也为中国提供了借助外力、推动改革、向上发展的可能性,而如何推行依法治国方略,建立健全现代企业制度,将中国经济合法有序地纳入国际交往准则的轨道,则是中国律师业大展身手的领域。

二、涉外仲裁

对于律师业务来说,首当其冲的一个变化,就是涉外诉讼在整个诉讼领域中的比例呈直线上升趋势。由于中国"入世"后将全面融入世界经济,经济交往将呈全球化态势,由此所产生的各类经济摩擦也不可避免地日益增多。国际贸易纠纷以及与此相关的国际投资纠纷、国际劳资纠纷、国际知识产权纠纷、环境保护纠纷和反倾销诉讼、反垄断诉讼、反不正当竞争诉讼等诉讼领域将在相当长的一段时间内呈现出专业诉讼律师供不应求的局面。另外,中国"入世"后,一部分中心城市如北京、天津、上海、广州、深圳将率先步入国际化城市的行列。而国际化城市的一个重要标志是外籍人士在城市居民中所占的比重超过10%。这就意味着越来越多的外籍人士在日常工作和生活中将和当地的政府、企业、居民产生千丝万缕的社会交往关系，由此又会引发大量的涉外行政诉讼、涉外民事诉讼和涉外刑事诉讼。

同时，涉外仲裁也将在中国"入世"之后，逐步成为解决涉外经济纠纷的主流方式，涉外仲裁律师将十分走俏。鉴于中国解决争议的法律法规将逐步与国际接轨，又鉴于不同国别的经济主体之间在经济交往中，约定争议解决的方法时，谁都不愿意将最终的裁决权让给对方所在国的司法机构，因此，选择一个中立的、独立的、民间的仲裁机构，并由当事人自行指定其信得过的仲裁员来解决当事人之间的纠纷，无疑是双方当事人均能接受的方法。伴随着国际交往的日益增多，国际贸易纠纷以及与此相关的国际投资纠纷、国际劳资纠纷、国际知识产权纠纷、环境保护纠纷也会日益增多，有关交易合同中争议解决的条款中将更多地采用仲裁方式而避开诉讼方式，因此涉外仲裁将成为解决涉外经济纠纷的主流方式。

2001年9月，史建三入选中国国际经济贸易仲裁委员会仲裁员。深厚的并购理论与实务经验成为他的独特标签，也成为数十起中外企业并购和股权纠纷仲裁案的首席仲裁员。对于史建三而言，这是将自己的理论知识付诸实践的机遇。他迅速融入了这个角色，不仅展现出了令人信服的专业素养，更为案件的公正裁决贡献了自己的一份力量。

史建三的仲裁判断以其精准和公正而著称，这使他赢得了各方当事人的高度认可和赞誉。史建三还通过对案件的深入总结和反思，编著了《企业并购纠纷仲裁案精析》一书。这本书不仅是对自己仲裁实践的总结，也为广大法律从业者提供了宝贵的案例分析和法律思考。他的案后总结不仅仅是为了自身的成长，更是为了法律界的进步，这种执着和责任感令人钦佩。

三、把握窗口期

而在诉讼、仲裁等业务之外，因国际贸易、投资所引发的非诉讼法律业务也将进入一段增势强劲的时期。中国"入世"震撼全球经济大格局，跨国公司争先恐后地进入中国各个行业已成大势使然。中国是世界上最大的潜在市场，跨国公司对华贸易和投资的主要目的是开拓和占领更多的中国市场份额，这就不可避免地形成相互之间的激烈竞争。而迅速占领市场，占据市场份额，赢得竞争主动权的前提是对中国法律的全面了解和熟练运用，因此，最有效的方式就是借助中国律师提供的法律服务来达到跨国公司尽快进入中国市场的目的。跨国公司进入中国市场所引致的非诉讼法律服务增势将超过涉外诉讼项目的增势。

正是因为"入世"带来的这些机遇，所以史建三抓住了海外企业来华投资的这一关键窗口期，在为客户代理各项法律事务的同时，积极为浦东的招商引资作出贡献，仅几个项目就为浦东引进6亿元人民币左右的资金。通过与外方律师的紧密合作，他还曾与林建华律师一起，促成了投资分别为2750万美元和2500万美元的上海通用电器开关有限公司和上海通用电气广电有限公司的成立。作为浦东新区管委会法律顾问团的成员，史建三还通过讲座为新区企业的数百名管理人员传授企业法律风险防范知识。由他和浦东新区司法局律师公证管理处原处长徐鼎茂共同策划并参与编写的《投资浦东法律导航》更成为来浦东投资者的法律"宝典"。

名列福布斯"财富500强"的美国应用材料公司是全球半导体业

最大的芯片组装系统生产商，是信息时代的先锋之一。2000年以后，随着中国资讯科技产业的持续发展，诸多高科技性质的跨国公司竞相在华扩大投资，美国应用材料公司的客户也纷纷从日本、美国和中国台湾地区涌向中国大陆寻找市场。为开拓中国地区的业务，美国应用材料公司适时决策，将其在大中华地区的总部迁至上海张江高科技园区。2001年10月18日，美国应用材料公司中国有限公司正式举行了开幕典礼。而美国应用材料公司大中华地区总部入驻浦东张江高科技园区，也凝聚着史建三团队的一份努力。为了推进美国应用材料公司中国总部在张江高科技园区的建设进程，史建三与罗建荣律师、陈克博士、陈娟助理组成了一个强有力的律师服务团队，凭借多年来从事涉外业务和房地产业务的丰富经验及对国内政策法规的娴熟把握，为美国应用材料公司提供了切实可行的配套法律服务。史建三和罗建荣的律师团队就建成后厂房的使用要求、所需的"承租人改进"、物业修缮、工程进度及原工厂拆迁补偿等事宜，结合美国应用材料公司自身情况及外商投资服务的实战经验，为美国应用材料公司起草并制作了厂区建设过程中所需的各种合同文本及法律文件（主要有《厂房租赁合同》《工程承包合同》《咨询服务合同》等合同及协议）。

在提供法律服务期间，就土地使用权、项目工程建设承发包等在中国法律与美国法律中存在较大差异的法律事务与美国律师及时沟通，并就此出具了大量的法律意见和方案设计，大大推进了张江厂区的建设进程。参与公司与项目承包方和有关政府部门的磋商与谈判，凭借娴熟的专业知识与灵活的谈判技巧，最大限度地维护了公司的利益。此外，服务内容还包括协助公司进行有关的资信调查、获得有关政府部门的批准和办理各种相关手续。律师团队以高效优质的法律服务赢得了美国应用材料公司的信任与青睐，充分展现了中国律师从事外商投资领域内各项法律服务的专业水平。

对于中国的"入世",史建三满怀信心,他曾在多次接受采访时说过,"律师业将是中国入世最大的'赢家'"。WTO不仅是一个经济概念,更是一个法律概念,其本身就是一个关于多边自由贸易的国际法。

四、从引进来到走出去

除了"引进来",中国企业也在乘着"入世"的浪潮迈步"走出去"。这也对涉外法律业务提出了新的要求。

对史建三来说,在这个全球化的时代,法律服务已经不再是局限于一国之内的活动,而是跨越国界、连接世界的桥梁。带着这种使命感,史建三与曾经在美国律师执业的朱思东先生并肩合作。他们将国外的法律知识与自身的涉外法律服务经验相结合,共同编写了《赴美经商法律实务》一书。这本书不仅是史建三与律师团队对赴美经商法律实务的一次全面梳理,更是他们为中国企业走向美国提供的一份实用指南。

涉外法治研究的独特视角在于,它不仅仅局限于法律条文和理论的研究,更关注法律在实践中的运用和效果。史建三带着他的团队深入企业调研,了解企业在"走出去"过程中的实际需求和困难,结合法律理论和实践经验,为企业提供切实可行的法律策略和操作指南。

在涉外法治研究中,史建三深感责任重大。因为他的每一次研究、每一次建议都可能直接影响到中国企业的海外投资和贸易活动,关系到国家的经济安全和发展利益。因此,史建三和他的团队在研究中始终秉持严谨、务实的态度,力求为中国企业提供最准确、最有效的法律回应。

同时，涉外法治研究也注重与国际同行的合作和交流。史建三积极参与国际学术会议、研讨会等活动，与国际专家共同探讨涉外法治领域的热点问题和发展趋势。通过与国际同行的交流和合作，史建三和他的团队不断拓宽视野，提高研究水平，为中国企业的"走出去"战略提供更加全面、深入的法律支持。

与朱思东一起，他们还在 WTO 与中国企业发展系列高级研修班上作过中国企业如何走向美国的演讲。史建三与朱思东分享了中国企业在走向美国过程中可能遇到的法律问题和挑战，以及应对策略和解决方案。这场演讲得到了与会者的热烈反响，也让他们更加坚定了为中国企业"走出去"保驾护航的决心。

此外，史建三还与中国国际贸易促进会上海分会合作，编著了《中国企业国外经商法律指南》。这本书涵盖了美国、加拿大、墨西哥、巴西、英国、法国、德国、西班牙、意大利、埃及、南非、突尼斯、以色列、日本、韩国、马来西亚、新加坡、越南、印度尼西亚、澳大利亚等 20 多个国家的经商法律实务。他与律师团队的目标是为中国企业提供一份全面而实用的国外经商法律指南，帮助他们在全球化的大潮中稳步前行。

五、律师业的洗牌

与机会并存的是，"入世"也对中国律师业的发展构成了巨大的挑战。

在经济全球化过程中，各国的服务贸易业也将相互敞开大门，属于服务贸易一个支系的法律服务逐步全球化是一个明显趋势。实际上，西方律师的跨国执业从 20 世纪 70 年代即已开始。我国当时已批准了 81 家外国律师事务所和 26 家中国香港特区律师事务所在中国内地设立办事处。毋庸讳言，中国现在仍在施行对民族产业的保护性措施，外国律师事务所在中国执业还受到诸多限制，而一旦中国"入世"，国外律师事务所也将更多地涌进国门，中国的律师事务所是否有能力与其竞争，并立于不败之地，甚至走出国门呢？

根据当时的统计数字，2001 年前后的中国有 9000 多家律师事务所，从业人员已达十多万。发展速度之快，超过了律师业相当发达的西方国家的想象，也超过了律师行业自己的预计。但统计数据也反映了另一个侧面，即虽然有 9000 多家律师事务所，10 万名律师，但平均而言，每个所不到 12 名律师，大多数只能从事传统意义上的律师业务，处于低级的"个人服务型"阶段。律师就像私人诊所的医生一样，一定要面对面地为客户服务，客户对律师个人的信用和信誉依赖很重。随着中国的"入世"和中国经济结构的大调整、中国企业的大重组，中国更需要"团队服务型"的律师事务所来提供与中国经济发展相适应的法律服务。而国内目前的律师事务所，从总体上说，量多质差，严格意义上的规范的律师事务所并不多，无论是从管理，还是从人才知识结构、专业方向、专业服务领域来讲，都有差距。一旦英美国家的跨国大所进来，凭其全方位的大所专业优势与国内律所竞争，国内律所的局面将是非常困难的。

为此，史建三还专门邀请了一批在沪上有一定影响力的律师，就如何应对中国加入 WTO 以后对律师行业所带来的挑战问题，展开了专题研讨。讨论中，律师们研究了"入世"后外国律师事务所的进驻将给本国律师事务所及业务领域带来的冲击与发展机遇，以及"入世"后本国律师事务所应持有的正确态度及采取的策略，同时还探讨了中外律师事务所的合并与合作、共同发展的可能性问题。在研讨会上，史建三认为，中国法律服务市场的广度和深度将由于中国的"入世"而得到拓宽与拓深。如涉外诉讼比例将直线上升，擅长代理此类诉讼的专业律师将出现供不应求的局面，涉外仲裁将成为解决涉外经济纠纷的主流方式，涉外仲裁律师将会越来越走俏，因国际贸易、投资所引发的非诉讼法律业务也将增势强劲，因此中国律师业将面临前所未有的大挑战和大机会。

史建三在研讨会上的主题发言引起了与会者的关注。他们对史建三的发言深以为然，大家一致认为：律师是法律服务者，就必将在组织形式、人员结构、业务领域等方面要适应"入世"后的要求，同时也要为法律服务国际化、一体化和网络化的发展提供更广阔的空间。而为了应对"入世"后对律师业务更高的要求，律师事务所应该进一步加强联合，形成实力强大的律师业"航空母舰"，积极参与竞争。

建起律师业更强大的"航空母舰"，这对于世纪之交的法律行业来说还存在着客观上的困难，不过参会的律师们都认识到，这是中国律师业面对法律服务市场开放所必须作出的竞争性反应，所以在研讨会上，与会者相互表达了今后要加强合作的意向。

客观审视21世纪初的律师行业，可以看到，锦天城的整合新生，正是踏在了行业变革方兴未艾的关键节点上。随着中国"入世"，外国律师事务所开始大规模进入中国。作为对入世承诺的落实，国务院于2001年12月22日发布了《外国律师事务所驻华代表机构管理条例》，这个规定取消了"外资所"在中国设代表处的地域和数量限制，还扩大了"外资所"在华的业务范围。此后，虽然"外资所"不能提供中国法律服务，但已经可以在外国法律以及有关国际条约、国际惯例方面提供各类咨询服务。此后，"外资所"在华代表处的数量就以每年

9.04%的速度快速增长,十年间数量翻了一番。进入中国的摩根路易斯、贝克麦坚时、高纬绅等国际知名律所,在许多在华外资企业,以及出海发展的中国企业中具有很大的市场吸引力。

历史虽然无法假设,可如果没有锦天城等一批律所的整合与发展,原有那些中小型规模的内地律所,确实很难在涉外法律业务中与"外资所"的竞争中形成比较优势。

第二十一章 | 重大发展项目背后的律师故事

一、政府法律顾问

随着加入WTO，中国进入了飞速发展期。这是个充满自信和乐观的年代，曾经的"下岗潮"已经结束，社会治安日趋稳定，人们生活水平日益提高，经济保持着每年十几个百分点的速度高速增长。

而法治国家建设也进入了快车道。

2000年，浦东新区在全国率先走出一步，首次组建起一个由资深律师和法学专家组成的政府法律顾问团，制定了顾问团的工作规定和章程，由这批专家为政府做法律顾问，促进浦东新区依法决策、依法行政。而史建三，则当仁不让地成了法律顾问团中的一员，被安排与时任上海市政府副秘书长，浦东新区区委副书记、区长，外高桥保税区管委会主任、党组书记的胡炜同志对接。

胡区长主政一方，日理万机，而史建三则在区长需要时，为他提供法律咨询与建议，确保新区的行政决策都在法律的轨道上稳健前行。

史建三深知，作为与区长对接的法律顾问，责任重大。不仅要对法律条文了如指掌，还要对浦东新区的实际情况、对区长的行政思路有深入的了解。这种了解，不是一蹴而就的，而是经过长时间的观察、沟通和体验才能获得的。

浦东新区成立之初，区长胡炜面临着种种挑战：基础设施建设、招商引资、民生改善……每一个决策背后，都需要法律顾问的把关。史建三从法律顾问的角度，配合胡区长依法行政，只为确保每一项决策都能最大限度地维护浦东新区的利益。

史建三的身影，还经常出现在区长的信访接待中。对于那些上访的群众，他总是耐心倾听，细心解释。他深知，很多时候，上访者需要的不仅仅是一个法律上的解答，更需要的是一种关心和理解的态度。在他的配合下，区长妥善地解决了很多复杂而又涉法的信访问题，从而为浦东新区的和谐稳定作出了应有的贡献。

然而，史建三的职责并不仅限于此。作为企业改制重组专业组的组长，他还肩负着为新区企业改制重组提供法律服务的重任。在浦东新区的经济建设中，企业的角色不可忽视。如何让这些企业在法律的框架下健康发展，史建三与他的团队花费了大量的心血。

他深入企业，了解它们的实际困难，为它们量身定制合适的法律方案。无论是企业的合并、分立，还是股权的转让、融资，他都亲力亲为，确保每一个环节都合法合规。在他的帮助下，很多新区企业成功完成了改制重组，走上了快速发展的道路。

二、法律的灯塔

在东方这片充满活力的土地上，浦东不仅承载着中国改革开放的梦想，更是全球化浪潮中的一颗璀璨明珠。在这里，吸引着世界各地的目光和期待。

然而，在这片开发开放的土地上，法律的轨道是不可或缺的引导，它如同灯塔，为航行在商海中的企业家们指明方向，避免风险。史建三正是在这样的时代背景下，为投资者们提供了一份珍贵的指南——《投资浦东法律导航》。

史建三的视野跨越国界，他深谙在全球化浪潮中，法治的力量是如何成为吸引投资的重要因素。在他的职业生涯中，无数次为投资者排忧解难，让他深刻地感受到了法律服务在招商引资中的重要性。于是，他怀揣着一颗公益的心，萌生了编写法律导航书的初衷。

他的建议像一颗种子，在浦东新区司法局得到了土壤和阳光。在徐鼎茂处长的支持下，这颗种子生根发芽，最终在浦东新区管委会的滋养下茁壮成长。史建三的心中涌动着激动和期待，他知道，这不仅是对自己专业的认可，更是为广大投资者提供帮助的机会。

在这本书的编写过程中，史建三倾注了自己大量的心血，他借鉴了国际上先进的法律理念和投资经验，结合浦东新区的实际情况，精心草拟了编写提纲。史建三不仅从宏观上梳理了与投资相关的法律法规和政策措施，还从微观层面详细列出了各项政策的具体操作和实施细节。

《投资浦东法律导航》的编写工作在浦东新区领导的直接支持下，在史建三和徐鼎茂处长的组织协调下，凝聚了众多法律专家、学者和实务工作者的智慧。他们深入研究了国际法律理念，结合浦东新区的具体实际，为这本书注入了生命力。书中不仅全面梳理了相关法律法规，而且详细解读了政策的实施细节，使之成为一本实用性极强的法律工具书。

在新区领导的关怀和各界人士的共同努力下，《投资浦东法律导航》终于与世人见面。它如同一盏明灯，照亮了投资者们前行的道路，成为他们心中的"法律罗盘"。许多投资者因此受益，他们纷纷表示，这本书是他们投资路上的坚实后盾，帮助他们在复杂的商业环境中，清晰识别方向，避免了无数潜在的法律陷阱。

史建三的名字，因为这份公益的努力，在投资者心中留下了深刻的印记。他的贡献，不仅仅为浦东新区的招商引资添上了一抹亮色，更为法治公益事业树立了一个光辉的榜样。在浦东这片充满希望的土地上，史建三用自己的专业和汗水，为商海中的航船绘制了一幅清晰可靠的法律航图，让每一位投资者都能在法治的保护下，乘风破浪，驶向成功的彼岸。

《投资浦东法律导航》一书涵盖了投资法律法规、办事流程、法律服务体系等多方面的内容，具有很强的针对性和实用性。书中详细介绍了投资者关心的投资环境、政策支持、税收优惠等问题，为海内外客商了解、熟悉我国投资方面的法律、法规以及具有浦东新区特色的投资环境提供了有益的入门指南。

史建三和编撰团队的贡献得到了赵启正、周禹鹏等领导的高度评价。他们表示，《投资浦东法律导航》一书的出版，为投资者提供了全方位的法律服务，为浦东新区的招商引资工作提供了强有力的支持。

三、法律顾问团

在繁忙的上海外高桥保税区,法治的声音始终响亮。保税区管委会成立的法律顾问团,始终用他们的专业素养守护着这片热土,支持着政府依法行事。其中,史建三的身影尤为引人注目。虽然他已于1996年离开了保税区,但保税区领导仍念念不忘,想方设法将他聘为法律顾问。这不仅是对他的个人认可,更是对法治精神的坚定信仰。

史建三以及其他法律顾问团成员,他们的职责重大且细致:为政府部门的重大决策提供法律意见、对规范性文件提出修改建议、为依法行政提供法律咨询、指导法制工作部门开展工作、受托办理法律案件、进行法制宣传、提供法律信息等。这些工作都是无偿的奉献,无不体现了法治公益的力量,为保税区的稳定发展奠定了坚实的基础。

法律顾问团成立以来取得了显著的成果。他们参与了保税区的"十五计划"和2015年远景规划的论证,对依法治区部分提出了有价值的意见。他们也为《上海外高桥保税区条例》实施细则的论证出谋划策,对起草程序、功能发挥、行政职权规定等方面提出了有益的建议。

史建三曾经在保税区管委会工作过三年,那段经历使他深深理解保税区内大多数企业的背后故事。因此,当他为保税区内企业开设讲座时,总能将法律条文与实际经营情况相结合,让企业家们感受到法律不再是冷冰冰的文字,而是与他们息息相关的生活指南。

每次的讲座,都仿佛是一场法治的盛宴。史建三以其丰富的经验和深入浅出的讲解,将企业经营中的法律风险——揭示。他口中的案例,都是保税区内的真实故事，既有企业的成功与辉煌，也有因法律意识淡薄导致的困境与迷茫。这种接地气的讲述方式，让每一位听众都能从中找到自己的影子，从而更加深刻地理解法律的重要性。

史建三一直对他的同事们说："法律，不仅是规范，更是保障。"他深知保税区的特殊性和复杂性，因此总是竭尽所能地为企业家们提供最实用的法律建议。他的话语中充满了对这片土地的热爱和对法治的坚定信仰，仿佛是一股清泉，滋润着每一位听众的心田。

史建三一贯的讲座风格，都是以生动的案例开场，将枯燥的法律条文融入其中，让企业家们在故事中领悟法律的真谛。他讲述的每一个案例，都是他在保税区工作中的亲身经历，既有成功的经验，也有失败的教训。他用平易近人的语言，将法律风险一一剖析，让企业们明白，法律不是高悬于头顶的利剑，而是保驾护航的盾牌。

"法律，就像是一盏明灯，照亮我们前行的道路。"这也是史建三常系于心的一句话。他一直鼓励企业家们要有法治意识，要学会用法律武器来保护自己。他的话语充满力量，仿佛是一股清流，冲破了企业家们心中的困惑和恐惧。

不仅如此，史建三还针对企业经营中遇到的实际问题，提出了具体的法律建议。他强调了合同的重要性，提醒企业家们在签订合同时要注意条款的公平性和明确性。他还谈到了知识产权的保护，鼓励企业要注重创新，但同时也要尊重他人的知识产权。

法治公益的力量，就是这样润物细无声地流淌在每一个角落。它像一场春雨，滋润着企业的心田；它像一束阳光，照亮着企业的前程。而史建三和他的法律顾问团，便是这场春雨和这束阳光的化身。他们用专业的知识和无私的奉献，推动着保税区的法治建设不断向前发展。

四、建言上海化工区

上海化学工业区，一个名字中便透露着现代工业文明与未来科技梦想的地方。这片土地，早已成为国内外化学工业的聚焦点，各种化学物质、反应器和管道交织成一幅庞大的工业画卷。然而，正如任何一个大型项目背后都有无数的智慧和努力，这片土地背后，也有一群人在默默奉献，他们就是上海化学工业区的法律顾问团。

2002年10月的那个秋天，当上海化学工业区管理委员会决定成立法律顾问团时，史建三被聘为这个团队的核心成员。这不仅是对他个人能力的认可，更是对他所代表的法治精神的尊崇。

法律顾问团，这五个字背后，有着沉重的责任和使命。他们要为化学工业区法治建设的重大问题提出专家意见，为领导决策提供参考；他们要在化学工业区开发建设过程中，为各类涉及法律的问题提供咨询性意见和建议；他们还要为综合执法过程中出现的各类法律问题，提出权威性解决办法。每一个决策，每一个建议，都可能影响到这片土地的未来。

史建三深知这一点。每一次参加听证会和论证会，他都以法律专家的身份出现，为的就是确保每一个决策都有法律的支撑和保障。他深知，法律不仅是约束，更是引导。在上海化学工业区这片充满无限可能的土地上，法律要为创新和发展保驾护航。

上海化学工业区的发展具有可预见性和稳定性，这背后离不开法律顾问团的付出和努力。他们以国际通行的规则为基础进行开发管理，借鉴国内外的先进经验，确保这片土地始终走在法治的轨道上。他们用法律的力量守护着这片土地的梦想和未来。在这片充满希望和梦想的土地上,法治的力量正在不断生长和蔓延。

五、助力上海迪士尼

2009年1月,上海市政府与华特·迪士尼公司在东郊宾馆正式签署上海主题公园的框架协议,正式官宣在上海建立一座迪士尼主题乐园。2016年6月16日,上海迪士尼乐园正式开园,吸纳来自世界各地的游客。

上海迪士尼乐园,这个梦幻的世界,成为了中外游客心中的快乐胜地。而这一切的快乐背后,却是一个规模浩大的中外合作项目,涉及的法律问题错综复杂。对于筹建中国内地第一家迪士尼乐园,许多合作模式都是此前从未有先例的,对于实际与外方进行谈判的浦东新区政府来说,就充满了挑战。

在这关键时刻,史建三及其团队接受了浦东新区政府的委托,肩负起为该项目提供法律支持的重任。他们深知,这不仅仅是一项商业投资,更是关乎上海乃至中国对外开放形象的大事。史建三与团队成员们投入了大量的时间和精力,他们深入研究相关法律法规,不断与政府部门和迪士尼方面进行沟通协调,多次修订法律意见书,力求为这一项目的顺利落地提供最坚实的法律保障。

2002年7月,一些中国香港特区、内地媒体开始报道一则消息,称上海市政府已于上月与美国迪士尼公司草签了在上海兴建迪士尼乐园的合作意向书。然而,当记者向上海市政府和迪士尼公司求证此事时,双方均予以否认。但迪士尼亚太地区发言人向媒体传达了一句暧昧不明的表述——迪士尼公司一直不排除在中国未来会有两个主题公园的可能性。

所谓"合作意向书",双方确实没有签订,但是那时的美国华特·迪士尼公司在投资兴建香港迪士尼乐园的同时,确实在紧锣密鼓地为内地迪士尼乐园项目做着调研与接洽。在进行一番市场调研后,美国迪士尼公司向上海方面提供了一份《上海市政府与华特·迪士尼公司对于主题公园可行性评估的谅解函》草稿,其中写道:"双方承认华特·迪士尼公司和中华人民共和国中央政府共同努力推广迪士尼品牌是至关重要的。这项工作的焦点是为实施品牌开发项目提供便利,而该项目将会和主题公园的可行性研究工作同步进行。具体而言,双方认识到应在可行性研究阶段尽快开始(在可行性研究结束后还将继续)在电影院定期上映迪士尼电影,在中国的有线电视网络播放迪士尼频道节目和其他迪士尼品牌的电视节目,发行迪士尼家庭录像,创建迪士尼因特网站,以及进一步开发迪士尼品牌的其他业务。"

在来函中,迪士尼公司阐述了这样一个逻辑:"主题公园"—"品牌推广"—"媒体传播"。要办好"主题公园",则必须进行"品牌推广",而进行"品牌推广"最快捷、最有效的途径就是"媒体传播"。鉴于迪士尼公司在与中方商谈时非常注重其品牌在中国的推广和发展,而在品牌推广与建园的时间先后和以媒体为主要手段推广品牌问题上,中外双方的意见又有所分歧,因此,上海方面委托了锦天城,针对迪士尼在华品牌发展问题请求法律支持。

锦天城在跟进这一项目的过程中,发现了问题的关键所在——迪士尼公司方面计划开展的品牌推广,受到了当时外商投资领域的监管限制。根据《指导外商投资方向暂行规定》的相关规定,音像制品制作、出版、发行,印刷业、出版发行业务,以及广告业等行业,均属于限制类(乙)外商投资项目。而且,据史建三团队了解,出于对广告行业的调整,当时的上海市政府已进一步限制批准设立外商投资的广告公司，不论是以独资、合资或合作的形式。包括迪士尼方面设想的影视节目的制作、发行业务，则更是属于禁止外商投资的产业。根据上海市颁发的《关于外商投资参与上海市计算机信息服务业的试行意见》，外商仅可在上海以合资或合作的形式设立网站。

基于法律研究结果，对于合作后如何设立市场主体问题，史建三团队专门出具了一份法律分析报告，供各方参考。由于当时外商投资的行业限制，外国企业在部分行业设立独资企业为法律所不允许，而在另一些行业设立独资企业的难度又非常大，史建三团队建议迪士尼公司以合资或合作的形式先在上海设立一家从事主题乐园运营业务的外商投资企业。同时，还整理了当时这方面的一系列政策规定，将乐园运营公司投资设立的一系列法律程序梳理得明明白白。

2011年4月，上海国际主题乐园有限公司正式成立。这家公司注册资本21亿元，由申迪集团（上海方面全资企业）持股57%，迪士尼公司持股43%，是未来上海迪士尼乐园的运营主体。它的股权架构基本延续着史建三当时建议的总体框架进行。

他们的工作不仅仅是普通的法律服务，更是一项法治公益活动。在这个过程中，史建三团队没有向新区政府索取任何报酬，他们的付出是出于对法治的信仰，对公益的热爱，以及对上海乃至国家发展的责任感。这种无私的奉献，虽然在当时并未广为人知，但它如同一束光，默默照亮了迪士尼乐园从构想到现实的道路。

身为法律顾问，史建三还先后受聘于上海市工商业联合会、上海市证券业协会、上海装饰装修行业协会等诸多行业协会，以举办法治讲座、参与行业规则制定、研讨行业发展战略、为行业内企业提供法律咨询等各种方式，积极投身于法治公益活动中。

史建三的身影，时常穿梭在行业的各个角落。他或是与企业家们

第二十一章 | 重大发展项目背后的律师故事

围坐一起,共商法治之道;或是与行业协会的领导们共同探讨行业的发展大计;或是在讲座的讲台上,引经据典,娓娓道来;或是在企业的办公室里,面对实际问题,提出切实可行的法律建议。他以他的专业知识和丰富经验,为行业的健康发展贡献着他的一份力量。

史建三先后服务于多个行业协会,但他的心始终只有一个,那就是推动行业的法治化进程,推动行业的健康发展。他深知只有法治化的行业才能稳健发展,只有法治化的行业才能保障企业和员工的权益,只有法治化的行业才能真正服务于社会。

史焕章（右二）和史建三（右一）与青海省西宁市竟帆律师事务所交流并签署合作协议

史建三（左二）与前来跟班学习的新疆律师合影

第二十二章 | 助力西部大开发项目

一、东西部律师携手共进

2000年11月7日，上海的初冬如诗如画，寒意尚未浓烈，而司法会堂会议厅内却暖意融融。这一天，34名新疆律师汇聚于此，他们是为了上海律师参与西部大开发——新疆律师培训班而来。此刻的他们，不仅仅是为了深化自己在房地产、资产重组、投融资等领域的专业知识，更是希望探寻如何更好地为西部大开发提供与之相匹配的法律服务。

时光回溯至2000年年初，当党中央和国务院宣布了西部大开发的重大决策时，它不仅仅是一个简单的经济策略，更体现了民族团结、社会稳定和国家繁荣的战略意图。众多身影为这一决策忙碌了起来。

而其中，就有史建三引人瞩目的身影。

作为一名已在上海法律界饶有成就的律师，史建三凭借敏锐的洞察力捕捉到了西部大开发背后的法律服务需求。他清楚地知道，与传统的诉讼业务相比，西部大开发更需要团队型的、全方位的法律服务。

如何将东部、西部律师与法律服务有效地串联起来？史建三和他的助手叶红军共同探讨了这一课题，他们深入研究了东部律师在西部开发中的角色，认为东西部律师的合作将是最有意义的方式。这种合作不仅能提升西部的法律服务水平，更能促进东西部律师之间的深度交流与合作，实现真正的双赢。

早在2000年8月，史焕章与史建三便随同当时的上海市市长徐匡迪率领的上海经贸代表团，踏上了西部的土地。他们走访了新疆、甘肃、青海等省份（自治区），与当地的律师事务所初步探讨了合作的可能性，为今日的联盟播下了种子。

2000年9月26日，秋意初上，阳光洒满了锦天城的每一个角落。此时，青海省西宁市的竞帆律师事务所的陈岩主任携四位合伙人专程到访，为的是进一步深化初步的合作意向，共商两所之间的联盟大计。

竞帆律师事务所在青海赫赫有名，每年业务创收为200万元，这个数字在上海律所中虽然不起眼，但在青海却是该省的翘楚，是省内综合性律师事务所中的佼佼者。而8月的经贸代表团之行，更是为锦天城与竞帆律师事务所之间搭建了一个初步的沟通桥梁。

此次，双方的律师们围坐在一起，畅谈合作的美好未来。他们不仅交流了业务经验，还在人员培训、信息交流、疑难案件的处理等方面进行了深入的探讨。为了更好地服务于西部大开发，双方决定在锦天城的网站上设立"西部开发专栏"，为这片广袤的土地提供法律上的支持和信息上的服务。

这份协议，不仅仅是一纸之约，更是双方深厚友谊与坚定合作的见证。锦天城与竞帆律师事务所的联盟，不仅仅是两家律师事务所的结合，更是东部与西部、发达与发展中地区之间的紧密合作，它预示着东西部律师界将携手共进，共同为中国的法治建设写下新的篇章。

秋天，本是收获的季节。锦天城与竟帆律师事务所的联盟，便如同秋天的累累硕果，昭示着合作的丰硕成果。当秋意渐浓，黄叶飘落之际，两所之间的合作热情却越发浓烈，犹如那火红的秋叶，燃烧着对法治事业的热情与决心。

此后，史建三继续穿针引线，再次促成了锦天城与重庆的中豪律所、湖北的中融律所等多家西部律师事务所的联盟合作。由此，合作的线更加紧密，合作的网更加宽广。多项联盟合作协议的签署，不仅仅是锦天城与西部律所之间的简单联手，更是东西部律师界的深度融合，共筑法治之梦的开始。

这些协议的签署，为西部大开发注入了强大的法治动力。西部大开发，不仅需要资金、技术的支持，更需要法治的保障。而东西部律师联盟的形成，正是提供了这一保障。他们将通过共同承办疑难、新型案件，开展人员培训，加强信息交流等多种方式，为西部大开发提供全方位的法律服务。

同时，这一联盟的形成，也为东西部律师之间的交流与合作搭建了一个广阔的平台。东部的律师们可以借此机会深入了解西部的法律需求和市场环境，西部的律师们也可以借鉴东部的先进经验和专业技巧，共同提升法律服务的质量和水平。

二、西部之行

当史建三得知上海正在筹备经贸代表团的消息时，他立刻意识到这是一个难得的机会。凭借过去三年在政府工作期间建立的人脉，他很快与合作办①的领导取得了联系，提议锦天城律师事务所参与其中，为西部之行提供法律支持。

在当时，尽管西部地区的律师业发展20年来成绩卓著，但原有的法律服务市场较小，以新疆、甘肃、青海三省、自治区为例，至1999年年底，新疆的律师人数为1810人，业务收入4200万元，人均业务收入2.32万元；甘肃的律师人数1680人，业务收入4000万元，人均业务收入2.38万元；青海的律师人数900人，业务收入1800万元，人均业务收入2万元。西部广大地区法律服务市场相较东部地区有较大的差距。

从法律服务的方式来看，自1979年恢复律师制度以来，我国律师业呈不平衡发展态势。西部地区地处内陆，相对交通不便，信息资源的流动受到一定的限制，加之经济的不发达导致法制水平低，法制观念相对淡薄，法律服务市场狭小，法律服务需求单一。在律师业务构成中，简单的民事诉讼和刑事诉讼案件占了绝大部分，经济项目的法律服务开展较少，大多数只能从事传统意义上的律师业务，处于低级的"个人服务型"阶段。律师就像私人诊所的医生一样，一定要面对面地为客户服务，客户对律师个人的信用和信誉依赖很重。随着西部开发的政策和法律逐步到位，重大的基建项目和投资项目会接踵而至，这些项目更需要"团队服务型"的律师事务所来提供与西部大开发相适应的法律服务。而目前西部的律师事务所，从总体上说，量少质弱，严格意义上的规范的律师事务所并不多，无论是从管理，还是从人才知识结构、专业方向、专业服务领域来讲，都存有一定的差距。因此，在未来几年的非讼领域内，对项目方面优质法律服务的需求大于供求的矛盾将会显得比较突出。

---

① 在这里指上海市人民政府合作交流办公室。

第二十二章 | 助力西部大开发项目

作为上海律协常务理事的史建三心怀大局，眼中有光。当他将关于推动东部律师和西部律师合作的想法向律协会长张凌汇报时，得到了张会长坚定的支持。张会长，一位富有战略眼光的领导者，他深知："以律协的名义参与此次活动，其意义更为深远。"

于是，经过与合作办领导的深入协商，一个精英荟萃的法律小组迅速组建。这个小组包括律协的张凌会长、朱洪超副会长、张升中副秘书长，以及锦天城的主任史焕章和合伙人史建三。他们肩负使命，将跟随上海经贸代表团前往广袤的西部大地进行考察。

这一次的西部之行，意义非凡，影响深远。它并非只是一次普通的商务活动，而是一场法律服务的盛宴，一次东西部律师深度交流的盛会。

在西部期间，上海市锦天城律师事务所代表史焕章、史建三受到当地企业界和法律界的热烈欢迎。他们与当地司法部门、律师协会、知名律师进行了广泛的交流，双方认为，开发西部，法律应该先行，应该为经济项目进行法律上的护航。

经过一段时间的考察访问，针对与上海的律师界应如何参与西部开发的问题，史建三提出了一些看法：

第一，东西部法律交流可以通过知名律师事务所之间建立战略联盟的方式，加强合作关系，做到资源、信息共享，以期达到双赢或者多赢的结果。这其实是一个东部律师占主动的过程，东部律师应主动和西部律师加强业务合作，开辟出快速信息通道（基于东西部信息不对称而言）、业务交流渠道，东部律师向西部律师介绍项目承办的经验，提高西部律师项目经办的经验，在此基础上加强业务交流合作范围。

第二，要进行广泛的业务互通合作。双方可以共同为进驻西部的大型企业服务，为到沿海地区的西部优质企业提供服务。

第三，东部律师要更多地发挥带动作用，为西部律师业发展提供支持。可以在西部地区开展赠送法律图书和光盘的活动，加大法制宣传的力度；要开展多门类的法律培训工作，为西部地区多培养法律人才。

第四，组织法律工作者对西部地区的法制状况和存在的问题进行调查，对西部的法制环境与东部地区法制环境进行比较研究，对改善西部法制环境所急需解决的问题进行研讨，提出切合实际的建议，努力在实施西部大开发战略中发挥应有的作用。

而上海律协作为东部法律服务的代表，在此次考察期间，与新疆、甘肃、青海的律师协会签订了友好合作协议和合作意向书。这一举动，如同播下一颗种子，期待着东西部律师交流与合作的硕果累累。

三、首届新疆律师培训班

在东西部合作的框架下，2000年冬，一场特殊的培训拉开帷幕。新疆律师培训班，成为了这一合作的首个结晶。三周的时间，虽然短暂，却充满了热情与决心。新疆的律师们，如同干涸的土地渴望甘露，他们如饥似渴地汲取着知识与经验。每一次的讲座，每一次的培训，他们都聚精会神，生怕错过任何一点精华。而锦天城律师事务所的管理与运营，更是让他们大开眼界，看到了自身的不足与潜力。

史建三如同一个桥梁，他连接了东部与西部，连接了律师与法律服务。他用自己的实际行动，展示了律师在社会发展中的重要作用。

上海律协服务西部大开发的举措，不仅受到了当地的高度赞誉，更是赢得了全国律协的青睐。

2001年，全国律协在工作要点中明确提出，要推广上海律协和新疆律协的对口支持、协作经验。这样的提倡，如同一阵东风，吹遍了全国的律师界。东部地区律师协会纷纷响应，他们愿意在律师培训、物资装备和管理技术等方面，给予西部地区律师协会全方位的支持。

这样的支持，不仅仅是物质的、技术的，更是精神的、情感的。东西部律师，原本因为地域、文化、经济等因素而显得有些生疏，但现在，他们因为共同的目标而紧密团结在一起。他们互相学习，互相鼓励，共同为西部大开发贡献着自己的智慧和力量。

服务西部大开发的热潮，一浪高过一浪。东部地区的律师们，带着先进的法律服务技能和管理经验，来到西部，与当地的律师们并肩作战。他们一起调研，一起策划，一起为西部的企业和民众提供优质的法律服务。

而西部地区的律师们，也在这场热潮中迅速成长。他们学到了东部地区的先进经验，同时也发挥了自己的地域优势和文化特色。他们更加了解西部的实际情况，更加懂得如何为当地的企业和民众提供有针对性的法律服务。

这场东西部律师的合作，不仅仅是一次法律服务的盛宴，更是一次民族团结、社会和谐的生动实践。他们用实际行动诠释了"全国一盘棋"的理念，展示了律师行业在推动社会进步中的责任和担当。

四、为新疆律师授课

在首届新疆律师培训班上，史建三也是授课律师之一。

在众多瞩目的目光中，史建三走上讲台，以"资产重组的新趋势及其律师的作用"为主题，展开了一场精彩的演讲。他洞悉未来的经济发展趋势，清晰地指出知识化、全球化和民主化将是未来经济的三大主流。这三大趋势，如同春天的暖风，预示着资产重组大潮的到来。

史建三深入剖析了 WTO、全球化环境下的并购活动以及企业民营化的资产重组等前沿话题，他的话语犹如破冰的船，为众人开辟了新的思考领域。他强调律师在资产重组中的重要角色，律师不仅需要熟练掌握法律知识，更要兼具策划、控制与救济的能力。

他的演讲既有理论的高度，又有实践的深度。一个个资产重组的案例在他口中娓娓道来，每一个细节都显示出律师的智慧与担当。他的声音在会堂中回荡，如同智慧的种子，悄悄在每一位听众心中生根发芽。

演讲结束，掌声如潮水般涌来。新疆的律师同仁们纷纷上前与史建三交流，他们的脸上洋溢着收获的喜悦和对未来的期待。

这个冬日，司法会堂会议厅内温暖如春，史建三与律师们的交流迸发出了思维的火花，照亮了资产重组的道路，也为每一位律师的心中注入了前行的力量。这是一场共话新趋势的对话，也是一场智慧的盛宴，它预示着在未来的日子里，东西部律师将携手共进，为资产重组的新趋势贡献更多的智慧与力量。

第六部分

2004—2015：
回归初心，开启另一条法治之路

锦天城律所成立二十周年大会,右一为史建三,左一为聂鸿胜

第二十三章 狂飙突进的十二年
——理想与现实

一、回头看

四十岁到五十岁这段时间,是一个人事业的黄金期——一方面,这个阶段里的人还能保持着较为旺盛的精力,还兼具了四十多年来积累下的学识与阅历,已经可以毫不费力地应对各种各样的问题,所谓"四十而不惑",说的就是这种状态;另一方面,经过以往一步步的打拼,这个阶段也拥有了更多的资源,拥有了更大的舞台,可以尽情地施展自己的抱负。

从 1996 年进入锦江集团、创立锦联所以后的十年,史建三在律师行业纵横驰骋,在这个事业黄金期里,将心血倾注在律师这个职业中,取得了累累硕果。

他解决了最初迫使他思考转变的家庭经济问题，律师这份职业为他带来了丰厚的收入，保障了自己和家庭的生活。

他成就了"名律师"之梦，承办了一系列跨国并购和跨境投资项目，成为了沪上卓有声望的大律师。

更值得骄傲的是，他在其他几位合伙人的共同合作之下，一手缔造了锦天城律师事务所，并将其做大做强，成为了上海、长三角乃至全国、全世界都占有一席之地的律师业巨头。这个律师业巨头至今仍在发展壮大之中，2024年，锦天城继续蝉联在钱伯斯等国内外知名的律所榜单之中，并在智合发布的中国律所年度榜单中位列全国第六位、上海第一位。

2004年，史建三49岁，已近知天命之年。这一年，他对自己的所思所想、所作所为进行了认真的反思：从锦联到锦天城一路走来，既有春天的梦想、夏天的激情、秋天的收获，也有严冬的苍凉。

二、律师业的黄金时期

"四年来，为了共同的事业，共同的理想，我们先后相聚到了'锦天城'的旗下。四年的路我们一步一步坚实地走过，四年的业绩有目共睹。我们欣慰于此，但我们没有满足的理由，因为我们还处在合伙的初级阶段，我们在内强管理和外拓市场的发展之上还存在着许多问题。我们要在强手如林的业界中保持可持续良性发展的势头，我们要想成为适应入世后新环境的超一流律师事务所，仅仅有一个大字是远远不够的，关键还要有一流的组织凝聚力，一流的团队精神，在'大'的基础上做'强'。"

2003年1月，作为锦天城管委会主任，史建三尝试着创办了内刊《合伙人参考》，供律所合伙人内部参考，也为合伙人提供一个表达自己心声的机会，一个沟通管理信息、市场信息和业务信息的机会。在这份内刊第一期的试刊词中，史建三满怀激情地提出倡议，希望广大合伙人都能为锦天城的下一步发展与整合献计献策，赐稿建言。

史建三深知，合伙人是锦天城的核心，合伙人决定了锦天城的发展方向和前途。锦天城藏龙卧虎，锦天城的合伙人个个出类拔萃，专业突出，但在信息就是资源、信息就是机会、信息就是金钱的时代，锦天城合伙人在主导事务所的发展中仍需要相互之间的信息沟通，需要智慧的闪光，需要他山之石和拿来主义。

这就是他试办《合伙人参考》的目的，史建三希望合伙人共同用心血和汗水浇灌它，使它能为锦天城可持续良性发展作出贡献。

然而，响应者寥寥，这份刊物不得不草草收场。

早在史建三与黄仲兰、聂鸿胜三位律师在史焕章的家中起草前述三方协议之时，几位合伙人就定下了锦天城的远景目标——完成"六个统一"：统一管理、统一办公、统一电话、统一财务、统一分配、统一业务。他们希望，在经过一段时间的过渡期之后，这家由几个律所团队组合而成的大团队可以充分整合，成为一个内部统一的整体。

世纪之交的律师行业，正迎来关键的机遇期。有天时（中国"入世"、世界经济中心东移），也有地利（上海"四个中心"建设承载巨量法律服务需求，且北京律所在上海立足未稳），种种条件都对他们十分有利。但是，锦天城的经营团队却未能把握这一千载难逢的有利时机，未能通过三到五年的努力，完成合并初心，通过磨合期完成"六个统一"，共创增量业务、共享增量利益，达到国内一流、国际知名的目标。

如果说合并之初由于经济条件所限而只能通过"自留地"来解决生存问题的话，那么经过三到五年的奋斗，绝大多数合伙人已经摆脱了这种困境，完全有条件花一半时间来共创增量业务，完成"六个统一"。令人遗憾的是：锦天城人本该抓住有利时机实现合并初心，却因"临门一脚"射偏了，原本大刀阔斧的二度改革尝试只能无疾而终，宣告暂停。此时的锦天城，规模仍然在持续壮大，成为了全国规模最大的律师事务所之一，但是无论从行业口碑还是整体业务水平，都与代表国内顶级水平的"红圈律所"存在着一定的差距。

原因究竟是什么呢？史建三一直在思考这个问题。

究其原因，也许是多方面的，是一个各种复杂因素影响之下造成的结果。如果试着列举，至少有四点原因。

一是格局问题。不得不承认的是，锦天城在实际经营中，往往缺少了北京律所具有的大格局观、雄心壮志和使命担当。

二是利益问题。在"合伙人不赚合伙人钱"的口号下，合伙人个体利益高于整所利益，关注"自留地"胜于关注"公共试验田"。

三是信任问题。合并后膨胀过快，导致合伙人之间产生"信任危机"，无法实行利益共享分配机制和资源统一配置管理体制。

四是机制问题。原本在锦天城设立之初就建立起的大民主制度固然有其优势，但是它所产生的副作用就是管理结构过于松散，导致管理效率低下，从而丧失了最佳的整合机会。

21世纪初，中国律师界正处于一个蓬勃发展的时期，大大小小各种类型的律所千帆奋进、百舸争流，整个行业生态都在逐步形成的过程中，正是律所迎头冲刺的重要窗口期。而经过一轮轮的大浪淘沙、优胜劣汰，行业生态基本成型，要再去寻求突破就已经不容易了。像在欧美国家，顶尖律所与一般律所之间的鸿沟，已经基本上难以逾越了。比如英国，顶尖的五家律所——安理、富而德、高伟绅、年利达、司力达，被称为"魔圈"（magic circle），享受着最高的盛誉，服务于顶级的大客户，这些律所的执业律师们也享受着最高水平的薪资，人员基本就在这个小"魔圈"中流动。"魔圈"所之下，还有麦克法兰、霍金路伟、奥睿等五家"银圈所"，虽然也很优秀，但无论是律师的薪资还是律所的营收，都明显与"魔圈所"存在着差距。

2013年，具有法律界"福布斯"之称的《亚洲法律杂志》（ALB）发布了一篇题为《红圈中的律师事务所》的文章，仿照着"魔圈"的说法，将八家中国内地律师事务所归入了一个"红圈"之中——金杜、君合、方达、竞天公诚、通商、环球、海问、中伦，这八家律所组成的"红圈所"之名随后不胫而走。

这已经是21世纪的第二个十年了，自《律师法》颁布之日算起，中国律师界经历了狂飙突进的十七年，最优秀的律所们已经在各自的发展与整合中逐渐分出了档位。而锦天城，虽然在营收上保持在全国最前列，但并不在律所中顶级的这一档中。

差异到底在哪里呢？史建三后来在将锦天城与中伦所相比较时，发现在21世纪最初这几年里，两者并没有明显的差距：客户层次、人均创收、律师收入相仿，律所内部的合伙人团队同样都相对较独立，在许多方面也都没有做到真正的统一，但是中伦在内部统一化管理的努力上迈出了关键的一步，那就是对律师助理的管理进行了整合，形成了工作分配机制。

未来的锦天城，还有机会真正踏入中国顶级律所的圈层吗？2024年9月，美国律师媒体（American Lawyer Media，ALM）公布了2024年全球律所榜单，在总创收方面，锦天城继续保持中国第三（仅次于盈科、金杜），并位列全球第92。

往后看，也许一切皆有可能。

三、隐　退

扪心自问，史建三明白，他本质上属于一个带着书生气的理想主义者。所以，当他看到锦天城的发展逐渐偏离合并新设时的初衷，个人的种种努力又无法得到大多数合伙人的共鸣时，确实有些失望。

他看到，业内人士诟病的"摊位制"或"所中所"的利益分享型分配机制在合并整合的 5 年中并没有实质性地向利益共享方向转变，锦天城离当时理想的共创增量业务（也就是当初所说的"统一业务"）、共享增量利益（也就是当初所说的"统一分配"）似乎越来越远。在国内其他省会城市设立的锦天城分所，主要以兼并当地已成规模的律所或律师团队来实现，这使得各地分所的独立性很强。即使在上海，锦天城的律师团队依然没有实现当初"统一办公"的设想，律师团队分别在不同的办公场所办公，散落于浦东和浦西各处，相互之间的沟通也并不是很顺畅。

当充满理想色彩的使命感面临似乎不可逆的困境而将变成空想，自己无能力改变又无法游说其他人去共同改变时，史建三的心里自然会产生一种无力感。

史建三洞悉自己的性格特点，他性格内向但兴趣广泛，且具有标新立异、研判未来发展趋势的禀赋，用心理学上流行的"MBTI"测试，应该属于"INFJ"型。[1] 这种性格一方面能驱使他不停地求新求变，发挥自己的创造力和工作魄力，另辟蹊径地开创一番成就，但另一方面，

---

[1] MBTI 是一种基于荣格心理类型理论的人格分类工作，通过四个维度（外向 E- 内向 I、感觉 S- 直觉 N、思考 T- 情感 F、判断 J- 知觉 P）的组合将人格划分为 16 种不同类型，以帮助人们更好地认识自己和他人的差异。

不善于沟通，缺乏说服能力，这让他在激励合伙人奔向战略目标方面缺乏了一种战术能力和策略能力。另外，急性子的脾气使他常常缺乏耐心，史建三有时会自嘲，说自己有研判发展趋势的洞察力，但常常半夜鸡叫，时辰未到，导致"性急吃不了热豆腐"的结果，这也同样不利于合伙人团队的整合工作。

当初，锦天城还刚刚草创，不管是律所制度还是运行机制、发展模式，都还在探索之中，这就需要像史建三这样精力超群、富有创造力的管理者来掌舵，将大小事宜一件件地推动下去。而到了事务所的工作趋于稳定，进入了平稳发展期之后，史建三所能发挥的作用就相对有限了。

虽然锦天城的前进道路里还有很多难点需要去克服，但下一步，就还是留给后继者的智慧来解决吧！

所以，在2004年这个时间点上，史建三意识到，另辟蹊径似乎已经成为了自己的优先选项，此时的他，更适合于寻找发挥其个人优势禀赋的领域。

当初，他在华政从事教学科研时，就曾对自己做过一个自我评估并规划了未来的职业生涯。他性格与禀赋是更适合从事科研工作的，而思利及人造福社会的价值观和使命、惠及家庭愉悦身心的需求，则要求他应当在条件富裕的前提下，再去从事研究型职业。所以，他跳出华政，毅然来到保税区，然后又投身律师业，经历过的社会角色多种多样，丰富了经历阅历，同时又大幅增长了家庭财富。但这么多年，他依然没有停辍自己的学术事业，也没有忘记自己的学术初心。

到了知天命之年，史建三已经彻底摆脱了从事教书育人、著书立说崇高职业的两大窘境，到了退出"江湖"，回归他当初人生规划中研究型职业的时候了。

这就是他在锦天城发展问题上"虽则不忘初心,但却未竟使命"的结局。面对割舍不断的律师情缘,通过仔细分析自己能力的优势和劣势,认为退伙做兼职,跳出律所层面,以律师业发展为主要研究方向的研究型职业,将是史建三为提升律师业发展、律所管理和律师素质做贡献的最佳选择。

四、回归学术

律师,属于体制之外的自由职业者,如同一棵棵在风雨中摇曳的树,自成一片森林。他们习惯于自己做决定,擅长于创新思考,对于他们来说,追求的不仅仅是金钱,更多的是对自我价值的实现和追求。

然而,当自由职业者想要进入体制内的高等学府和科研机构时,他们需要面对更多的挑战和困难。体制内的世界,是另一片迥然不同但更井然森严的山林,有着自己的规则和秩序。而自由职业者,就相当于一棵挺拔且更具棱角的秀木,需要在这样的环境中找到自己的位置。

进入体制内,需要的是更多的努力、耐心和智慧。首先,自由职业者需要重新学习和适应体制内的规则和秩序。他们需要了解新的工作方式、管理方式以及沟通方式。这需要他们付出更多的时间和精力。其次,自由职业者需要学会在体制内生存和发展。在体制外,他们可以自由地选择自己的工作方式和生活方式;但在体制内,他们需要学会适应和融入。这需要他们有足够的耐心和智慧,去处理各种复杂的人际关系和工作压力。最后,自由职业者需要发挥自己的优势和特长。在体制外,他们有着更多的机会和空间去发挥自己的才能;但在体制内,他们需要找到自己的位置,并发挥自己的优势和特长。这需要他们有足够的敏锐度和判断力。

因此,对于那些长期在体制外奋斗的自由职业者来说,进入体制内的高等学府和科研机构确实困难重重。

史建三深知,凭借他在华政、保税区以及专职律师时期的科研成果,他有足够的实力和资格进入体制内的高等学府和科研机构工作。为了更好地规划自己的未来,史建三为自己谋划了两个方案:一是回他的母校华东政法学院从事以教学为主、科研为辅的工作;二是去上海社科院法学研究所从事以科研为主、教学为辅的工作。

他先与当时华政的校长何勤华进行了沟通,何校长代表华政十分欢迎史建三再度回到母校去工作,但因为华政当时的管理体制要求,史建三若是重回华政,就得放弃律师执业,专心致志搞教学和科研。

而后来,史建三又与时任上海社科院法学所所长的顾肖荣进行了一番交流,从中史建三得知,顾肖荣所长本身也是兼职律师,因此非常欢迎他去法学所工作,并且没有任何附加条件。

面对这样的选择,史建三也需要深思熟虑后做出抉择。华政是他的母校,他对这里的一切都熟悉得不能再熟悉。但是,要他放弃律师执业,这让他有些犹豫。而法学所的研究环境相对华政要宽松许多,并且符合史建三本人的研究特长。

经过一番权衡和思考,史建三最终选择了进入法学所工作。在这里,他得到了顾肖荣先生的热情接待和细心指导。顾所长气质很像一位传统儒家学者,温文尔雅,而又满腹经纶。他的笑容如春风拂面,让人感到亲切与温暖。顾所长对人才的独特眼光和广阔的胸怀,使得史建三在法学研究的道路上找到了属于自己的舞台。在顾肖荣所长的关照下,法学所给予了史建三更多的机会去实践自己的理想,使他得以深入研究法学理论,同时也能将理论与实践相结合,通过对现实案例的分析和研究,提升自己的专业素养。

五、钻石年华

2004年,史建三从锦天城律师事务所退伙,转为锦天城的兼职律师,加入了上海社科院法学研究所,开启了职业生涯最后一段以学术研究的方式推动律所现代管理和中国律师业发展的钻石时期。

过去这十年时间,是史建三人生中精力最旺盛、最具有工作激情的巅峰期。多年以后,史建三回望40多年的职业生涯,可以毫不夸张地说,这是他唯一一段全身心投入并为之呕心沥血、殚精竭虑的职业经历。

这段经历令人振奋,但也有些许的遗憾。可遗憾本身就是人生旅程中不可或缺的一环,遗憾本身也让那些成就更加让人感到骄傲。

回望锦天城走过的二十年,当初"强强合并"的决策是对的。可以看到,合并之路是各种资源的优化组合,联合也是一个痛苦的过程,因为联合各方小团体利益的放弃、联合各方的相互妥协等。但是,经历了这些年的奋斗,史建三更加明白,妥协是一种付出、功利性的让步和谋略性的要义,妥协的终极目的是共赢。强强联合是冲破时间的限制和旧模式的束缚而求得大发展的途径,也是作为上海律师的一种责任。

2005年10月,史建三写就了《锦天城品牌的发展之路》,这也是他对自己开创锦天城这段历程的一次回顾。他十分客观地分析了锦天城的发展道路。锦天城品牌初步形成后,在占领市场争夺的制高点方面,在享受其各种品牌优势方面,尝到了甜头。但是,史建三一针见血地指出,品牌战略应该是锦天城长期、系统、全方位的发展战略。锦天城如果在此阶段固步自封,停滞不前,那就意味着衰亡。因此,如何苦练内功维护品牌，就成了锦天城必须要迈过去的一道坎。

史建三始终认为，苦练内功、维护品牌的核心是完善体制、健全制度、提高执行力。锦天城要迈过这道坎，不缺人才和智慧，缺的是合伙人合伙理念的更新与趋同，即如何从合伙的初级阶段走向合伙的高级阶段（成本、业务、利润、精神的全方位合伙）。对此，史建三相信，锦天城的合伙人能攻克难题，攀登新的高峰。

2019年，正是锦天城创立二十周年纪念。在锦天城二十周年庆典上，史建三再次来到原来工作过的地方，见到了过去曾经一起共事、并肩作战过的朋友。原上海市司法局副局长刘忠定为史建三、聂鸿胜、黄仲兰这三位创始合伙人颁发了"特殊贡献奖"，以感谢他们构建了锦天城管理的基本制度和架构，这些制度成为锦天城二十年高速发展的牢固基石。

锦天城还特别邀请了史建三，为年轻律师们讲授律所的创业历史。在与律师们的交流中，史建三不无深情地留下了这样一段寄语："初创律所之时，我也未曾想到锦天城能发展壮大如此，而今在业界也有一定的知名度、影响力，我甚是欣慰。作为锦天城的一名'老兵'，虽然我已经退休，但我一直关注着律所及律师行业的发展。我认为规模化是做大的必经之路，而利益共享前提下的专业化、品牌化、国际化则铺就了强所良性发展的轨道。希望律所继续精耕细作，探索利益共享的进路，实现从大所到强所的翻越，如鲲鹏水击千里，劈风斩浪，再创辉煌！我相信，锦天城的明天会更加璀璨夺目。作为一个与锦天城情缘割舍不断的前辈，我期待着！期待着！！期待着！！！"

连用三个感叹号，作为寄语的结尾，既是史建三对自己曾经开创事业的无限感情，也是对律所未来发展的悠长祝愿。

第二十四章 | 在律师界之外看律师界

一、悠长的渊源

2003年1月,《南方周末》头版刊载了一篇题为《被遗忘30年的法律精英》,从一本有史以来中国最大的英美法词典——《元照英美法词典》说起,介绍了民国时期法学重镇东吴大学的那批老一辈法学专家们这些年的处境。

20世纪最后这几年,当律师界迅速与国际接轨,迎来狂飙突进的十七年时,另一件重要的事情(甚至也许更为重要)也在上海社科院悄然发生着。在上海社科院的一个小会议室里,十几位东吴大学的老人们在这里一次次地开会,编修、审校着这部英美法词典。几年之后这部词典出版,将会以一种更为润物细无声的方式,影响着接下来一代又一代的法律人们。

上海社科院与东吴大学的渊源来自五十年前。1952年院系调整,东吴大学（大陆部分）烟消云散，法律系并入华东政法学院。十年后华东政法学院被撤销，原来的教职工们则由上海社科院继承，徐开墅、蔡晋、浦增元等老法学家们，后来都在法学所就职。时至今日，东吴大学校友会的办公室依然坐落于淮海中路622弄上海社科院办公楼的2楼。

如果说东吴大学的老学者们给法学所带来了国际视野，那像雷经天、袁成瑞、潘念之、齐乃宽、徐盼秋等法学前辈，则为法学所留下了红色的底色。中华人民共和国成立前，他们有的长期从事地下工作，有的则是在革命区进行着政法工作，上海社科院成立后，他们就把长期以来形成的红色精神注入了法学所的根基里。

20世纪80年代以后，上海社科院法学所更是为法制的进步作出了重要贡献。仅1982年一年，法学所便参加了中央和地方的立法活动24项，包括了宪法、民法通则、继承法、民事诉讼法、海上安全交通条例的起草或修改，有的研究人员还直接参加了法条的起草工作。

在当时学术界的有关法的本质属性、"法律面前人人平等"、法治与人治关系等问题的讨论中，法学所都参与其中。法学所在全国性法学理论讨论会、重要报刊上论述法律的本质，大声疾呼吸取历史教训，加强社会主义民主与法制，构建中国特色社会主义法律体系，维护我国法制的统一与尊严。这些讨论，在学术界引起过很大的反响，为上海社科院法学所在全国法学界确立了重要地位。

老一辈的法学家们严谨务实的研究作风，也深刻地影响着法学所的学术氛围。

而史建三与上海社科院的渊源，也是由来已久。

1958年上海社科院成立时，就是由华东政法学院、上海财经学院、复旦大学法律系、中国科学院上海经济研究所四个单位合并而成。上海社科院法学所（原政治法律所）的雷经天、袁成瑞、徐盼秋等老领导，都曾先后担任过华政与法学所的主要负责人。后来华政复校后，上海社科院的许多老师都回到华政任教，或者在华政兼职教学，当年史建三在华政就读时，许多任课老师便来自上海社科院。后来，他还受张幼文老师指导，攻读了上海社科院国际经济学博士。在工作领域中，不管是在外高桥保税区、锦江集团，还是后来的锦天城律师事务所，都与上海社科院有过很多交流与合作。

1986年11月，史建三带头申报并参与了国家项目"电脑辅助量刑专家系统"，并成功列入全国哲学社会科学七五规划科研项目。这一项目由两个团队共同中标，一个是华政的苏惠渔、史建三研究团队，另一个就是上海社科院法学所的肖开权和顾肖荣研究团队，顾肖荣后来就担任了法学所所长。

在社科院的时光里，法学所的顾肖荣所长不仅提供了一个自由和宽松的研究环境，更是给予了史建三更多的信任和支持。在顾所长的帮助下，史建三得以在完成交办的研究任务的同时，充分利用经历、阅历上的优势，开展律师业发展、并购法和地方法治建设三个方向的研究。这段时间的经历无疑是史建三人生中一段宝贵的经历，让他在学术上得以更上一层楼。

二、拓展并购法律研究

转入社科院法学所后，并购法律服务研究成为史建三学者生涯中的另一个重要方向。他对该领域充满热情，并通过深入研究不断拓展自己的知识边界。法学研究所成立了并购法研究中心后，为了更好地开展调研，需要一位帮助他进行基础工作的学术秘书，但是由于编制有限，史建三还自掏腰包，专门聘请了一名学术助理，随同他开展调研，整理相关文字材料。在一年多后，这位学术助理正式进入法学所编制前，一直都是史建三在承担工资等人员成本。

他的专注和执着让他在该领域取得了显著成就，也为律师从事并购实务提供了指引。

其中，《中国并购法报告》是史建三连续五年主编和石育斌副主编的一项重要成果。这份报告对中国并购法律服务的发展情况进行了深入的调研和分析，汇集了大量有价值的信息和数据，为业界提供了权威的参考依据。

通过史建三和石育斌的努力，《中国并购法报告》成为业界年鉴，对于推动中国并购市场走向有序发展具有重要意义。他们的专业贡献让中国的并购法律服务更加完善和规范，也为中国并购市场的未来发展奠定了坚实的基础。

除此之外，史建三还积极参与创建了全球并购研究中心和全国工商联并购公会，并多次协助主编了《中国并购报告》，这些举措推动了中国并购市场的健康发展。他的专业知识和经验为这些组织提供了宝贵的支持和指导，使得中国的并购法律服务逐步完善与规范。

2004年，最高人民法院首次针对审判业务领域的疑难问题向全社会招标，史建三迅速捕捉到这一机遇。基于自己在并购法领域的领军优势，他制作了富有竞争力的投标书，并与上海市高级人民法院联合申报，成功中标"股权转让协议效力问题研究"课题。在上海市高级人民法院的大力支持下，史建三利用当时全国最先进的法院系统审判案例数据库，全面调取与股权转让争议相关的一审和二审判决书。通过精心整理、归纳和分析，课题组列出不同类型的股权转让协议争议，展开了深入的专题研究。

在课题研究的关键时刻，上海市高级人民法院派出了时任民一庭副庭长邹碧华加入课题组，为研究注入强大的核心力量。邹碧华既有丰富的审判经验，又拥有西方法律知识和前瞻性的改革视野，为课题研究提供了宝贵的支持。在他的主持下，课题研究成功完成，并拟定了一份《审理股权转让纠纷若干问题的司法解释（建议稿）》。这份建议稿中的许多内容被最高人民法院采纳，体现在最高人民法院颁布的公司法司法解释（二）、（三）、（四）中，为法律实践提供了重要指导。

不仅如此，在承接最高人民法院课题项目的同时，史建三还充分利用自己在国际经济贸易仲裁委员会仲裁的数十件涉及中外企业的股权转让纠纷案例。他将这些案例进行归纳和分析，从中总结经验教训，形成了一本名为《企业并购纠纷仲裁案精析》的著作。随后，他又将最新的研究成果运用到教学中，撰写了"并购法律专题研究"的研究生课程教案。通过这门课程，他培养了许多有潜力的并购法律事务专业人才，为法律界的发展做出了积极的贡献。

三、关注律师行业发展

在进行专业法学研究的同时，史建三也时刻关注着律师行业的发展。

史建三积极回应了中国法学会、司法部律师管理学院、中华全国律师函授中心以及全国各地数十家省律协、地区律协的邀请。他以丰富的经验和独到的见解，与数千名合伙人、律所主任等律师领袖们探讨律师业发展和律所管理等重要议题，分享自己的心得体会。

他的演讲不仅局限于特定地区，还遍及全国各地的律师圈。他的声音传遍了北方的边陲，也走进了南方的繁华都市。无论是大城市的顶尖律所，还是偏远地区的基层律所，他都乐于分享自己的经验和见解，助力律师们在律所管理、业务拓展等方面迈向更高水平。

过去近十年时间里，史建三身在律师业之内，既是律所管理者，也是律师协会的理事，虽然热心关注着律师业的整体发展，但身在局内，反倒不如现在身处庐山之外看得清楚。担任上海社科院法学所研究员后，史建三依然与律师界保持着密切的联系，也经常受邀走进全国各地的律所，为它们"把脉""诊断"。

在这样的交流与调研中，他能更加清晰地把准律师行业的脉搏。所以，他跳出小圈登高望远，决定把工作的重点放在律所现代管理和律师业健康发展的研究上。

在初期，史建三的研究着眼点还在上海。他与同济大学的朱国华教授合作，出版了《上海律师事务所管理模式研究》，重点研究了律师事务所管理发展规律和管理模式，并以上海的 11 家管理模式较为先进的律所为例子（包括联合所、国浩所、金茂所、锦天城所、建纬所、段和段所、翟建所、毅石所、中建所、通力所、光明所），进行了实证研究。这本书作为上海市律师协会课题研究成果，获得 2006 年度上海市哲学社会科学优秀成果二等奖。

到后来，史建三的视线已经渐渐放开到了全国。

通过司法部、各省律协的几次组织，以及一些律所的主动联系，史建三与全国各地的律所开展了交流。他们展开了全面细致的交流，从律师事务所的构建、运行、发展，到律所的战略定位、模式选择与规范管理，这是一场场智慧的碰撞，一场场对律所未来发展的探索。

在法学所的岁月里，史建三早已对法律条文、案例研究烂熟于心。

但这次，他的任务并不是授课或演讲，而是实打实地进入律所的内部，观察、交流，然后提出自己的见解。他每到一处，都受到热烈的欢迎。律所的合伙人、主任们都知道，史建三的到来意味着他们有机会从新的角度审视自己的律所，找到可能存在的问题，迎接更好的未来。

史建三总是带着一个笔记本，记录下他所看到的、听到的。他与律师们深入交流，从他们的日常工作到面临的困境，再到他们对未来的期望。每一个细节，史建三都不放过。在律所的会议室里，史建三与律所的管理团队围坐在一起。他打开笔记本，开始分享自己的观察与思考。有时，他的话语如同一把利刃，直指问题的核心；有时，他又如同一位导师，循循善诱，引导大家思考。

史建三说："法律不仅仅是条文和案例，它更是一种生活、一种信仰。律所也不仅仅是办公室和律师的聚集地，它更是一个有着共同目标和价值观的团队。"他的话语在会议室里回荡，每一个在场的人都深受触动。他们看到了自己的不足，也看到了未来的可能。他们感到振奋，也感到责任重大。

诊断与咨询结束后，史建三总是留下一份详细的报告，不仅分析了这家律所的战略定位与管理模式，提出相应的发展建议，还带着一份对律所未来发展的期待与祝福。

岁月流转，史建三走遍了全国各地的律所。他为它们诊断、为它们出谋划策。他与律师们建立了深厚的友谊，也为法学研究积累了丰富的实践经验。

渐渐地，史建三的影响力已经超越了律师界的范畴。他不仅是律师们的导师和朋友，更是整个法律服务市场健康发展的推动者。他用智慧和经验为律所构建起一座座坚固的堡垒让它们在市场竞争中立于不败之地。

四、律所联盟

再而后，研究领域自然而然地扩展到了全球。

律所发展需要放眼世界，对标国际先进律所，这对此时的中国律师业来说是有着紧迫性的。中国"入世"有着十五年的保护期，再之后，就有可能面临国外律所的全面冲击。虽然直到 2025 年，当初预料的冲击仍然没到，但在 21 世纪初，律师界的有识之士始终有着警惕意识与忧患意识。

因为机缘巧合，史建三结识了来自美国的吕立山（Robert Lewis）。这个身材魁梧的律师长着典型的美国面孔，1993 年起就在中国工作了，可能是当时最了解中国律师业的外国律师之一。他此前在美国路伟律师事务所执业（后合并重组为霍金路伟律师事务所），最大的一项成就，就是曾经建议国务院国资委在央企中建立总法律顾问制度——这一建议直接推动了央企、国企开始全面设立总法律顾问。

吕立山有这样一句经典名言："在美国，最靠近 CEO 办公室的，就是 CLO（首席法律官）。"在这句话的背后，暗示了美国企业的决策程序中风险管理是第一位的。然而，在中国，尤其是民营企业的决策程序中，机会的权重总是大于风险。这也就是为什么企业很早就知道了风险所在，却并没有真正规避风险的原因。

史建三也曾在上海大型国企里担任过首席法律顾问，了解国内企业的现状，也通过跨国并购、涉外业务，了解了外国企业的工作特征，因此与吕立山有着共同的语言。

在担任路伟律师事务所北京代表处管理合伙人期间，吕立山也逐渐关注到了中国国内律所的管理模式问题，当然他的关注点主要集中于一些跨国投资项目中，中外律所合作时出现的种种问题。他后来也解释过自己当时的想法："中国法律市场远没有饱和，却存在不经济的现象。很多大型中国企业近年来越来越多地聘用律师参与各种跨境项目，但多家国内和国外律所往往很难协同工作，给企业高层带来许多工作上的精力消耗。我们通过在律师事务所内部解决这一问题，从而帮助企业客户极大提高项目完成的效率。"

从路伟所离开后，经过与史建三的一番交流，他们决定共同开启"中国律所现代管理"的课题研究。史建三通过与司法部的合作渊源，获得了许多关于国内律所发展情况的第一手资料，吕立山则从他对欧美国家一流律所的管理经验出发，研究中国律所管理模式的突破点。他们合著的《引领中国律所现代管理的探索》，引起了律师界的广泛关注。

吕立山还提出一个想法——在中国设立一个新的"律所联盟"，由中外顶尖律所组成，希冀能在各地一流律所合作之下，构建一个有专业化团队分工的紧密实体。按照中国法律的要求，外资律所在中国只可从事涉外法律业务，而同时，中国律所还没有足够的能力到海外从事要求较高的法律服务业务。因此，建立一个律所联盟，集合中外律所，恰好可以满足越来越多的中国企业与外资企业的跨国投资、并购等综合项目的国际化需求。

这个想法很快就付诸成为实践，他们开始寻找第一批联盟的成员。对第一批国内成员的筛选有两大要求：第一，该所必须是区域内综合实力排名前三的律所（多为第一，以后调整为纳入个别专业化程度较高的知名专业所）；第二，以省（或经济较为发达的计划单列大城市）为区域，每个省原则上只选入一家律师。在史建三的影响下，锦天城代表上海加入了这个联盟，几年后，锦天城还聘请吕立山担任了锦天城北京办公室的首席行政官。

2007年9月,在北京举行的"中国CLO创新实务论坛"的活动上,9家中国律所和1家外国律所共同宣告联盟成立。外方是路伟律师事务所,中方则包括了上海锦天城、广州广大、青岛德衡、深圳华商、天津四方君汇、重庆索通、杭州天册、沈阳同方、武汉得伟君尚等9家地区性国内顶尖律所。

成立仪式上,各方代表人举起写着"中世律所联盟"几个大字的卷轴,卷轴上还有代表各家律所的10个错落有致的朱红印鉴。当时的新闻报道中,这一举动实属于"中国法律服务业迈出国际化第一步"。[1]

五、"二八现象"

2008年,也是不平凡的一年。这一年发生的汶川地震、北京奥运会等大事件,都深刻地留在人们的记忆里。而在上海,整座城市都在大力准备着即将到来的2010年上海世界博览会,城市建设如火如荼。而《律师法》颁布后,经过十余年的实践,律师这个行业究竟怎么样了呢?

随着市场经济体系和法治体系的一步步完善,律师行业确实是在飞速发展,但是史建三也看到许许多多的问题,其中最尖锐的一项,就是法律服务业存在结构过剩与结构性短缺,即所谓的"二八现象"。

基于手头上承接的重大课题"上海律师服务业发展规划纲要"的研究成果,史建三指出,目前上海法律服务业存在着结构性过剩和结构性短缺同时并存的局面,即"二八现象"。所谓结构性过剩,是指

---

[1] 参见李梅影:《国内首家跨国律师事务所联盟成立》,载东方律师网2007年9月9日,https://info.lawyers.org.cn/info/ed1fcf37986642788348d4e4cdf7837b。

从事传统的法律服务的法学法律人才已经出现了供大于求的现象；而结构性短缺，则是指从事现代法律服务的法学法律人才供小于求。到2008年，上海律师队伍现已发展到8000人规模，在传统的法学教育和司法考试指引下，80%以上的律师的业务素质只能和传统的法律服务相适应，不能和现代法律服务相适应；不到20%的律师虽然具有适应现代法律服务的业务素质，但他们当中有相当一部分由于在不足10人规模的律师事务所执业而很少有机会接触到现代法律服务；另有一部分在外国律所高薪、业务来源、合伙人位置等许诺下，正面临着流失的危险。

而更尖锐的"二八现象"，则发生在更多地方：

一方面，80%的供应能力集中在20%的需求市场上。据统计，当时全市法律服务业收费中，传统的法律服务业收费只占20%。目前这20%的市场需求却有80%的供给能力，导致恶性竞争、生存危机、社会抱怨。传统法律服务业大都收费低廉。尽管收费低廉，但其社会诉求却很高，甚至做得不好就遭遇投诉。

而另一方面，占到法律服务需求80%份额的现代法律服务需求没有得到有效满足，导致业务萎缩、外流、外包。例如，上海要建航运中心，要造大量的船舶，对船舶的融资、租赁和航运的保险产品设计，以及对保险产品的再保险中涉及的法律服务，国内的律师没有能力去做，缺乏这方面的知识，只能让外国律师事务所去做。

更为严峻的是，外国律师事务所已经占据了上海现代法律服务业的半壁江山。上海市律师协会的统计资料表明，2006年上海律师业务总收入32亿元。根据业界的经验推断，能够纳入现代法律服务范围的收入对总收入的贡献将不超过40%，按此比例，当年上海律师现代法律服务的收入不会超过13亿元，而同期驻沪外国律师事务所代表处的业务收入却为15.55亿元。

如何改变这一"二八现象"呢？史建三也进行了很深刻的思考。在华东政法大学①举行的上海法学会主办的一次研讨会上，史建三提出了他的解决思路。

那就是从法律教育入手。

首先，要调整课程设置，使法学教育面向世界，面向现代化，使产学结合更加紧密，以培养更多的具有现代法律服务产业知识的学生。当时上海已经有十八所法律院校，每年招收学生约1.5万名。按照现在的课程设置，培养出来的学生基本上只能从事传统法律服务工作。因此，难免出现结构性过剩。为此，要在完成教育部规定的十六门法学主干课程教育的前提下，根据适应现代法律服务业的需要，利用本校的学科优势，开展特色教育，以提高学生知识复合程度和实际工作能力，增强在就业市场上的竞争力。

其次，教师队伍结构要优化，律师的知识结构也需要更新。现在从事高等法学教育的教师，大多数是从校门到校门，虽然在理论研究上有一定的功底，但缺乏法律实践经验，给学生授课基本上是从书本到书本，手中的教学案例多数是二手或三手的，适时性不强，不利于提高教育质量。可从实务部门聘请一批既有理论知识，又有实践经验的律师、检察官、法官等担任高等法学教育的老师，并授予他们技术职称，鼓励他们积极为学生授课。

这些建议，得到了包括当时上海市律协会长吕红兵在内的专家学者的赞同。此后，律协开始有意识地加强对律师的培训，法学院所也越来越加强与校外企业、律所等实务界的合作。虽然法学教育的整体体系还难以进行"结构性"的改革，但每一步尝试与探索，都是值得肯定的。

---

① 2007年3月，经教育部批准，华东政法学院更名为华东政法大学。

六、带动律师参政议政

2013年9月29日，蒙蒙细雨中，人们在上海外高桥的基隆路9号门前，举行了一场简短的揭牌仪式，中国第一个自由贸易试验区诞生了。当天夜里，中国第一份外商投资准入负面清单如期落地。

按照全国人大常委会对国务院的授权，上海自贸试验区将在投资项目管理环节按照内外资一致的原则，对涉及固定资产投资的内资和外资项目进行备案管理，并停止实施国务院上述文件规定的相应行政审批事项。在外商投资企业的设立和变更管理环节，对鼓励类、允许类和先行开放的现代服务业重点领域，取消合同章程审批，改为备案管理，相应停止实施涉及的三件行政法规规定的22项行政审批。上述两个环节以及其他的环节和重点领域中，将确需保留的对外国投资者的特殊准入限制措施列为"试验区外商投资例外管理措施表"，探索负面清单管理模式。

时刻关注法律政策动向的史建三，深知上海自贸试验区的设立是我国一项重要的改革举措，自贸区建立后，将极大地提升上海在国际经济体系中的地位。而他也关注着这场经济体制的变革，能给法律服务行业带来的影响。上海自贸试验区按照国务院的部署和国际规范率先改革投资项目管理、外商投资企业设立及变更管理、工商登记三个环节探索负面清单管理模式，让"看不见的手"彻底发挥作用，让"有形之手"尽可能从微观市场退出。但这些创新都不可避免地会带来新的监管问题，从审批制修改为备案制是否会影响自贸区经贸往来的有序进行？通过何种手段来对自贸区的市场主体行为进行有效的规范化管理？如何为自贸区复杂经济活动设立起有效的风险防范屏障？

史建三敏锐地感到，这一块领域，就是律师等第三方机构可以进一步发挥作用的新地带。

所以，在与当时的上海律协会长盛雷鸣律师交流之后，他们一起提出建议，将律师出具的法律意见书作为上海自贸区负面清单备案管理的前置程序。将律师事务所出具的法律意见书作为受理行政许可申请的必备文件。法律意见书是律师事务所及其指派的律师针对委托人委托事项的合法性出具的明确结论性意见，是委托人、投资者和上海自贸试验区政府机构确认相关事项是否合法的重要依据，其内容应包括是否合法合规、是否真实有效、是否存在纠纷或潜在风险。政府机构可以依据法律意见书的结论性意见，对不符合法律规定、不符合自贸区准入门槛的产品或申请，予以拒绝，作出不予备案的裁定。在当代，律师具有法学专业学识，具有专业性、公共性和自律性，其对于法治社会的作用是其他任何职业都无法替代的。让具有专业法律素养的律师介入负面清单备案管理，重视法律意见书的功能作用，将其作为自贸区备案核查的必备条件和重要支撑。有利于确保备案审查的质量，从而促使相关公司严格遵守相关法律，也有利于保障国家法律政策的贯彻，强化政府的监管调控。

为了提高律师的重要性，史建三还进一步呼吁推动律师参政议政。他向政府建议，要提升上海律师在法治建设中的地位和作用。律师以人大代表和政协委员的身份参政议政，具有得天独厚的优势。律师的接触对象涉及社会的各个阶层，其参政议政的形式具有广泛性；律师对社会各种现象和矛盾有着深刻的了解，其参政议政的内容具有深刻性；律师对化解矛盾、解决纠纷之策有着专业性的判断与思考，其参政议政的方法具有技巧性。

时至今日，律师这一群体，已经成为参政议政的一大中坚力量，上海各个层面的民主监督、参政议政平台上，都可以看到律师的身影。这与史建三和其他有识之士的倡导是分不开的。

第二十五章 | 游走于"身份"之间

一、律师型学者

这几年,史建三拥有着多重身份,不仅是学者,还先后兼任过人大立法咨询专家,法院系统审判业务咨询专家,证券交易所法律顾问,政府法律顾问,开发区管委会法律顾问,行业协会法律顾问,国资委法律顾问,数十家国有企业、上市公司、民营企业、跨国公司在华企业的法律顾问以及私人聘请的律师等。

即使是在不久以前的 21 世纪头几年,这样多的身份也是比较少见的。这其实也是法律人越来越多地参与进市场经济建设、法治国家建设的缩影。

自从 1998 年,党的十五大提出了"依法治国"方略,并在次年写入宪法,建设社会主义法治国家成为国家建设和发展的重要目标之一。2002 年党的十六大报告首次提出了"依法执政"概念,把加强依法执政的能力作为加强党的执政能力建设的总体目标之一。到了2004年，国务院又明确提出法治政府建设目标，那就是：政企分开、政事分开、政府与市场、政府与社会的关系基本理顺，政府的经济调节、市场监管、社会管理和公共服务职能基本到位。

"法治思维"和"法治方式"，越来越成为政府和社会中的热词。而上海作为国内法治化程度较高的地区，也在法治化建设方面走在了前列。不管是立法机关还是行政机关、司法机关，都开始进一步吸纳法学专家和律师们参与进他们的工作当中。

作为一位律师型学者，史建三深感自己肩负着提升律师在参政议政、监督立法、依法行政、公正司法等方面的地位和作用的使命。他的行动充分印证了这一使命。通过对上海地方性法规进行后评估并引入律师对地方立法满意度调查，他展示了律师在法治建设中的监督作用。然而，他并未满足于此。在上海律协的大力支持下，他充分利用东方律师网的平台，借助于社科院社会学研究所的调研力量，推出多套调查问卷，涵盖上海法治建设的各个领域。这些问卷不仅引入了折算律师培训时数的鼓励措施，更通过开放题让律师自由发挥，为上海法治建设建言献策。这一举措调动了律师们积极参与评估和建言的积极性，收到了数万份来自律师的问卷，其中的建言献策体现了律师们的责任担当、真知灼见和热切期盼。

史建三活跃于法治领域的公益事业由来已久。

早在1987年，史建三和他的学生夏玉明就在《法学》杂志的撰文中，提出了增补刑法中的滥用职权罪的建议。那时，他透过法律的镜头，洞察社会的弊端，意识到滥用职权在某些情况下，已经严重侵害了人民群众的利益，破坏了社会的公信力。因此，他坚信应该通过修法的方式来填补这一法律漏洞，保护公民的权益，维护社会的稳定。

在撰写那篇文章时,他们进行了深入的法理分析,充分考虑了法律的适应性和实用性。将自己对法律的热爱和专业的法学知识融入其中,用笔墨搭建起了一座法律的桥梁,连接着理论与实践,连接着法律与社会。

《对增补滥用职权罪的法理探讨》一文,如同一把锋利的剑,直指时弊。他们通过深入的分析和严谨的推理,呼吁增设"滥用职权"之罪,以维护人民的权益和社会的稳定。这篇文章,不仅在法学界引起了广泛的关注,更成为了修法的重要参考。

时光飞逝,1997年的新《刑法》颁布,滥用职权罪成为了其中的一部分,包括他在内的一批专家学者的建议被采纳,法律终于在修法的过程中与时俱进,适应了社会的发展需要。这个变化,虽然只是法律条文的微小调整,却是社会进步的一个重要标志。

二、从世博立法到法规"体检"

在上海这座繁华都市,法律人的故事与城市的脉搏紧密相连,他们为这座城市的法治建设默默奉献。

2010年的上海世博会,大大推动了上海的城市建设,同时也助推了地方法治建设。自2008年以来,上海市人大常委会围绕世博筹办工作的需要,针对以往城市社会管理的痼疾与举办世博会所要求的城市文明之间的"落差",作出了《关于本市促进和保障世博会筹备和举办工作的决定》,并制定或修改了《上海市志愿服务条例》《上海市公共场所控制吸烟条例》《上海市公共汽车和电车客运管理条例》等7件地方性法规,以求在短期内形成制度合力,发挥"拳头效应"。市人大常委会还授权市政府针对公共场所、食品与卫生、社会治安、道路交通、市容环境等领域制定临时性行政管理措施。这是上海地方立法中的一次全新尝试和探索，拓宽了大城市在举办大型国际性活动期间或者特殊状况下依法解决城市管理难点问题的思路。这也形成了颇具特色的"涉博法规群"。

随着世博会的落幕，如何来评价这一批"世博立法"的立法质量和运行效果，也成了下一步需要关注的问题。

2011年年初，上海市立法研究所与上海社科院法学所受市人大常委会委托，共同成立了一个"世博立法后评估"课题组，对这一批"涉博法规群"的制度设计、实施绩效、存在问题等进行全面"体检"。

史建三与上海市立法研究所副所长郑辉都是这次课题的负责人。他们的工作，就像一座坚实的桥梁，一端连接着法律的殿堂，一端倾听着人民的心声。那段时间，上海社科院的办公楼里，灯火通明。史建三带领着他的团队，埋首于浩如烟海的法律法规之中。他们不是立法者，却为立法者提供智慧的参考；他们不是政策的执行者，却为政策制定者研究、分析、提供建议。课题组发挥了人大、政府相关部门和专家学者的集成力量，采取了文本分析法、座谈调研法、典型个案分析法、执法部门反馈法等评估方法，考察了"世博立法"的合法性、合理性、可操作性、规范性、实效性指标，包括权利义务的设置是否符合公平公正原则和社会的公序良俗，各项规定是否切实可行、能否解决行政管理中的具体问题，各项制度和措施是否达到了制定时的预期、是否合理科学等。

后评估的结论是相对公允的，代表了第三方的中立性：立法注重针对性、可操作性，探索社会管理和城市治理的长效机制，但在法规实施中，"有法难依"现象较为普遍。

所以，"世博立法"评估报告对一些法规提出了建设性的修改建议。

例如，适时扩大《上海市市容环境卫生管理条例》的适用范围，将农村市容环卫工作纳入管理范畴，明确农村管理体制、管理要求和管理标准，实现城乡市容环卫统筹、协调发展的目标；增加生活垃圾管理规范内容，建立健全生活垃圾减量化、资源化和无害化管理制度和措施。对于市政府制定的临时性行政管理措施，评估报告建议把能够长效化的机制固化，并有选择性地纳入地方性法规，比如对跨部门经营违法行为的有效惩罚措施，可以通过相关条例予以吸纳。

因为史建三在立法咨询方面的重要贡献，他也被聘为上海市人大常委会立法和咨询专家，在当时的律师界还是一个不小的新闻。这是对史建三多年来在法律领域杰出贡献的嘉许，也是对他未来工作的殷切期望。史建三也知道自己的职责重大，所以他不敢懈怠。在每一个立法咨询的背后，都隐藏着他对社会现象敏锐的洞察和对法律精神深刻的理解。他不仅仅是在为法律提供建议，更是在为社会进步贡献智慧。

先后开展的十多项上海市地方立法的课题研究，每一个都关乎着这座城市的脉搏和命运。从促进中小企业发展立法的研究，再到上海世博立法后评估……每一个课题的背后，都是史建三与他的团队无数个日夜的努力。

三、开创地方立法评估模式

当提到上海，人们往往首先想到的是其繁华的经济、独特的文化和历史背景，但这座城市得以平稳、有序运行的背后，是一系列细致入微、富有远见的地方性法规。

上海是全国较早对立法后评估进行尝试和探索的省市之一。现在"立法后评估"这一概念已逐渐被学界和立法机构所接受。2006年，上海市人大常委会首次"尝鲜",对《上海市历史文化风貌区和优秀历史建筑保护条例》开展评估。此后,上海又开展了若干次立法后评估。"世博立法后评估"项目之后,上海市人大常委会又提出了新的要求,请由沈国明、史建三领衔的课题组,对已出台的上海142件现行有效地方性法规进行评估,为立法者提供了一个全面、深入的视角,来重新审视和理解这些法规的价值与意义。

对于这142件地方性法规,负责具体实施的执行组长史建三和课题全体成员采用了高度系统化、科学化的方法进行评估。他们通过比对上位法条文、收集执法部门的总结反馈、访谈资深立法专家等方式,经过多个环节的比对甄别,在142件现行有效的地方性法规中,发现存在与上位法冲突的有21件,占总数的14.8%。在经济管理类、社会管理类的地方性法规中出现与上位法不一致的情况比较多,可以说是地方性法规与上位法冲突的"重灾区"。之所以会出现这种情况,是因为我国的改革主要集中在这些领域,社会关系处在不断的变动之中。由于上位法立、改、废的活动很频繁,而地方性法规又不能及时进行相应的调整,必然会出现抵牾之处,这就给地方性法规带来了合法性的挑战。需要指出的是,上述"问题法规"在制定之初,基本上不存在与上位法冲突的情况,而且在当时的社会条件下还曾经发挥了积极的作用。但是随着社会环境的变迁,世易时移就产生了合法性危机。换言之,地方性法规出现合法性问题不是因为"先天不足"而主要是"后天失调"。可见对于地方性法规的合法性问题必须从动态发展的角度来认识。

当然了,之所以地方性法规与上位法发生冲突,主要是因为颁布了新的上位法或者上位法发生了变化,而地方性法规却没有及时修改。从制定的时间来看,绝大多数的问题法规从颁布之日起已经有10年以上属于"高龄法规"的规范不可避免地存在脱离客观现实与国家层面的政策法规相背离的情况。事实上，这正是导致这些法规产生合法性危机的一个重要因素。

根据他们的研究结果，史建三与课题组形成了一份报告，对进一步优化上海市的地方立法提出了建议，并提交给了立法机关。

这份报告的出台，实际上是一次对上海立法、执法、司法、法律服务以及法学和社会学研究资源的全面整合。在市人大、市政府领导的大力支持下，在课题组组长沈国明和史建三的精心组织和协调下，各个领域的专家、学者、实践者都参与到了这一庞大的工程中来。从立法工作者、执法工作者到市人大代表、市政协委员，从律师、网民到专家、学者，乃至法学和社会学研究生，这样的阵容几乎囊括了上海法律界的所有精英。

行家总是会识货的。这份报告最终得到了立法机关的肯定。

在近年来的地方立法中，也正是因为立法机关与研究机构之间的这种良性互动，才使得地方立法的总体质量稳步提升。由于上海在中国独特的政治和经济地位，其地方立法自然也具有了全国性的影响力。因此，沈国明和史建三所领导的这一课题成果，不仅对上海未来的地方立法具有指导意义，也为全国各地的立法工作和后评估工作提供了宝贵的参考和借鉴。这无疑是对中国整个立法体系的一次巨大贡献。

基于这些研究成果，沈国明和史建三及其课题组成员合力编撰了《地方立法后评估的理论与实践》一书，并于2012年出版。该书系统总结了地方立法后评估的理论框架和方法，阐述了评估在地方立法实践中的重要性和应用前景。这本书成为了地方立法后评估领域的典范，为相关从业者提供了重要的参考资料。

之后，史建三及其课题组又受上海市人大委托，涉足多个重要法规的后评估,如上海世博立法后评估、上海市推进国际金融中心建设条例后评估等。他的领导和参与使得这些立法的实施效果得以深入研究,为地方立法的后续完善提供了有力支持。

在立法后评估的实践中,史建三带领课题组成员深入调研、数据分析,挖掘了立法实施过程中的问题和不足之处。他们以专业的态度和严谨的方法,逐项分析不同立法的影响,为人大决策提供了科学依据。

四、行政复议专家

随着岁月的流转、社会的发展,行政复议逐渐成为维护公民企业合法权益的重要途径。然而,"官官相护"的阴霾却常常笼罩在"民告官"案件之上,让人对行政复议的公正性和公信力产生了质疑。为了扫清这片阴霾,上海市政府于2011年10月28日,正式成立行政复议委员会,从各行各业的精英中选拔出非常任委员,共同捍卫正义,保障行政复议的权威性。史建三,以其出色的法律素养和公正的品质,成为首批行政复议委员会委员。

自担任行政复议委员以来,史建三的身影便频繁出现在上海市重大、复杂、疑难的行政复议案件的案审会上。每一次,他都以严谨的态度,分析案情,发表独立的专家意见。他的声音,如同晨曦中的号角,唤醒了沉睡的正义,让清泉重新流淌。

在合议的过程中,史建三的表决权不仅是一项权力,更是对正义的一种坚守。他和其他非官方委员的存在,让委员会具有了更加独立、客观的视角,也让行政复议的过程充满了透明和公正。在他们的努力下,复议申请人逐渐打消了原本"官官相护"的疑虑,也让每一个公民和企业都能在法律的庇护下享有平等权益。

史建三的双重身份——学者和律师，让他在行政复议的舞台上更加耀眼。作为学者，他从实践中汲取了更深刻的法律理解，丰富了自己的学术知识，也为学术研究注入了新的活力。他的教诲如同经纶般传递给学生，为他们的未来铺设了坚实的基石。作为律师，他将复议中的经验应用于案件处理，为客户提供了更为全面的法律服务。他的辩才和智慧如同利剑一般捍卫着客户的权益。

史建三以他的行动证明了正义的力量是无穷的。他不仅是一个捍卫者，更是一个引领者。在他的影响下更多的人开始关注行政复议的重要性，开始积极参与到这个过程中来。他的存在让人们看到了正义的希望，让人们相信只要有人愿意站出来捍卫正义那么正义就永远不会消失。

在2011年到2014年的这3年里，史建三参加了市政府行政复议委员会的17次案件审议会议，审议了25起重大、疑难、复杂的行政复议案件，史建三都给出了中立客观的审议意见，作为市政府最终的处理参考。

按照上海行政复议委员会的规则，非常任委员应当占多数，且调查权应当与审议权相分离，案件审议结果票决制，有些案件还请双方当事人、相关专家、行业协会和市民代表到会接受现场调查与询问，方便复议委员会委员全面了解案情，较好地体现了公正、公开、透明的特点，从而使得最终的处理结果更具公信力，更能为当事人所接受。

在这25起案件中，有些属于重大案件，如退休职工住房公积金被冒领案；有些属于疑难案件，如公交卡收费调整案；有些属于复杂案件，如农村集体土地的权属争议处理案；有些属于新类型案件，如司法鉴定投诉处理案等。涵盖了那一阶段的几年中，上海市范围内行政复议领域中一些典型的案件类型，这些审议的意见结论不仅运用于个案，而且也是今后审理同类案件的重要参考，具有较强的研究价值和意义。

五、复议中的难题

对于行政行为的复议，往往涉及某个非常冷门的行业、某个公众罕知的监管审批或者处罚，但每一个复议案件，都涉及一大批从业者的生计，所以，对于复议案件的审理，史建三在参与过程中慎之又慎。

2013年秋，史建三收到了一个行政处罚案件的复议申请。申请人是一家健康咨询公司，在他们的经营过程中，往往会使用听诊器、血压仪这些器械，来为他们的客户查身体，并且根据检测结果，视情况给予客户一些口头用药建议。针对这一行为，上海市主管部门进行了严格的行政执法，认为该公司的这一行为属于"非法行医"，即未取得《医疗机构执业许可证》就擅自开展诊疗活动，因此给予罚款，并将其全部合同收入认定为违法所得，予以没收。于是该公司提起了行政复议。

在审理中，史建三认为，本案中双方当事人的争议焦点，是申请人使用听诊器、血压计等器械进行基本体格测量，以及给予口头用药建议等行为，是诊疗活动还是健康咨询行为。对于这个问题，主管部门当时之所以认定其为诊疗活动，依据的主要是申请人在相关健康管理文书中使用"诊疗"等用语、进行过简单体格测量以及对少数服务对象提过口头用药建议等。

但是，这一问题并没有这么简单。对于诊疗活动的界定，根据1994年原卫生部颁布的《医疗机构管理条例实施细则》第88条的规定，是指通过各种检查，使用药物、器械及手术等方法，对疾病作出判断和消除疾病、缓解病情、减轻痛苦、改善功能、延长生命、帮助患者恢复健康的活动。健康咨询属于健康管理的范畴。根据原国家卫生部的有关定义标准，健康管理包括采集和管理个人或群体的健康信息、进行个人或群体的健康咨询与指导、对个人或群体进行健康维护等。

所以，史建三在与其他复议委员讨论后，严谨地得出了审理结论：

关于申请人使用听诊器、血压计等器械的基本体格测量行为。申请人虽然承认其实施了该行为，但认为这是提供正确健康咨询所必须进行的活动，并不构成诊疗活动。被申请人则认为，上述器械虽然简单，但本质上属于医疗器械，相关使用行为仍然属于医学体检范畴，因而构成诊疗活动。本机关经审理认为，健康管理和医学体检中均含有采集相关信息的内容，区分健康信息采集行为是健康管理还是医学体检，关键要看是否含有疾病判断和诊治等要素。从本案证据来看，被申请人没有提供充分证据，证明申请人在实施前述行为时，对服务对象进行了疾病诊断和治疗。故被申请人有关该行为属于医学体检因而构成诊疗活动的认定，证据不足。

关于申请人给予用药建议的行为。申请人对该事实亦予以承认，但认为这些建议仅仅是口头提出，从未开过书面处方，并且针对的是极个别服务对象，也从未售过药，故不构成诊疗活动。被申请人则认为，申请人的建议用药行为，无论形式如何，对象多少，都不影响诊疗活动的定性。本机关经审理认为，2018年《医疗机构管理条例实施细则》第88条对诊疗活动规定的是"使用药物"，健康管理相关规定中则不包含用药方面的内容，至于健康管理中的口头建议用药行为是否属于诊疗活动，现行规范并不明确。从申请人的实际行为来看，虽其口头用药建议行为不属于健康管理的范畴，但因其仅针对个别服务对象，且没有造成危害后果，属于情节显著轻微。在制度规范尚不明确以及情节显著轻微的情况下，被申请人据此直接认定其为诊疗活动并给予行政处罚，明显不当。

最终，行政复议委员会撤销了主管部门原来的处罚，给予了申诉公司公道。

但是，史建三和其他委员还不满足于仅仅给出审理结果，他们还进一步关注到了行政复议案件背后的法治问题。

是什么导致了该公司产生被处罚行为？史建三认为，其中一个重要原因是，健康管理作为一项新兴产业，当前尚缺乏明确规范。对该新兴产业发展中的一些不规范行为，主管部门应当做的是加强指导和规范，而不宜一概认定为违法，更不应该将因规则不明造成的不利后果完全由市场和企业自己来承担。

目前，国家正大力发展包括健康管理在内的健康服务业，原卫生部已于2005年将健康管理师职业纳入卫生行业特有职业范围，并对健康管理行为作了初步界定。国务院又于2013年9月专门下发了《关于促进健康服务业发展的若干意见》（国发〔2013〕40号）。本案争议发生的直接原因，就是本市在健康管理业发展方面缺乏相应的实施配套制度，亟须加强规范和管理。

所以，在商议之后，史建三和其他委员决定以行政复议委员会的名义，向主管部门发出行政复议建议书，督促其完善自己的依法监管方式，建议主管部门对本市健康管理业加强规范与管理。他们建议，主管部门以本次案件为契机，抓紧制定有关健康管理的制度规范，厘清其与诊疗活动的区别，推动本市健康管理业规范有序发展。

这一建议发出后，也得到了主管部门的积极回应。在随后健康产业的发展中，主管部门积极采取了行政立法，逐步使得这一行业的监管规范一步步走向了健全。

第二十六章 开启"地方法治研究"新领域

一、探索地方法治

随着社会的不断进步和法治理念的日益深入人心,地方法治建设已成为现代社会的重要议题。在这个领域中,史建三以其独特的视角和卓越的实践,成功地实现了一系列的突破和创新,奏响了一曲令人瞩目的乐章,将上海在地方法治建设领域的影响力和地位推向了一个新的制高点。

在法治建设的浩瀚领域,史建三秉持着对法治的热忱,倾情投入。在法学所顾肖荣的支持下,史建三和全所的研究人员齐心协力,共同编纂了一部重要的著作《上海法治建设三十年专题研究》。这本书宛如一幅巨大的画卷,描绘了上海法治建设三十年来的点点滴滴。它不仅展示了成就,还透析了面临的挑战,提供了行之有效的对策建议。更加独到之处在于,他深入研究了上海特有的

"四个中心"建设（国际经济中心、国际金融中心、国际贸易中心、国际航运中心）的法治问题，为"四个中心"的完美构建提供了坚实的法治支持。

2011年12月10日，史建三携带上海地方法治的研究成果，出席在北京人民大会堂举办的首届"中国法律实施"高端论坛，并与国内顶级专家学者同台演讲。这一次会议上，史建三向论坛提交了具有上海特色的研究论文。

随后，他还受邀在全国人大常委会法工委与中国社科院法学研究所联合举办的"立法工作中的公共参与国际研讨会"作演讲，介绍上海地方立法后评估中的公共参与。

史建三及其课题组成员在地方立法后评估领域的持续探索，不仅丰富了理论体系，更积极拓展了实践应用。他们的努力创造了一个独特的品牌，将地方立法后评估的理论与实践有机结合，推动了地方法规的科学制定和优化。

为提升社科院法学所在地方法治领域的科研水平和影响力，进一步推动上海的地方法治建设研究，史建三经社科院领导的支持，成立了上海法治市情研究中心。他在担任中心主任期间，谋划了一系列的战术举措，展现出卓越的组织才能。在时任上海社科院法学研究所所长叶青的帮助下成立了专家咨询委员会，汇聚了上海法治建设领域的17位领导、专家和学者，为中心的发展提供了智慧和建议。与上海市依法治市办等机构建立战略合作关系，利用他在市人大、市政府、市法制办、市高院、市法学会、市律师协会等多个机构的兼职身份，几乎与上海法治建设各个领域的相关机构保持了紧密的合作关系。同时，他承接了市依法治市办、市人大、市法制办等单位委托的二十余项课题，为地方法治建设的研究注入了新的活力和智慧。

二、蓝皮书的背后

我国的法治国家、法治社会建设如果从党的十五大正式提出"依法治国"理念的那个时间点算起来，已经有了十余年的建设历程，在这个阶段，学术界的一项重要使命就是对这段法治化建设历程进行研究，提炼出智慧的结晶，这也是对实践的深刻总结与前瞻性思考的体现。在那时，学术界已经开始对中国阶段性法治建设情况进行研究，形成系列报告，而谁在这一领域形成了系统性的研究成果，那就是权威的标志。

而直到那时，国内尚未开始系统性地开展对某一地区、某一区域的法治水平的研究。史建三凭借着对地方法治建设领域的深入洞察，敏锐地抓住了时机，史建三深谙这份使命的重大，凭借对地方法治建设的深刻洞察，敢于冒险，勇于担当，提出了编写上海法治蓝皮书的宏伟建议，为法学所在地方法治建设领域的领头羊地位确立了坚实基础。

"皮书"起源于十七八世纪的英国，主要指官方或社会组织正式发表的重要文件或报告，是以专业的角度、专家的视野和实证研究方法，针对某一领域或区域现状与发展态势展开分析和预测的公开出版物。如以"白皮书"命名的就是政府机关所出具的某项报告。在中国，"皮书"概念被社会广泛接受，并被成功运作、发展成为一种全新的出版形态，则源于中国社会科学院社会科学文献出版社。社会科学文献出版社的"蓝皮书"系列，就是从学术界的角度形成的一种系列报告，相比起来，"蓝皮书"更加中立，更加客观。2011年，社会科学文献出版社的皮书系列已经正式列入了"十二五"国家重点出版规划项目。

趁着这一时机，史建三向上海社科院法学所提出建议，发起编写上海法治蓝皮书，按年度形成上海法治发展状况的阶段性研究报告。

在法学所领导的支持下，史建三随后组织团队，凝聚各方力量，为这部蓝皮书的编写做了充分的筹备。在所领导的大力支持下，他充分调动了自己和团队的智慧，凝聚了各方的力量，为编撰这本蓝皮书进行了充分的前期准备。

然而，道阻且长，前进的路途并不平坦。社会科学文献出版社的皮书系列门槛高、名声响，对于加入这一系列的报告内容有着严格的要求。在克服种种困难和挑战后，史建三涉足北京，亲历了中国社科院皮书专家委员会的严格准入审核。这是一次挑战，也是一次历练。在众多专家的问询和审查下，他从容自信地回应，表达了对蓝皮书的坚定信心。他的勇气和坚持，赢得了专家的认可。他的智慧和勇气，在这次审核中得到了充分的展现，最终使上海法治蓝皮书荣幸地成为中国社科院学术品牌——蓝皮书系列的一员。

2012年，《上海蓝皮书：上海法治发展报告（2012）》终于正式面世，开启了上海蓝皮书法治发展报告之先河。

三、完美亮相

蓝皮书的价值不仅在于总结过去，更在于指导未来。《上海蓝皮书：上海法治发展报告（2012）》见证了史建三和团队的心血和智慧，通过全面和创新的评估方法，为上海地方法治建设护航。

从此之后，史建三耕耘不辍，每年连续作为执行主编，编写上海法治蓝皮书，直至退休。

为了进一步将法治状况通过数据的方式直观体现出来，史建三与法治市情研究中心课题组开创了法治建设满意度调查机制。他们通过专业方式，对法律专业人士、市民和执业律师进行法治满意度调查。这一满意度报告首次就在《上海蓝皮书：上海法治发展报告（2012）》中得到了体现，经过科学评估，得出了市民、专业人士对上海法治建设情况的总体满意度指数。

　　在后来全国首创的上海市依法行政状况白皮书第二本中，也引入了史建三主导的依法行政状况律师满意度调查的数据报告和评估报告，成为该白皮书的一大亮点。

　　随着调研的逐步开展和实践经验的逐步丰富，上海法治蓝皮书逐渐成为了一道衡量上海法治状况的标杆，许多市级机关和区县以他们的有关案例选入了上海蓝皮书为自己的成绩亮点。而上海市法治建设满意度调查报告更是成为了引领法治建设的重要工具。这本蓝皮书赢得了人大常委会原委员长吴邦国的关注和肯定，走进了上海"两会"，受到了代表和委员们的一致好评。它的价值和影响，也超越了国内，获得了境内外媒体的广泛关注，在国际传播，书中的内容和调研数据成为了各界关注的焦点，被引用和转载，为地方法治建设提供了有力的支持和指导。

四、推动法治进步

　　法治蓝皮书的编撰受到市委宣传部高度重视，同时，上海蓝皮书系列也成为了上海社科院智库建设的品牌产品。在市级政法机关和高等院校的鼎力支持下，上海法治蓝皮书的编撰工作顺利进行，两年里已出版了两本。为了保证蓝皮书的质量，法学所成立了上海法治市情研究中心，聘请来自上海政府机关、司法机关、高校和科研单位的一批专家作为该中心的咨询委员会委员。

几年来，上海的法学研究界普遍认可，上海法治蓝皮书在总结上海法治建设经验、发现存在不足、法治数据库建设等方面具有积极作用。尤其在体现非官方的特色，凸显智库的功能方面发挥着独特的作用，并能提出契合上海法治建设实际的创新性意见。当然，咨询委员会的专家们也建议，在评估指标体系建设方面，所选择的指标不要太多，要能体现上海法治的精髓，围绕法治对上海"四个中心"建设保障功能，注重与其他国际性大都市的法治建设水平进行比较，使指标体系体现国际特色，为上海迈向国际化作出贡献。

于是，史建三带领的课题组进一步改进了评估方式。在《上海蓝皮书：上海法治发展报告（2014）》中，史建三的课题组经过科学调查和严谨分析，综合大量样本数据，得出了结论：上海法治建设满意度综合指数得分为76.7分，较2011年略有提高，受访者对上海民主政治和司法工作方面给予了较高评价。但法治政府建设等环节仍然是上海法治建设的"洼地"，与市民的要求和期望还存有差距，是今后上海法治建设亟待完善之处。这一结论，既有对上海法治建设多年来成果的公允肯定，也有对一些不足之处的大胆指出。在报告中，课题组尤其指出，受访者对上海在治理非法占道经营（乱设摊）、车辆非法营运（黑车）、不文明养犬、群租、禁烟场所吸烟、交通拥堵、有毒和有害食品等方面的满意度均低于50%。这显示出受访者对通过法治手段治理城市"顽疾"方面的满意度比较低，对上海社会治理成效还有更高的期待。

在《上海蓝皮书：上海法治发展报告（2015）》中，史建三和课题组在运用大数据反映了2014年度上海法治建设最新成效的同时，同样直面上海法治建设存在的问题和挑战，指出了种种问题与挑战：城市安全预警机制缺失，突发事件应对能力不足，如外滩踩踏事件等挑战暴露出法治短板；政府自身建设有待加强，职能转变力度有待加大；政府信息公开透明度仍需提高。

而且，在这一年，他们更是首度以上海市政府机关门户网站信息公开状况为评估对象，通过建立门户网站信息公开评估指标体系，以及采用调研组的客观评估对象，志愿者的使用体验和网上问卷主观满意度测评三种方式，对上海市政府网以及市属48个委办局和17个区（县）政府网站中的信息质量、便捷度、公众参与度等状况进行了一次全方位的评估，同时调研了京津渝三个直辖市门户网站，并与之对比，最终形成了一份评估总报告和三份分报告。相关评估报告得出上海市及所属委办局、各区县政府门户网站信息公开指数得分，中国上海网信息公开指数为4.42分，总分为5分，整体达到良好水平；各市属部门平均得分为3.77分，各区县平均得分为3.85分。由此可见，中国上海网信息公开情况整体优于其下属部门的表现。同时，与其他兄弟城市相比，上海市门户网站信息公开状况总体表现较好。

至今，上海法治蓝皮书在全面性、权威性、影响力方面不断提升和发展，已经成为了记录、反映和推进新时代上海法治建设的一个重要工具和品牌。

第二十七章 重回杏坛

一、教学之道

从 2004 年到 2015 年退休,史建三在上海社会科学院法学所工作了 12 年时间。这 12 年里,史建三用他的才华和心意,为研究生教育增添了一抹温馨的色彩。他的教学之道,既注重学术传承,又充满关怀和创新,让师生之间结下了深厚的情谊。

贺大伟是史建三来法学所任教后的第一位学生。他当时报考上海社科院的民商法学专业,也是受了那篇《被遗忘三十年的法律精英》的感召。

研究生上课是在顺昌路的一处小楼里。上海社科院法学所因其在沪上法学界的独特传承历史和学术资源禀赋,在对研究生的课程安排方面也体现了自己的特色。据贺大伟回忆,七十六岁的浦增元老师依然在为学生们教授宪法学课程,浦增元老师曾在东吴大学任教,是国内比较宪法学领域的权威,1999年代表中国法学会宪法学研究会出任国际宪法学协会执行委员会委员。除了可以听到老一辈学术前辈的课程,还可以听到张国炎老师、徐澜波老师、肖中华老师等中青年教师的主打课程;既可以听到沈国明教授、刘华教授等在实务领域担任重要职务的老师们的课程,还可以在每年圣诞期间听到来自海外实务界大律师系统讲解的英美法课程。在此期间,史建三亲自为同学们讲授的则是债法、合同法、公司法、并购法律实务专题研究等课程,除了知识层面的传授,其间史建三更是会结合课程的不同阶段,拿出自己过往担纲过的著名案例,为大家提供一些平常只有在新闻报道中才能看到的宝贵素材。回想这段经历,贺大伟感慨,除了知识和方法的传授,那种民商法之于社会实践,特别是对于重大商事交易之意义的认知在史建三的课堂上也同样得到了具体的呈现。

作为一名资深大律师,史建三深知实践与理论相辅相成的重要性。他充分借助自己丰富的律师实务经验,以及新任律师培训班的教学经验,他不仅传授知识,更在培养学生的批判性思维、问题解决能力等方面下了苦功。

二、桃李荟萃

听说史建三来上海社科院了,许多锦天城的年轻律师们都慕名而来,投入他的门下。

丁华是史建三2005级的学生,也是他曾经的部下。

1998年开始,丁华跟随上海交大法律系陈乃蔚老师到锦联所实习,后随锦联所并入上海市锦天城律师事务所,当时工位的隔壁是在国外工作生活多年后归国的陈克律师。

气氛宽松的课堂，与节奏紧张高效的律所是迥然不同的，丁华开始跟随着史建三的指导进行理论研究。同史建三交流和讨论问题是一种享受，他开阔的思路和独到深刻的见解和总能为学生们打开研究的思路，引导丁华发现研究的切入点和兴奋点。在他与同学们看来，史建三与其他老师最大的不同，就是指导学生重视理论研究和实践的结合，不会从理论到理论。

因为广阔的社会资源，史建三指导学生们作研究理论时，往往就直接带领丁华他们深入法律实践一线去收集信息和发现问题。例如，在研究国有企业产权交易时，史建三就带丁华和同学们调研走访了上海联合产权交易所，了解产权交易所一线从业者面对的问题和困惑，从产权交易市场收集的第一手信息数据，再进而结合法学理论针对问题提出意见和建议。这让丁华获得了大量一手资料，形成了研究成果《产权交易市场现状分析及法律制度构建思考》，收入在史建三主编的《中国并购法报告（2008年卷）》中。

在指导法律实务方面，史建三善于抓住解决问题的关键点，擅长用理论指导实践，通过理论和实践相结合处理棘手的重大复杂问题。在处理重大复杂案件时，史建三会就相关争议事项邀请相关领域法学理论专家进行充分的讨论论证，通过多轮正反两方面的专家论证，最终参考专家论证意见提出重大疑难案件的处理建议。

毕业之际，丁华向史建三表达了自己的感谢："在三年学习期间，首先要感谢导师史建三老师给予我的关心和指导，同他交流和讨论问题是一种享受，他开阔的思路和独到深刻的见解，总能为我打开思路，引导我发现研究的切入点和兴奋点。史老师处世智慧豁达，待人温文宽厚，能得到他的言传身教是我人生的幸运。"

鲍方舟也是2005届上海社科院法学硕士研究生。2004年，鲍方舟有了一些工作经验,完成了一些好的项目,所以想要去进一步深造,有了去读研究生的想法。在锦天城时,虽然作为新律师与史建三的交流不算多,但从周围其他律师口中慢慢建立起了对史建三的印象。来到上海社科院后,与史建三算是建立了"法定"师生关系。可以近距离地感受这位"名律师"的风采。他印象最深刻的,就是史建三主讲的并购课程,他的教学方法,与常规的课程迥异。上学第一天,史建三就对学生们说:这门课,你们每个人都要讲,每个人都要选一个议题,内容自己定。

随后,史建三给鲍方舟确定了选题——"履行障碍",要他负责去思考、准备。

带着这个任务,鲍方舟整个学期都在思考。这份压力促使着他去思考这些平时想不到的问题,大学这么多年,这也是第一次遇到这样的形式。鲍方舟后来在自己的事业上也一直在使用这种形式,后来他在锦天城要负责管理团队,也会让一些年轻律师们像这样来给团队讲这个课程。

这就是史建三在教学实践中总结出的"三三制教学法",它是培养学生思维能力的一种途径。首先在授课时间上进行了创新,教师的授课总时长不超过课程总时长的三分之一。在这段有限的时间内,将最精练、最核心的知识传递给学生。还有三分之一的时间,留给学生做专题研究,史建三将学生们分成两两或三三小组,结合个人兴趣,进行课前资料收集和教案制作,并在课堂上主讲。同时,在课前课后的交流中,引导学生拓展思维,发现和提出问题,培养分析和解决问题的能力。这种互动式的教学方法不仅促进了学生之间的合作交流,也提升了他们的演讲和表达能力。而其他学生对主讲学生的内容展开讨论,则使课堂更具活力,也培养了学生的批判性思维。另外的三分之一时间，则是带领着学生参与社会调研活动和撰写相关论文，进一步提升学生的实际应用能力。这种方法能够将理论与实践相结合，帮助学生更好地理解和应用所学知识。

等到研三时，硕士课程基本已经修完，要准备毕业论文了。那时鲍方舟的工作也没停下，在2007年升为了事务所合伙人。这年，史建三忽然又布置给了他一个任务——给下一年级的学弟学妹们讲课，就讲他所从事的并购法律实务。接到这个任务一度让鲍方舟压力山大，这不仅仅是一个面子问题，更是一个责任问题。

交给鲍方舟这个任务，其实也是史建三深思熟虑的想法。现在大学里教的内容往往与现行的实务脱节了，有些知识往往面临过时。史建三恰好有自己丰富的实务经验，可以弥补这一问题，而这次让一位在律所真枪实弹做过这样的项目的资深律师把工作中所得到的最新情况带给同学们，也能起到更加事半功倍的效果。

那一次课上讲了什么，鲍方舟时至今日已经不记得了。但回想起来，这是一次难得地将以前学习的思路转化为讲授的思路的机会。

"老师是在激发我发掘自己擅长的领域。作为交易律师，表达、沟通、归纳是一个基本的能力，史老师不仅是在通过我去教下一届的学生，也在给我一个站上讲台的机会，让27岁的我锻炼自己讲述专业话题的能力。之后，我又给同济大学的EMBA班，以及国家会计学院、复旦大学管理学院等各种培训班讲过并购法问题，从此之后，我对讲课技能成功掌握。后来，我在很多研讨会、论坛上就着自己的专业话题侃侃而谈的时候，都会想到那一次站上讲台的难忘经历。"在后来的一次交流中，鲍方舟这样感慨道。

三、创造性的方法

史建三的关怀与帮助也融入了教育的方方面面。他知道，学生经济压力不容小觑，为此，他不惜自己免费提供授课所需的教辅材料，以实际行动减轻了学生的负担。同时，他鼓励学生积极参与社会调研活动，并将自己承接的科研课题经费分拨给学生，甚至不时地个人资助、赞助学生，使得学生们在实践中获得更多的机会与收获。

为了引导学生更深入地参与学术研究，史建三积极鼓励学生撰写论文，并倾心推荐优秀作品给出版机构，或在他主编的刊物上发表，为学生的学术成果提供了广阔的舞台，为他们获取奖学金创造了条件。他不仅是一位教师，更是学生成长路上的引路人。

教育是社会进步的基石，创新的教学方法能够激发学生的主动性和创造力，培养具有独立思考和问题解决能力的优秀人才。史建三的教学方法更是独具匠心地引入了"三三制教学法"和"二三五考核法"，最后达到教学相长的双赢成效。

除了"三三制教学法"外，史建三设定的"二三五考核法"则为教学的评估提供了一种全新的视角。除了传统的考勤占比（20%），还将课前准备、教案质量、课堂讨论等因素（30%）纳入考核范围，使学生成绩评定更加全面客观。而其中撰写论文的水准占比50%的安排，则进一步强调了培养学生独立思考和问题解决能力的重要性。

这两种创新教学法的实施，不仅受到了学生的欢迎，更取得了教学相长的双赢成效。学生们通过"三三制教学法"，学习兴趣得以激活，自主学习能力和团队合作意识得以增强，学术素养得以提升，同时也培养了批判性思维和问题解决能力。而史建三则通过不断反思和改进教学法，不断提升自身的教学水平，促进了自己的教学发展。此外，史建三还借助学生的力量进行了大量的社会调研，为他的科研事业获得更多的支持与成果。

  史建三不仅在课堂上教得好，课堂外也忙得不亦乐乎。每次课程结束后，他都会自掏腰包搞个聚餐会，让学生们一边享受美食，一边给他的课程提提意见。2010年入学，一边攻读法学硕士学位，一边在君合律师事务所执业的祁达律师还记得，在一次模拟仲裁课程（模拟并购争议引发的仲裁案件，这在当时应该是非常创新的课程）结束后，史建三邀请所有学生一起吃饭。当时去了离上海社科院不远的新开源饭店，祁达和史建三早到了一会儿，坐下刚刚聊了两句，史建三就说："我再去楼下看看菜，都是小年轻，再给同学们多加几个菜。"这个很小的细节，让祁达至今都历历在目。

  微信上还有个"史老师学生群"，大家在那儿聊得热火朝天，各种思想火花碰撞，教育的力量在无形中传递。

  史建三就是这样，不仅实现了教学相长，还和学生们一起取得了双赢的成果。他用自己的热情和智慧，点亮了学生们的未来，也照亮了自己的教学之路。

  思利及人，关爱学生，授人以渔，教学相长。史建三以其睿智的教育理念，用行动诠释了教育的真谛。他在培养出一代代优秀人才的同时，自己也在教研事业中不断地成长与进步。他的教育之旅，如同一股润泽心田的春风，吹拂着每个学子的梦想，也在教育的殿堂里留下了深刻的足迹。

四、收获成果

  在史建三眼中，学生们都是具有无限潜力的种子，在他的耕耘下，生根发芽，茁壮成长，绽放出绚丽的花朵。在各个领域，他们取得了不俗的成绩，如明亮的星辰般闪耀着光芒。

在史建三的指导下，学生们逐渐成为了闪耀在法律领域的璀璨星辰。他们各自脱颖而出，如同冉冉升起的太阳，温暖了整个行业。进入国际知名机构的优秀律师榜单，仿佛是他们为史建三教授献上的感恩之花，也是他们为自己拓展事业道路的见证。

2022年，国际知名法律评级机构LEGALBAND发布了2022年度中国顶级律所排行榜和顶级律师排行榜。这是LEGALBAND中国驻地调研团队历经数月，对各大律所及律师提交的申报材料细致研究，最终呈现出的排名。鲍方舟和丁华都位列其中。同年，国际知名法律媒体《商法》也从数千条市场提名中甄选出本年度中国法律市场精英律师，祁达、鲍方舟的名字也都在"中国优秀律师"之中。

2009年毕业的杜晓淳，如今是浦东法院商事审判庭审判员，先后荣立三等功两次，获评浦东新区十佳法官称号。他的毕业论文是《反垄断民事责任制度研究》，正好是史建三在2007年《反垄断法》前就已经开展深入研究的领域。杜晓淳的选题灵感即来自史建三在授课中关于反垄断法的阐述，文章的结构设计、材料准备、细节调整也无不受到史建三严谨而热情的点拨与指导。

2010年毕业的于是也是一位法官。他2007年开始在上海社科院宪法学与行政法学专业就读，在此期间，不仅进修了史建三的"地方法治"课程，还在史建三的带领下，做了一系列的课题研究。2010年入职上海市徐汇区人民法院。进入法院后，于是在立案、诉调、信访、商事、审管办等多个部门岗位锻炼过，最终被分到了知产庭，几年时间，已经是四级高级法官。他撰写的案例和文书曾获上海法院典型案例、上海法院十大优秀裁判文书。于是渐渐成长为知产审判条线的一把好手,全国法院知识产权审判工作先进个人、上海市先进工作者、上海法院"邹碧华式的领导干部、好法官、好干部"、上海法院调研工作先进个人、上海法院办案标兵、第三届上海法院"十佳青年"……荣誉证书、奖状塞满了抽屉。

当回忆起学生时期的那段日子时,于是充满了感激。在获得上海市先进工作者称号后,于是还给史建三发了消息,表达了自己的感恩之心:"我至今仍然铭记,如果没有那些年您带给我的一次又一次的推荐机会和对我的指导,我也不可能走到今天,衷心感谢史老师!"多年以来,他的辛苦努力,也是按照史建三所言传身教的严谨与务实,一步一个脚印地苦干,逐渐行稳致远。

在学生们眼中,史建三不仅是一位严谨的学者,更是一位充满热情和爱心的教育家,他的付出和教导将在自己的人生道路上绽放绚丽的花朵。这些赞誉,如同一泓清泉,滋润着史建三的内心;如同一股清新的微风,吹过史建三的心头。这些来自学生的感悟和评价,如同一串串珍珠,串联成一幅绚烂多彩的画卷,勾勒出史建三受到好评后的心情,也让史建三教书育人的岁月具有了更多的意义。

第七部分

2015—未来:
第二人生一样精彩

第二十八章 | 独特的退休计划

一、决定退休

在 2015 年春夏之交，夕阳的余晖洒满了淮海中路 622 弄上海社科院的整片庭院。这一年，史建三婉拒了领导希望他继续从事教学科研的邀请，选择了退休，他迈开步伐，踏上了全新的征程。

他的身后，是他作为法治斗士的壮丽轨迹，前方是他对美好生活的无限憧憬。他的职业生涯，如同一部跨越高山与河流的行记，每一章节都记录着他对法治的坚守与热爱，每一个转折都映照着他思想的深邃与光芒。他的每一项工作，都是他对法治信仰的最好诠释，他的每一个贡献，都是他对法治事业的深深热爱。然而，对于史建三来说，退休并不是结束，而是全新的开始，是人生的一次华丽转变，是人生法治长跑的新赛道。

在这个春天里，他要播种善良，收获智慧，探索世界。他的每一件善事，都是对社会的温暖回馈，都是对法治精神的生动实践；每一本书籍，都是对知识的深刻钻研，都是对自我提升的不懈追求；每一次游学，都是对生命的热烈赞歌，都是对世界的独特观察。他相信，只有不断学习，才能不断成长，只有不断探索，才能不断进步。他的退休计划，不是简单的休闲娱乐，而是一场心灵的盛宴，是对人生价值的再次定义。

退休后的史建三，终于可以享受生活本身的乐趣了。每年他的出行计划都安排得井井有条，除了世界各地的行程之外，有固定的三个居留地。一是他从小生长，并长期工作、奋斗的上海，这里有他的几乎整个人生的交际、朋友圈；二是太平洋对岸，他经常出差、居留的温哥华，这里夏季气温仅有10度至20度，适合避暑；三是在南方，珠江口的澳门，史建三的女儿一家长期在此工作。所以，每年的夏天，史建三会和妻子去温哥华避暑，到了冬天，则会去澳门度假，与女儿一家团聚，陪伴外孙女。其他时间，则留在上海，保持原来的生活节奏。

为了让退休生活过得更有意义，史建三还制订了一份独特的退休计划。他希望通过这个计划，能够不断提升自己，能够为法治事业再做贡献。他的每一个行为，都像一面鲜艳的旗帜，引领着人们追寻法治的光芒。

史建三的退休计划，包括了"百件善事、百本书籍、百域游学"。这个"百"，不是说一定要完成100件——他对达到多少数字并没有太多的执念，关键是要让这些有意义的事情充实自己退休后的生活。他希望通过这个计划，能够丰富自己的生活，能够为社会做出更大的贡献，让他将来的故事，可以继续成为后辈法律人的一个标杆，引领更多法律人追寻法治的光芒。

退休并不意味着放弃，对于史建三来说，退休生活是他用另一种方式践行"思利及人"的初心的时刻。他参与了各种法治公益活动，为社会做出了积极贡献。他还不断阅读法治书籍，丰富自己的知识储备，保持对法治理念的深入思考。更为难得的是，他走遍百国，游学百域，不仅是为了满足自己的好奇心，更是为了深入了解各国的法治制度，探寻不同文化背景下的法治之道。

退休生活中的史建三，将自己一直以来对于法治的情怀融入了每一个细节之中。他用实际行动诠释着法治的重要性，用自己的退休生活书写着他自己的法治情怀。退休并不是放慢脚步，而是以全新的姿态继续前行，在法治情怀的引领下，让退休生活焕发出新的光芒。

二、小插曲

这其中，还有一个小小的插曲。

人毕竟不是上了发条就可以连轴转的机器。退休之后的几天，史建三终于有了前所未有的轻松感觉。工作了足足四十多年，他终于可以真正随心所欲地放松一下了。

史建三开始尝试着找寻一些退休前不敢过度涉足的兴趣爱好，比如围棋。这也是个有益于身心的娱乐活动，打开电脑，就可以在网上和一些素不相识的棋友来一场"手谈"。不过，由于是在网上对弈，稍有停顿无法落子就会输棋，所以经常会在网上连续几个小时不停顿，经常在妻子问话时答非所问，甚至因为过于全神贯注，而完全忽视了妻子说的话，从而耽误了家里不少的紧要事情。

退休后的一段时间，围棋对史建三而言具有无法抗拒的魅力，他一度迷恋于棋局的变化、思考的深度，而忽略了家庭的重要。妻子因为网上下棋不能停顿而误事，抱怨了许多次，他们也因此发生争吵，妻子有一次很生气地认为,这是在视她为不存在。过于沉迷博弈,已经影响了夫妻感情。

妻子的抱怨是唤醒史建三的警钟。他意识到情况已经偏离了退休前设想的轨道,所以,史建三下定决心戒掉棋瘾,追求更健康的兴趣爱好。

毕竟,一个人的兴趣爱好不应该成为家庭和夫妻关系的障碍,而应该是增进亲情和和谐的桥梁。

三、"三百"计划

于是,史建三开始寻找新的兴趣爱好。"百本书籍"的计划再度启动,长期养成的读书习惯又回来了,读书和旅游相生相伴,行万里路、破万卷书成为史建三退休后新的追求。在书籍的世界里,他拓展了知识的边界,丰富了思想的宇宙。在旅行的路上,他领略了大千世界的美景,感受到了生命的多样与奇妙。这些替代棋瘾的兴趣让史建三重新与妻子建立了共同语言,他们一起分享读书的喜悦,一起品味旅行的快乐。每一次偕妻旅行,都是与妻子共同创造美好回忆的机会。

从此,他们一起环游世界,欣赏自然风光,品味异地的风土人情。

史建三还发现了另一种方式来记录生活的美好瞬间。他用着年轻人正在流行的记录方式,开始在手机上制作美篇和短视频,用镜头捕捉旅游途中的美景和家庭日常生活中的点滴幸福。这不仅让他享受创作的乐趣,也让他能与亲朋好友们分享他和家人们的快乐经历。

他也开始关注生活的细节,特别是外孙女的成长。他用手机捕捉下她可爱的模样,记录下她成长的点点滴滴。这样的举动不仅拉近了与子女们的距离,也弥合了与妻子之间的关系。他们共同欣赏这些照片和视频,一起分享家庭的快乐。

这些新的兴趣爱好不仅给他自身带来了愉悦和满足，也成为了与妻子共同分享乐趣的纽带。逐渐地，他们的家庭生活变得更为和谐。

四、走遍全世界

旅游与阅读，是史建三退休生活中的两大爱好。在他的世界里，这两者不再孤立，而是在一场别样的交融中，为他的精神生活带来了绝佳的契合。

自 1991 年走出国门，到退休时，他已经踏足了八十多个国家，足迹更是绵延 316 万公里，让他的护照更新了十一次。甚至其中还有一本公务护照，见证着他作为法律专家与政府部门一同考察世界自由贸易区的足迹。

他在全球留下了无数旅行足迹。然而，这些数字背后，是他对于文化、法治、人文等多个领域的独到见解。

新冠疫情袭来，阻断了史建三的百国游学计划，却带来了一个好处，那就是阅读时间大大增加了。在家阅读期间，《另一半中国史》一书，醒目的标题立刻把史建三吸引住了。在聚集着五十六个民族的中华大地上，我们原有的中国史知识竟然如此残缺不全，对五十五个少数民族的古往今来以及如何融入中华民族大家庭的过程亦知之甚少。这让史建三对中国五十五个少数民族的前世今生以及如何融入中华民族大家庭的过程产生了浓厚的兴趣，从而调整了游学计划，开始了五十五个少数民族聚居地的游学旅程。

根据少数民族聚居地的分布情况，史建三粗订了一个两年游学计划，准备分六到八次，完成五十五个少数民族聚居地的游历体验。在做了两个星期的功课后，于 4 月中旬开始了游历征程，先后已经游历了云南十五个特有少数民族（分别是：白族、哈尼族、傣族、傈僳族、拉祜族、佤族、纳西族、景颇族、布朗族、普米族、阿昌族、怒族、基诺族、德昂族、独龙族）、浙江的畲族、宁夏的回族、甘肃特有的三个少数民族（东乡族、裕固族和保安族）、青海的藏族、土族、撒拉族共二十三个少数民族聚居地。

在新冠疫情防控的三年里，史建三努力抓住时机，用十一次行程，踏足了祖国的各个省区，行程48000公里，寻访了五十五个少数民族的风土人情。在访学、考察的同时，他也注重了解当地的法治状况、法律服务行业情况，增加了对"另一半中国"法治实情的认识。

实地寻访通常是行色匆匆，蜻蜓点水，而游前攻略则是游前研学的过程，可以从容不迫，精心准备，便于游中掐准点位，精观细察。史建三在旅行途中，重点关注少数民族专题博物馆，以取事半功倍之效，等到旅行结束之后，当他翻看照片、视频，便再次对所游之地进行网上云游和研学，察往知来。在漫长的旅途中，他目睹了不同民族间的和谐共生，聆听了多种语言交织而成的华美乐章，品尝了风味各异却同样温馨的家常菜肴，体验了各式节日庆典中的共融喜悦。

温故知新、细细品味，乐在学中。

五、善行在于细节

而史建三的"百件善事"计划，则更进一步彰显了他对人与人之间温暖互助的深深关怀，这也是他退休后的一种生活方式，将行善之举融入日常生活的每一个细节，用关爱传递法治的根本内涵。

他为的士司机支付意外的车费，这不仅仅是一个简单的行为，而是彰显了他对行善之美的独特理解；他给予快递小哥额外的报酬，表现了他对弱势群体的关爱；他对摊贩大妈支付更丰厚的菜钱，体现了他对劳动者的尊重。

此外，史建三还发现了一个将旅游、读书和行善相结合的方法，即通过网络读书平台，不仅重温了旅行的美好时光，丰富了精神世界，还通过积分系统和征文奖金助力公益，传递爱心与正气。每当他看到孩子们爱心的传递而重燃希望，心中便充满了温暖。

这些善举，让他在法治的道路上更加坚定，也让他在生活中更加温馨。

史建三的善举，不仅仅是简单的施舍，而是将法治的理念与行善的精神紧密结合，创造了一种独特的法治公益模式。退休后的他，没有选择安逸的享受，而是将自己的生命与法治公益紧密相连，以专业的智慧和经验，为社会的进步贡献力量。

在这十年的退休生活中，史建三的行善事件已经超过一百件。他的身影出现在党课教育的讲台上，出现在法治直播的屏幕前，出现在律所管理咨询的会议室里，甚至出现在向法治机构引荐法律精英的背后。每一次的行善，他都全身心地投入，以专业的态度和丰富的经验，无私地奉献着自己的一切。

史建三的坚持，是对法治公益的一种执着。他立下的铁规——拒绝任何形式的课题费、讲课费、专家咨询费——体现了他纯洁的行善理念和高尚的个人品质。他坚信，真正的善行不应被金钱所污染，法治的精神应当高于一切。这份坚守，如同磐石般坚定，令人肃然起敬。

史建三的行为，不仅仅是对个体的帮助，更是对社会的启迪。他的行善之路，成为了法治公益的一道风景。他的每一次讲课、每一次咨询、每一次分享，都成为了传播法治精神的种子，这些种子在社会的土壤中生根发芽，成长为参天大树。

他的故事，让我们看到了法治的光辉，感受到了法治的力量。史建三用自己的行动向世人证明，法治不仅是一种职业，更是一种信仰，一种生活方式。他的行善和法治公益的结合，成为了一种新的社会风尚，启发和鼓励着更多的人投身于法治事业，为建设更加公平正义的社会贡献自己的一份力量。

史建三的善举，不仅让受助对象倍感温暖，更在无形中传播了法治的宝贵价值观。他通过自己的爱心和专业知识，将法治精神渗透到社会的每一个角落，共同构筑了一个更加温馨、平等、和谐的社会环境。他的行为，不仅让我们看到了法治的魅力，也让我们感受到了法治的温度。他用实际行动和智慧，燃亮了法治的光辉，让更多的人感受到了法治的温暖和力量。

第二十八章 | 独特的退休计划

史建三在卢浮宫参观留影

纳尔迈调色板（左边是正面，右边是背面）

汉谟拉比法典

乌尔纳姆法典

第二十九章 游历百国，思考法律源流

一、宽广的天地

迈入退休的岁月后，一片宽广的天地展现在史建三的面前。他计划前往世界各地，探索那些一直梦想着去的地方。和大众扎堆旅游的地方不同，史建三的目的地不仅仅是风景如画的旅游胜地，更重要的是那些充满历史、文化和民族特色的地方。

他的旅行并非仅仅是游玩，更是一种深度的体验和思考。他透过观光背后的法治景点，用独特的视角观察不同国家的社会治理，法律体系以及文化传承。这种对比研究和思考，赋予了他的旅行更多的意义。

旅行像打开一扇窗户，通过这扇窗户，他目睹了多样的世界，领悟了多样的法治。这个旅行，也为他的退休生活注入了更多的精彩，让他的人生更加多姿多彩。

二、法的源头

比如在埃及，他寻觅到了"法治"的源头。

埃及国家博物馆是一座位于埃及首都开罗的古埃及历史博物馆。在博物馆的众多珍贵文物中，有一块被称为纳尔迈调色板的石板，它静静地躺在那里，却承载了法律起源的重要历史。

纳尔迈调色板是考古学家于1898年在希拉孔波利斯古城的神庙遗迹里发现的，在调色板的正面，可以看到画面中最大的一个人，头上戴着代表上埃及的白王冠，正准备挥杖击打一个跪在地上的俘虏。他的身后是一个提着鞋子的小人，被认为是国王的仆从；而他的面前是一只神鹰用利爪钳制住一个身上长着纸莎草①的人。纸莎草在尼罗河下游也就是下埃及尤其丰富，所以在这里背上长满纸莎草的怪人指代下埃及的原住民；神鹰是鹰隼神荷鲁斯，代表着来自上埃及的国王。神鹰钳制住了纸莎草，隐喻着上埃及的国王征服了下埃及。

在调色板背面，同样的"纳尔迈"名牌下，国王戴着代表下埃及的红王冠，身后跟着提鞋的仆从，面前还有四个举着盟邦旗帜的小人领路，面向着一群被砍掉头的俘虏。最下方的一个图案里，代表国王力量的公牛撞破了城墙，踩死了一个敌人。

一个看似普通但实则非凡的石制平板，上面刻着古老的象形文字和图画。这些符号和图像并不是随意的涂鸦，而是记录了古埃及纳尔迈国王的丰功伟绩。作为统一上下埃及的国王，纳尔迈不仅是政治上的领袖，更是法律演化的关键人物。

在纳尔迈的时代，埃及还是一个分散的地区，各个地区和氏族都

---
① 纸莎草是尼罗河流域的特产植物，被古埃及人用来造纸，制作纸草画。

有各自的习惯法。这些习惯法在当时起到了维护社会秩序的作用,但随着纳尔迈的统一,这些习惯法开始显得杂乱无章,无法满足一个统一国家的需要。于是,纳尔迈决定进行一场法律革命。

纳尔迈调色板正是这场革命的见证者。通过上面的图画和象形文字,纳尔迈传达了他对法律的新理解和规定,为整个埃及创造了一种共同的法律秩序。习惯法逐渐演化成了成文法,法律体系从此进入了一个更加有序和组织化的发展阶段。

这块调色板不仅是法律的见证者,更是法律思想的源头。它证明了法律的重要性,以及如何通过明文法规来维护社会秩序。纳尔迈的立法思想为后来的立法者提供了借鉴和启发,成为了法律体系中的重要一环。

站在纳尔迈调色板前,感受到了法律的庄严和神圣。五千多年前,纳尔迈国王就已经认识到了法律的重要性,并为其奠定了坚实的基础。这块调色板不仅是埃及历史的一部分,更是全球法律演化的见证者。

纳尔迈调色板其实也在昭示着,法律不是一成不变的,它需要随着社会的发展而不断演化和完善。同时,法律也需要与时俱进,适应新的社会环境和挑战。只有这样,法律才能真正成为维护社会秩序、保障人民权益的有力工具。

三、法律起源

那么,法律起源于哪里呢?

四十多年前,史建三在法学课堂里学习到的《汉谟拉比法典》,它曾被国内绝大部分法学生视为法典的源头。然而,历史的长河总是在不断地更新人们的认知。研究界逐渐意识到,《汉谟拉比法典》可能并不是现存最早的法典。苏美尔人颁布的《乌尔纳姆法典》，也被认为是已知现存最古老的法典之一，它的年代远比《汉谟拉比法典》早，它诞生于苏美尔文明的乌尔第三王朝时期，那是一个遥远而神秘的时代，中国大概处于夏王朝的早期。《乌尔纳姆法典》的发现，让世人有机会窥见更古老的法治历史，感受到法律制度的悠久传承。

在土耳其伊斯坦布尔考古博物馆（Stanbul Archaeology Museums）中，它静静地躺在展柜里，默默诉说着远古时代的法治故事。

这部法典包含了五十七条法律规定，虽然岁月的侵蚀使得其中一些内容无法完整重构，但仍有四十条法律内容得以明晰。它们如同历史的碎片，拼凑起了古代苏美尔社会的法治面貌。财产权、婚姻家庭、契约、赔偿……这些法律涵盖的领域广泛，它们不仅是法律文本，更是古代社会生活的缩影。

站在《乌尔纳姆法典》前，仿佛能听到古代法庭的讨论声，能看到苏美尔人民在市集中的交易场景，能感受到他们对公正和秩序的追求。法典的每一条规定，都是对当时社会规范的一种体现，都是对公平正义的一种探索。在这份珍宝面前，史建三感到了一种莫大的敬畏。这部法典不仅仅是法治历史的见证，更是对未来法治发展的启示。

它也让人们更加坚信，法治的光芒将穿越时空，照亮人类社会的未来。

四、信仰的力量

法律之治，也需要以信仰为基础。这是史建三在耶路撒冷的圣殿前得到的最强烈的感受。

耶路撒冷的夏日，阳光如火焰，炽热地烙印在这片古老土地的每

311

一寸角落。穿梭在耶路撒冷的历史长廊、圣殿遗址，那曾经的辉煌与神圣，如今只剩下残垣断壁，但就算是这些沉默的石头，也能让人感受到一种超越时空的庄严。站在这里，他似乎能听到古人虔诚的祷告声，感受到信仰的力量穿越千年，直抵人心。

在以色列博物馆，可以看到摩西五经与摩西十诫的展品。这些古老的文本，不仅是宗教的象征，更是法律的起源。它们不仅塑造了一个民族的信仰体系，也影响了整个西方世界的法律思想。

从历史的角度看，摩西带领犹太人逃离埃及的故事，是一次壮阔的民族解放运动。这不仅是对肉体枷锁的摆脱，更是精神上对自由的追求。而十诫的颁布，就在这样的背景下，为新获得自由的以色列人提供了一套行为规范，十诫成为了他们社会秩序的基石，引领他们在道德和法律的道路上前行。

但从法律的角度来看，摩西十诫的意义远超宗教仪式。这些戒律不仅代表了对上帝的绝对信仰，也是对人与人之间关系的规范。从"不可杀人"到"不可偷盗"，从"不可妄为见证"到"不可贪恋"，每一条诫命都体现了对人性深刻的理解和对社会秩序的维护。摩西所说的"一切都是律法"，揭示了他对律法的至高重视，认为律法是维系社会和谐与秩序的关键。

摩西十诫的影响力远远超出了犹太民族的范畴，它们在很大程度上成为了西方法律传统的基础。基督教的广泛传播，使得十诫的道德观念深入人心，成为西方世界的共同遵循。即便是在世俗化的法律体系中，十诫的精神仍隐然可见。无论是对生命的尊重、财产权的保护，还是对真实的追求，这些基本的法律原则，都可以在十诫中找到它们的源泉。

在这位古代先知的影响下，人们学会了将道德理念转化为法律规范，将对神圣的追求转化为对正义的执着。摩西十诫不只是犹太人的律法，它们更是人类追求道德与法治的共同财富，是跨越时空的法律精神的传承。在摩西的带领下，古以色列人不仅摆脱了奴役，更在精神层面上实现了自我救赎和提升，这是对整个人类文明的巨大贡献。

"耶路撒冷之旅，不仅是一次地理上的旅行，更是一次心灵上的探索。在这里，我看到了信仰的力量，感受到了律法的庄严，也理解了宗教法对世俗法的深刻影响。在耶路撒冷的天空下，我找到了历史的回声，也找到了未来的方向。"耶路撒冷的经历，让史建三对《摩西五经》有了更为深刻的理解。它不仅仅是一部法律文本，更是一部蕴含深刻哲理的人类智慧结晶。在这座城市中，他感受到了法律与信仰的力量，也更加坚信法律的光芒能够照亮人类前行的道路。无论身处何地，法律的精神都应成为我们内心的指引，引领我们走向更加公正和美好的未来。

五、法的精神

西方法律思想有三大主要来源，一是犹太人的律法，二是古希腊的哲思，三是古罗马的法典。而其中，古希腊既是西方哲学的渊薮，也是罗马法的精神来源。

在爱琴海的微风中，史建三踏上了这片古老而神圣的土地。在这里，历史的沉淀与智慧的火花完美融合，孕育出了无数珍贵的文化遗产。他带着对古典文明的敬畏，开启了一次沉思的旅程。

游于雅典的街头巷尾，史建三仿佛与苏格拉底、柏拉图、亚里士多德等哲学巨匠为伴，一同漫步在阿哥拉的古石板上，畅游在卫城的神庙之间，每一步都踏在了历史的印记上。在这里，民主的概念诞生并茁壮成长，法治的理念在这里扎根并枝繁叶茂。博物馆里，他在古代法典前驻足，从每一行刻痕中汲取着先人的智慧，感受着法律从神权到人权、从奴隶制到公民制的跨越。

他在阿波罗神庙的废墟前，感受着神秘与理性的交融。在古人眼中，神谕是法律的最高指引，而今，在史建三眼中，它是人类对正义与真理不懈追求的象征。这里的每一块石头，都诉说着对法律的敬畏和对智慧的渴望。

史建三将所见所感一一记录下来。在斯巴达的严酷法规中，他看到了法律的刚毅；在雅典的民主风潮中，他感受到了法律的温情。这些记录不仅是旅途的回忆，更是他对法律精神的深刻理解和对文明进步的思考。

"在希腊，我不仅游历了千年的遗迹，学习了深邃的法治思想，悟出了生活与法律的真谛，还录下了这段旅程中的点点滴滴。这些体验如同一条串联起历史与现实、理论与实践、神话与哲学的线，让我更加深刻地理解了法律的本质和文明的价值。希腊，这个古老的国度，用她的历史和文化，教会了我如何去游、学、悟、录，让我在法律的海洋中航行得更加坚定和自信。"史建三在笔记中这样记录。

在雅典，有许多与法治思想相关联的古代遗迹留存。雅典宪法广场，就是雅典的一处这样的历史古迹，承载着丰富的文化底蕴和深厚的历史内涵。站在这片古老的广场上，仿佛能感受到时光的流转，见证着古老雅典的辉煌与宪政历史的变迁。

宪法广场所在的希腊议会大楼，是一座庄严肃穆的建筑，展现着古典建筑的优美之美。这座建筑不仅是雅典城市的地标，更是希腊宪政制度的象征。它见证了古希腊文明的璀璨，也承载着希腊宪政制度的延续和发展。站在这里，仿佛能感受到希腊人对宪政的珍视和尊重，以及对民主制度的坚守和追求。

周边的雕塑和纪念碑则是对希腊宪政历史和价值观的生动诠释。这些雕塑和纪念碑不仅是艺术品，更是对希腊法治精神的诠释。它们见证了希腊人民对自由、民主和法治的执着追求，也彰显了希腊宪法制度的坚韧和稳固。

如今的宪法广场，不仅是历史的见证者，更是现代希腊宪法制度的象征。在这里，人们依然庄严肃穆地对宪政历史进行缅怀和纪念，也在这里，希腊宪法制度得到了当代社会的传承和发展。

"走进雅典宪法广场，仿佛穿越了时空，感受到了古老雅典的辉煌与宪政历史的变迁。这里的一草一木，一砖一瓦，都承载着希腊文明的沉淀和宪政精神的传承。愿这片古老的广场，永远矗立在雅典的中心，见证着历史的变迁，也见证着希腊宪政精神的永恒。"史建三在游学笔记里记录道。

六、通往罗马

在岁月的长河中，史建三曾三次踏足那个充满历史气息的城市——罗马。每一次的脚步都留下了不同的色彩，每一段旅程都编织了独特的记忆。

初次的旅行，他以上海律协代表团成员的身份，踏上了这片古老的土地。他们穿梭于罗马的街道，站在罗马法庭的废墟前，感受着法律的沉重与威严。

第二次，史建三作为上海仲裁委代表团的一员，再次远赴意大利。这一次，他们深入学习了意大利的仲裁制度，与当地的法学专家交流。在那些讨论与对话中，史建三逐渐理解了意大利法律文化的深厚底蕴。

岁月流转，史建三已经退休。带着对意大利的无尽眷恋，他选择了第三次旅行，这次是一场纯粹的休闲游。没有了工作的身份束缚，他有更多时间去细细品味这个国家的美丽与深邃。

三次旅行，三种不同的体验，但每一次对罗马的认识都更加深刻。

在法律的长河中，罗马显得尤为独特，其前世今生交织着法律的严谨与人文的温情。从古罗马法律的雄伟篇章，到现代宪法的民主光辉，这里的法律体系如同一幅精致的壁画，展现了历史的深度与文明的进步。

公元前的亚平宁半岛，古罗马的法律家们在尘埃飞扬的广场上辩论着法律的公正与权力的边界。《十二铜表法》铸就了罗马法的基石，而随后的《罗马法大全》更是将罗马法律的智慧传播至世界各地。那些法律原则，如同穿越时空的使者，对后世的法律体系产生了深远的影响。

今天的意大利，依然站在法律与社会的十字路口。面对全球化的挑战和社会的变迁，意大利的法律人正努力寻找平衡，试图在保护个人权利与促进社会公共利益之间找到最佳的路径。在这片古老而又年轻的土地上，法律的故事仍在继续，正如那座永恒城市罗马，始终屹立不倒，见证着时间的流转与文明的传承。

在这里，法律既是过去的记忆，也是未来的希望。它提醒着人们，无论时代如何更迭，法律的精神——公正、自由、尊严——永远是人类社会发展的灯塔。

站在元老院的废墟上，史建三被一种难以言喻的庄严感所包围。他提醒着自己，在他脚下的这片土地上，曾经铸就了法律史上的一座丰碑——《十二铜表法》。作为一个法律工作者，史建三对这部古老法典有着深刻的敬意。它不仅是罗马法的基石，更是现代法律体系的远祖。

回想那个时代，罗马社会的阶层矛盾日益尖锐。贵族与平民，权力与权利，旧秩序与新声音，在这广场上，他们的交锋如同火与冰的碰撞，充满了激烈与痛苦。《十二铜表法》的出台，是对这种矛盾的一种回应，也是对法律平等原则的一种探索。

那时的罗马，为了建立更加完善的法律体系，不惜派遣使者前往古希腊学习先进的法律知识。这种开放的态度和对知识渴求的热情，让他感到无比钦佩。它们跨越了国界和文化，汲取了人类文明的智慧，最终在罗马这片土地上结出了硕果。

《十二铜表法》的诞生，不仅为罗马带来了前所未有的法律明确性，也为平民阶层争取到了一定的权利。这部法典以其简洁粗犷的特点，奠定了西方法律体系的基本原则：法律的公开性、普遍性和不可侵犯性。在那个时代，它是对自由和公正的一次伟大宣言。

"站在这座古老元老院的废墟上，我想到了《十二铜表法》对后世的深远影响。罗马法对欧洲大陆法系的形成起到了不可估量的作用，而这部法典中的许多原则，直到今天，仍然是现代法律不可或缺的组成部分。法治的精神，公平正义的理念，从这里传承至整个世界，成为人类文明共同的财富。"史建三在游学笔记当中记录道。

而今，虽然元老院已成废墟，但《十二铜表法》的精神却永远镌刻在法律史上。它提醒着所有人，法律不仅仅是统治的工具，更是维护社会公正、保障人民权利的盾牌。在这片废墟之上，史建三对法律的敬畏与信仰更加坚定，对法律所肩负的使命与责任有了更深的理解。

七、半部世界法治史

一个卢浮宫，半部世界法治史。

在巴黎市中心，屹立着一座庞大的建筑，它就是世界著名的卢浮宫。对于许多人来说，卢浮宫是艺术的殿堂，收藏了世界上最伟大的艺术作品。然而，对于史建三来说，卢浮宫更是一座法治历史的陈列馆，展示了世界法治史的"半壁江山"。

卢浮宫里，必须要提到的还有著名的《汉谟拉比法典》。这是一段时光隧道，将史建三带回了古代巴比伦的繁华与智慧。

汉谟拉比，这位古代巴比伦国王，不仅建设了宏伟的神庙和城市，还积极进行了社会改革。他被认为是古代巴比伦社会的守护神，一个审判者与神示者。在他的统治下，巴比伦社会得以繁荣和稳定，法律得以完善。

《汉谟拉比法典》是他留给后人的宝贵遗产，也是他神圣使命的象征。史建三看到的这份复制品是一块巨大的黑色石碑，上面刻满了一系列当时汉谟拉比所制定的法规，"倘若（某人做了某事），则（会产生某种后果）"云云。这部法典不仅涵盖了商业和刑事领域，还包括了婚姻、继承等各个方面。它以清晰、简明的语言规范着古代巴比伦社会的行为，确保了社会的公平和秩序。

"当我站在这座巨石前，仿佛能感受到汉谟拉比的智慧和正义。他是一个国王，也是一个审判者，他的法典为古代巴比伦人带来了安全感和公平感。汉谟拉比不仅要管理国家，还要确保人民生活在一个公正的社会中，他通过这部法典达到了这一目标。汉谟拉比法典的历史意义无法估量。它不仅仅是古代巴比伦的法律，更是人类法律史上的里程碑。这部法典的原则和思想在后来的法律体系中得以传承，成为了人类文明的一部分。"这是史建三在游学笔记中油然而生的感慨。

卢浮宫的《汉谟拉比法典》展览让史建三更加深刻地理解了古代法律的重要性。这不仅仅是一份法律文件，更是一个国王对社会公正的承诺，是一段古老智慧的流传，是人类法治史上的一座丰碑。

八、游学人生

在百国游学中，史建三发现，尽管每个国家的历史、文化和社会背景迥异，但法治的根本目的却惊人得一致：保障人民的权利，维护社会的公正，促进国家的繁荣。法治不是高高在上的权力象征，而是根植于人民生活的实践，是对每一个人尊严的尊重。

如此游学，不仅让史建三对各国的法治传统有了更深刻的理解，更让他深刻认识到，法治精神是人类共同的财富，是共同守护的火种。在这个多元而复杂的世界中，法治是连接不同文化的桥梁，是促进国际交流与合作的纽带。

史建三的游学人生，如同一条无尽的河流，永远在向前流淌，永远在探索着法治的深刻含义。而这条河流，也将继续滋养着他的精神世界，让他的法治人生边界不断拓宽。

史建三与哈佛教授同台授课

第三十章 | 法治精神的传承

一、悄然之变

2015年秋,担任锦天城律师事务所高级合伙人的鲍方舟收到了老师史建三发来的短信,约他一起吃饭聊一聊。原来,退休后的史建三受邀参加哈佛中国律所领导力课程,要作为讲者分享律所管理实践经验,因此特地请鲍方舟来请教事务所管理和分配机制的最新情况和问题。

鲍方舟知道,史建三研究律所管理模式多年,对他来说找一手资料和信息不是什么难事,他完全没必要和他再来聊这些细节问题,也能讲得头头是道。但是,史建三更希望听到从业务第一线的律师的角度,来观察律所运营情况时的想法。这也是史建三一贯实事求是、带有田野调查风格的治学态度。

而且,这十年来,律师行业的情况也发生了巨大变化。

2004年史建三刚从锦天城退伙时，整个上海有682家律所、7129名执业律师；而到了2015年，这个数字已经变成了1409家律所，18360名律师，整体增加了一倍有余。而全市律师总创收，更是从2005年的28亿元，迅速增长到了2015年的135亿元，[①]而且每年都在以20%左右的增幅飞速增长，上海执业律师人均业务收入达到了全国第一。截至2015年，全国律师人数也达到了29.7万人，即将突破30万人的大关。

律所之间的合并与整合也在继续。2004年，华沛德律师事务所与德权律师事务所合并，成立华沛德权律师事务所。2007年，浩天律师事务所与李文律师事务所合并，成立浩天信和律师事务所。2010年，上海清华律师事务所、东欣律师事务所、华利律师事务所、国联律师事务所以及北京王玉梅律师事务所的吕琰团队共同合并组建融孚律师事务所。2011年，成立于1994年的精诚律师事务所与1998年成立的海众律师事务所合并，成立了精诚海众律师事务所。

这一次次的整合在本质上就是几家律所的强强联合与优势互补。

而到了2014年，更是律所整合之风盛行。天达律师事务所和共和律师事务所正式签订合并协议，成立天达共和律师事务所。上海邦信阳和中建中汇合并——于2023年简化名称之前，合并后的邦信阳中建中汇律师事务所一直是国内名字最长的律所。在吉林、山东等地，功承瀛泰、众成清泰等区域性头部律所也经过强强合并最终成立。2014年7月，大成合伙人与Dentons管理层首次见面——5个月后，两家律所即签署合并框架协议，一家横跨中外的巨无霸律所由此诞生。

也是从这一年开始，伴随着国际评级机构进入律师行业，一个如今耳熟能详的概念开始在法律圈传递：“红圈”（Red-Circle）律所。

[①] 资料来源：上海市律协2015年度统计。

这其实也意味着头部律所排名稳定，一个层次分明的市场结构已经逐渐形成。

事务所合并带来的最直接的结果是人数变多了，超过100人的"百人所"数量迅速上升。但是，律所的规模上来了，就意味着律所变强了吗？人数变多也意味着管理难度变大，合伙人团队都有着不同的利益诉求，如果没有共同的理念与共识，不同团队各自的诉求有时又不会直接表达出来，就会使合并之后的律所不断陷入僵局。而即使律所表面上达成了合作理念和共识，在事务所日常运营管理中依然需要做好磨合甚至碰撞的准备。律所的合并与管理问题，处理得好有利于后续的发展，处理得不好有可能成为未来发展的巨大隐患。

史建三对行业趋势的洞察，不仅停留在理论研究上。2015年11月，他登上哈佛讲台，将中国律所的管理经验推向国际舞台。讲堂里座无虚席，三十多名来自中国内地和中国香港特区的律所领导者们怀着激动的心情聆听着史建三的讲述。从史建三侃侃而谈中，他们汲取养分，为自己的职业生涯注入新的动力。

这是一个全新的课程，也是哈佛商学院首次将法律服务行业的管理与战略课题引入中国。在这个讲台上，史建三将与哈佛的资深教授们一起，探讨中外律所经营管理的真实案例，寻找提升律所领导力与管理能力的方法。

在哈佛中国中心的讲台上，史建三以长者的姿态，以学者律师的身份，为听众们描绘了一个充满希望的未来。在律所合并整合，以及后续的管理问题方面，史建三是国内的先驱，如今律所们面临的很多问题，史建三在十年前可能都已经经历过，他也很乐意把这些经历与心得分享给在座的律所管理者们。

史建三的每一句话都经过深思熟虑，如同隽永的箴言，句句切中肯綮、鞭辟入里。他不仅用案例和数据阐述了问题，更用自己的信念和洞见指明了方向。他坚信，领导力的提升是每一个律所发展不可或缺的一环，而他正是这一理念的最佳传播者。

二、立　德

古人曾说的"三不朽"，是立功、立言、立德。史建三五十岁前，参与外高桥保税区建设，缔造了国际知名的大型律所，这是他所创建的功业。在学术领域，他独辟蹊径，开创了电脑量刑、跨国并购、地方法治研究等新的研究领域，具有很高的影响力，这是史建三所立下的学术思考。而此时，史建三通过他的言传、身教，努力将老一辈的法治精神、法治感悟传承下去，这就是更重要的"立德"。

这是史建三多年的心愿。早在十几年前，他就在持续地关注着年轻律师的培养与传承。

2003年8月，清华大学法学院、上海对外贸易学院法学院、《中国律师》杂志社以及北京市巨匠教育服务有限公司联合发起了卓越律师实务培训计划，旨在帮助年轻律师成长并培养未来顶尖律政英才。

这个培训计划得到了广大上海律师同仁们的普遍认可和热烈欢迎，他们深知这是一个培养未来顶尖律政英才的大胆尝试，也是一次革新传统律师培训理念的变革。为此，由史建三和18位资深执业律师组成的专家团队，被弥足珍贵地选为首批特约教授。他们兼具实践经验与理论修养，以期通过这些独具魅力的组合来共同实践这个前所未有的律师实务培训项目。

自项目启动以来，特约教授们展现出的专业水准和敬业精神给所有人都留下了深刻的印象。他们均已在各自领域内崭露头角，取得了显著的成绩，而他们对于法律实务培训的热情更是令人钦佩。他们既是法律界的领军者，也是法治建设与社会进步的推动者。他们即将于一年内肩负起培训 100 名京沪地区法律新人的重任，如此庞大且精准的培训量堪称业界之冠，这足以证明他们对于推动我国律师行业发展和推进法治进步所献出的坚定信念与不懈努力。

其中，史建三带领他的研究团队，用专业的态度对教学实践中的案例进行精心整理和研习，将调研所得的重要观点和精华要点逐一总结，以便培训对象能够更好地掌握关键原理。同时，史建三还响应该项目组织者潘跃新的倡议，参与建立优秀学员奖学金基金会，慷慨拿出资金，用以奖励那些表现突出、却因资金不足而无法接受完满培训的学员们，这种无私奉献和责任感进一步显示出他对该项目的坚定支持和大力推进。

在此之前，史建三曾提出免除讲授课程和组织培训的劳动报酬。此外，他还主动提出推广优秀学员奖学金基金会，旨在对那些表现出色、但是因为经济上存在困难无法完成培训的学员给予援助。这些都是史建三在法律道路上的宝贵实践成果，也充分展现出他对未来专业人才培养的深入思考和坚定决心。

三、传递精神

2020 年 6 月 28 日，上海正值疫情期间，史建三接受智合新媒体的邀请，以一场在线直播的形式，将他多年的律师执业心得呈现在了广大观众面前。那一刻，数万名律师和法治爱好者通过网络平台，得以一睹他的风采，收获他宝贵的经验。

在那次分享中，史建三深入浅出地讲解了自己在律师执业中坚守的原则,让人感受到了他对于法律的敬畏和对于职业的热爱。他说:"思利及人,我们要时刻为客户着想,理解他们的需求;审时度势,我们要善于观察和分析,把握每一个案件的关键;善于合作,我们要相信团队的力量,携手共进;智慧做局,我们要用智慧去解决问题,而不是仅仅依靠法律条文。"

这些话,是史建三几十年来实践后的感悟心得,他希望这些经过无数次成功或是失败所锤炼出的经验,可以照亮更多律师在将来前行的道路。

史建三不仅是这样说的,更是这样做的。在他的执业生涯中,他始终坚持这些原则,用实际行动去践行自己的信念。每一个案件,他都用心去对待,每一个客户,他都用心去服务。他的这种精神,不仅赢得了客户的信任和尊重,更为整个律师业树立了榜样。

他的分享,如同一股清泉,滋润了无数律师的心田。那些还在迷茫中的年轻律师,那些还在探索中的法律爱好者,都从他的分享中找到了方向。他的经验,他的感悟,都成为了他们前行的动力。

史建三的这种分享精神,也展现了他勇于创新和拥抱新媒体的精神。在疫情期间,他选择了在线直播的形式进行分享,这不仅方便了众多学习者,还展现了他与时俱进的精神。他知道,只有不断创新和拥抱变化,才能更好地服务于社会和人民。

在师董会的读书会,也是通过在线直播的方式进行。没有实体书籍的触感,却有思想的碰撞和心灵的交流。朱国华教授主持的这场读书会,主题是"环境变化、职业转换与学者生涯",它不仅是一次学术的讨论,更是一次心灵的对话。

作为在法律界耕耘多年的学者,史建三将自己的经历和智慧如同滔滔江水般倾泻而出,那22万听众,或许有的是初出茅庐的年轻学子，有的是同道中人，他们在这个平台上汇聚，共同感受这场知识的洗礼。

史建三讲述了他在上海这片个性张扬的土地上，如何一步步筑梦律师事务所。他的故事，如同一部城市的发展史，既有个人奋斗的艰辛，也有时代给予的机遇。在逆境中，史建三展现出的逆商、情商和智商，成为了他不断前行的动力。

他的"生命不息、奋斗不止"的信念，不仅是对自己的激励，也是对每一位听众的鼓舞。他对律所未来模式的见解，对上海社科院研究所工作的条件要求，对职业选择的建议，无一不体现了他对时代脉搏的敏锐洞察和深刻理解。

史建三用自己的经历告诉在场的年轻学生们，在这个变幻莫测的时代，唯有不断地学习和适应，才能在职业的长河中乘风破浪。面对选择时，唯有深刻的自我认知和对社会的敏感洞察，才能做出最适合自己的决策。

互联网的大潮已经来临，律师行业也出现了越来越多的新事物。

早在史建三退休之际，互联网生态就已经开始悄然进入了律师行业。2014年，"无讼"平台上线，开始大力应用大数据、人工智能和云计算技术，在法律服务和法律科技领域积极探索，打造出了多款法律行业热门的互联网科技产品。国内的法律科技类企业也在2014年开始加速冒泡：2013年创立的法律科技公司约为12家，2014年则飙升至33家。在企业融资方面，2014之后的数年间。每年融资的法律科技企业数量保持在10~20家的水平。随着人工智能等新技术的发展，信息技术正在成为法律工作的重要辅助工具。

三十年前，史建三和弟弟史幼迪在家中捣鼓着电脑，正设计着第一代电脑量刑系统时，是否会想到，只是一代人的时间，计算机技术就彻底改变了法律工作,成为律师、法官和其他法律工作者们离不开的工具。如今蓬勃发展起来的"法律+互联网"业务,都可以算是当年他们那个略显简陋的电脑软件的回声。

但是,信息技术也给法律行业带来了挑战。

运用人工智能技术,实现基础法律文书起草和审查的智能化、自动化。比如输入相关关键词,完成合同、协议、函件等文书范本的起草和审查,以及一般的日常法律建议。但是,人工智能会不会终将取代律师们呢?如果人工智能不仅可以替代完成一些重复性的、辅助性的工作,而逐步在那些涉及需要共情、经验判断、权衡利弊等核心节点发挥作用,那法律行业将何去何从?

至少在这一阶段,人工智能就已经可以替代一个律师助理大部分的工作了。史建三也在思考着这一问题,但法律界究竟将会如何予以回应,那还需要更下一代人的思考与实践。

史建三的很多学生们,也都在各自的工作领域中寻找对应的答案。曾经与史建三共同开展中国律所行业研究的年轻律师张浩,此时已经是上海瀛东律师事务所的主任,他和团队一起开发出了一个覆盖全国的债权处置平台,正受到律师行业的关注。而瀛东律师事务所所在的"瀛和律师联盟",更是在"法律+互联网"业务上多有进展,孵化出了赢了网、法大大、原创宝等生态项目,要构建起一个"从链接到赋能的立体法律服务网络"。所以史建三还专门请张浩,以及瀛和律师联盟的创始人董冬冬律师,来为他和学生们(此时已经都是律师界与企业界的翘楚)进行讲解。在交流中,相互分享关于法律行业未来的见解。

未来将会怎样呢?目前仍然还是未知数,但未来将要往哪里发展,则要取决于这些年轻一代人自己的选择。

四、回到法学所

退休后的史建三,他的视线从未远离他曾经奋斗过的那个舞台。他的心也始终保持与时代的脉搏同步跳动。

2020年7月15日,上海社会科学院法学研究所邀请史建三,作为法学所的"学术前辈",为全体党员上了一堂题为"践后悟:学者生涯"的党课。让全体党员跟随着史建三的个人成长历程,回顾了我国的改革开放史。史建三回顾了过去的几十年他所经历的这段传奇般的经历,讲述了自己踏遍了法律学术界与实务界的每一片土地的条条足迹。

从华政科研处副处长到上海保税区政策法规研究室副主任,从锦江集团首席法律顾问到创建锦天城律所,再到上海社科院法学所教授,他在每一个岗位上都倾注了全部的热情与智慧,都播撒了法治的种子,都收获了累累硕果。

对在座每一个青年科研人员来说,已经退休的史建三是一个传奇般的存在,他退休之后,原本的那些故事还在为这些年轻人们所津津乐道。这一次,史建三就以自己的真实经历告诉青年学人们,无论身处何种岗位,都要深耕细作,无论面对何种挑战,都要勇往直前。他的宝贵经验,指引着后来者如何在科研道路上稳步前行。

在那个下午,史建三的声音在会议室里回响。他谈到,党的十九大不仅是国家的大事,更是每一个中国人的大事。他的人生与党和国家的发展紧密相连,他的成就与时代的进步息息相关。他的每一个选择、每一次转变,都与党的指导和国家的政策紧密相连。

史建三的分享,让在场的每一个人都深受触动。在场的年轻学者们说,"史建三的故事,不仅是他个人的辉煌,更是时代给予我们的宝贵财富,他的智慧,是我们的灯塔,他的经验,是我们的财富,他的精神,是我们永远的追求"。

在场的很多年轻学者中,很多都曾经在史建三的研究团队中共事过。学术秘书尹晓文,在大学本科毕业后刚进入法学所时,有一年多时间还是史建三私人在为她支付工资。有一件事情她至今记忆尤深:当初她得到这份工作的契机,是因为史老师需要有人帮他处理一些收集资料、整理材料等基础工作,当时她的实际身份还是锦天城的律师助理,史建三曾经郑重地和她讨论过今后的职业方向,认真询问了她对于未来的规划,是打算成为一名律师,还是继续在学术机构里工作,并为她提供了相应的建议和意见。尹晓文说,后来她最终能够正式留在上海社科院工作,也与史建三的帮助密不可分。

成为法学所的行政人员后,尹晓文与史建三直接交流的机会渐渐地变少了。直到这时,她才完整地了解史建三精彩的学术人生。

在宁静的上海社科院法学研究所的432会议室里,史建三的声音温和而坚定,他的党课不仅是知识的传递,更是智慧的火花,在那个午后悄然点燃。

面对后辈学人们,史建三总结了六条学术心得,这是他对于学术研究深刻理解的结晶——思利及人,先人后事,这是他的研究出发点;审时度势,顺势而为,这是他的研究方法;跨界研究,利于创新,这是他的研究态度;善于合作,巧借外力,这是他的研究智慧;行万里路,集百家智,这是他的研究广度;智慧做局,引领研究,这是他的研究境界。

史建三分享的四个学者生涯的真谛,更是对人生的深刻思考。思利及人,造福社会,惠及家庭,愉悦身心,这四点构成了他学术生涯的完美圆环，也是他为社会创造价值的源泉。

史建三的言传身教，为在座的年轻学人们树立了榜样。全程认真聆听的彭辉研究员，曾经与史建三一起完成过多个地方法治课题，他在会后感慨地说："史老师尽管退休两年，但依旧保持对党国各项事业的高度关注，而他的人生更显传奇，只能被模仿，从未被超越，在每一个行业深耕细作，收获了累累人生硕果，给青年科研人员如何顺利成长提供了鲜活案例和宝贵经验。"

讲座的最后，时任上海社科院法学所所长的姚建龙研究员作了感谢词，对史建三的这场特殊分享给予了肯定，同时也对史建三四十年学术生涯表示了尊敬。姚建龙所长说："史建三老师的学术精神和人生态度，是每一位党员学习的典范。史建三的治学之道，他的人生观，无不体现了一个学者的博大胸怀和深沉智慧。"

在史建三的这堂分享课之后，每一位听众的心中想必都种下了一颗种子，这颗种子在未来的日子里将生根发芽，成长为律师群英之林中的参天大树。

五、"朴"的传承

2023年，在二姐史文朴的组织之下，史建三和家人们一起聚首在了距离上海不远的昆山。

家庭也是另一种形式的传承。经过几代人的开枝散叶，那个曾经在广福里新式里弄一隅的小家庭，家庭成员已经越来越多，这个大家族如今的行动轨迹已经遍及天南海北。

在昆山的碧绿山川中，他们一家人获得了难得的团聚，欢声笑语如清风掠过湖面，悠扬而轻盈。二姐是此行的向导，将这次的团圆之旅策划得精彩绝伦。

他们一起游览了明末大思想家顾炎武的故居，在这个地方，四百多年前，顾炎武曾经喊出"天下兴亡，匹夫有责"的口号，至今依然振聋发聩，言犹在耳。其学问浩瀚如海，涉及经、史、子、集，无所不包。其为学之道，旨在经世致用，而非空谈误国。其考据之法，文朴而细致，不尚浮夸。其探索之精神，更是创辟路径，不蹈前人旧辙。如此大家，自然引得后人无数敬仰的目光。

在这里，史建三和家人们不仅领略了历史的深度，更偶然发现了二姐名字的渊源——二姐其名为"文朴"，鲜为人知其真含义。

"朴"是顾炎武为文治学的核心思想，他本人也因注重考据实证、经世致用的治学风格影响深远，被后世尊为清代朴学的开山鼻祖。顾炎武所提出的"士当求实学""君子为学，以明道也，以救世也"等观点，都是他朴学思想的一处注脚。他倡导的"文朴"之风，犹如清泉，滋养着明朝晚期至清朝初期的学术天地。他的影响，如同澎湃壮丽的江河，源远流长，至今仍鼓舞着我们这一代人。所谓"文朴"，其实就是为文以朴——不论是做学问还是求道理，都要讲究明道、求实，用所思所学，匡济天下，拯救这个时代的弊端。

如今，站立在顾炎武故居门前，史建三张开想象的翅膀，思索着父母为何赋予她这样一个名字的意义。或许，父母期待她能像顾炎武那样，学识渊博而内敛，为人诚挚而不掩饰。又或许，这是父母对所有子女的期待，希望他们在这个风云激变的时代里，把握住时代的脉搏，用自己的学识与能力，趁着眼前大显身手的机会，踏踏实实做出一番有益于社会的事情。

文朴二姐如今已步入古稀之年，但她的精神却如新星照耀。她的勤奋与淳朴，让史建三感受到了一个名字背后所蕴含的力量与智慧。

第三十章 | 法治精神的传承

一个名字，它可能是一个家族的希望，它也可能是一个时代的缩影，它还可能是一种精神的传承。

而这样的精神，也将经过史建三和姐弟们的手，继续传递下去。

附 篇

作者按：在史建三数十年的职业历程当中，留下了无数可圈可点的回忆。有值得一提的法律案件，也有担任仲裁员、上市公司独立董事等工作的成果与感悟。此外，同样珍贵的还有学生们所铭记的点滴回忆。在此将其一并收录，来更全面地展现史建三的多面而精彩的人生，供读者飨。

附篇一 | 第一宗跨国并购案件

这是史建三受理主办的第一个跨国并购案件，那时，他还在担任锦江集团首席法律顾问。这是个小案件，但在此前中国的跨国并购领域却是寥寥无几。这对于一个从未涉足过跨国并购法律服务领域的律师来说，恰到好处。

这是地处东京赤坂的一家名叫"景德镇饭店"的中国餐馆。据了解，景德镇饭店是 1973 年开设的。当时是根据中国大使馆的提议，一位出生于上海的日籍华人出资，作为解决中国赴日代表团就餐而建的高级中国料理店。该饭店在当地具有较高的知名度，属于东京赤坂地区四大著名中国料理店之一。二十多年里，这位华人老板娘悉心打理着这家饭店，除了做餐饮外，还经营中国景德镇瓷器的贸易。

而到了 1996 年 3 月，老板娘不幸故世，而她的丈夫无意经营，故停业待售。

X 集团以酒店业为主，并从事物业管理、游乐、客运、商贸、房地产、金融等多种行业经营,是跨行业、跨地区、跨所有制和涉外经营的大型第三产业企业集团,已在美国、韩国、新加坡等国设立子公司,并一直设想在日本东京设立一个窗口。

1996年5月,上海某国企在日本的分支机构——S国际株式会社社长致函X集团总裁,希望与X集团合作,收购景德镇饭店。日本国际贸易促进协会理事长中田庆雄向S国际株式会社推荐了这个饭店,希望能有一家中国企业来出资收购,继续保持中国料理的业态。而S国际株式会社认为这是一个很好的机会,却苦于没有餐饮经营经验,故希望与具有丰富餐饮经营管理经验的X集团共同收购。

鉴于跨国收购涉及诸多的对外直接投资问题和法律问题,X集团考虑聘请一位经济和法律复合型的律师参与此项收购业务。此时史建三正在攻读经济学博士学位,专业研究方向就是跨国直接投资,而且作为锦江集团首席法律顾问,按照当时的制度,他可以处理此类案件的法律事务。于是,X集团就委托史建三来负责此项收购业务。

由于第一次接受此类跨国收购案件,手头又没有现成的资料可供借鉴,所以史建三不得不花费几天的时间考虑整个收购过程中每一个可能碰到的细节问题,这些细节问题涉及哪些法律,收购过程中可能会遇到哪些障碍,如何克服这些障碍等。

首先,史建三分析了该案各方的心理状态。日方出售饭店的原因是善于经营饭店的业主过世,其丈夫在饭店经营方面既无经验也无兴趣;其子是子承父业,醉心于日中文化和体育交流事业;若委托他人继续经营又怕承担风险。故尽快出售饭店经营权及各类饭店设施及物品是其唯一的选择。尽管开出的出售价为60万美元,但可以断定有较大的弹性。S国际株式会社愿与X集团共同收购该饭店的动因何在呢?据了解,降低经营成本,肥水不流外人田是其主要动因。S国际株式会社每年要招待日本的贸易伙伴几十批，接待中国访日的代表团几十批，如果能有自己参股的饭店，可以大大降低招待费用，同时他们继续看好日本的中餐市场，可以通过参股获得收益。X 集团的收购目的主要是希望抓住日本旅游业逐步回升、外国公司进入日本成本低等有利时机，设立海外窗口，拓展海外事业，并将该集团的相关产品和服务打入日本市场。

其次，史建三作为 X 集团委托的律师，主要从委托方的角度出发，拟订收购饭店的可行性研究计划。该计划包括了日本投资环境和投资法律的概况；日本餐饮市场及饭店所在地中国料理店的数量、规模、餐价水平、平均上座率、人均消费额；中国料理店中日本人、外国商务旅游客人及中国商务、旅游客人的比例；中国公司在饭店所在地的数量、中国商务代表团、旅游团在中国料理店中的用餐比例；餐馆经营成本，如餐饮用料、人员工资、税费支出所占比例，当地餐馆聘用经理、厨师及其他人员平均工资水平、集团赴日人员住宿安排及价格标准；饭店所在地当时的房屋租赁、押金及管理费价格；日本法律对外国投资者经营饭店有何具体规定等。

再次，史建三又列出了收购过程中会碰到的主要问题及应对策略。收购价格和店铺租赁价格谈判是此项收购能否成功非常关键的问题。在饭店经营权及各类设备和物品收购价格问题上，日方的报价是 60 万美元，而我方收购的心理基价为 20 万至 25 万美元；在店铺租赁价格问题上，我方将和房主——日本共同建物株式会社谈判，该会社提出的租赁条件为：签署意向书时支付保证金 70 万美元，押金 5 万美元，每月房租及管理费 2.7 万美元，而我方希望免除 70 万美元的保证金，并尽可能降低租金。为了使谈判双方能最后就价格问题达成一致，史建三做了谈判前的大量调查工作，并拟订了谈判方案。

收购过程中另一个十分棘手的问题是，跨国收购属于海外投资的一种方式。海外投资项目的审批非常严格，凡中方投资额在100万美元以上（含100万美元）的项目，其项目建议书和可行性研究报告由国家计委会同有关部门审批；合同、章程由外经贸部审批并颁发批准证书。即使中方投资额在100万美元以下的项目，也必须符合国家海外投资的方针，其项目建议书、可行性研究报告以及合同和章程，须报当时的国务院各部门和省、自治区、市计委审批，原国家计委和外经贸部备案，并由外经贸部审核颁发批准证书。如果他们的收购要通过上述审批程序，那么在时间上少则半年，多则可能超过一年，而日方业主将三个月作为必须完成收购的前提条件，否则就将出售给其他购买者。为此，史建三与一同来日本负责收购过程中投资财务问题的同事商议，认为必须策划一个借"船"出海的方案，在尽可能短的时间内合理合法地完成该项收购业务。

最后，史建三还就整个收购过程涉及的日中两国主要法律进行了收集和研究，对律师所需起草或审核的法律文件做了初步的打算和准备。

这项工作真是不做不知道，一做吓一跳。他刚接触到一点皮毛，就发现跨国收购所涉及的法律问题可真多。收购日本饭店并开展经营活动，涉及日本的许多法律，如公司开设的许可和注册登记、外国投资者财产申报与公司法人需缴纳的法人税、法人都民税、法人事业税、消费税及特别地方消费税；投资经营、技能和企业内调动长期签证的办理；日本劳工和外国劳工的雇佣、雇佣保险费、劳灾保险费、团体保险费和国民健康保险费的缴纳；融资贷款规定、食品卫生管理规定、消费者权益保护规定；等等。涉及的中国法律主要包括中外合资经营企业法、海外投资办企业的审批程序和管理办法、外汇管理法、出入境管理法等。需要律师起草或审核的文件主要分为两类：一类是在国内生效的文件，如X集团与S国际株式会社关于合资设立QQ国际株式会社并共同收购景德镇饭店的意向书、可行性研究报告、合同、章程等；另一类是在日本履行的法律文件，如新公司在日本设立所需要的章程、收购饭店所需要的经营权及经营物品转让协议书、店铺租赁合同等。

完成收购日本饭店的总体构思和策划后，史建三和X集团派出的工作人员组成工作小组，踏上了赴日考察和谈判的征程。

在S国际株式会社的配合下，他们实地考察了景德镇饭店的地理位置、周边地区的日本大公司用餐情况、日本餐饮市场的基本数据、类似景德镇饭店出售的大致行情。访问了数家与景德镇饭店规模相似的中国料理店，并与店主就餐馆经营成本进行了交谈。向日本一家会计师事务所的会计师咨询了在日本设立新公司所需的各项手续、设立饭店时的各项手续、在日本经营的税务问题、外国人经营饭店需要注意哪些法律问题等。在全面了解情况后，他们排出了谈判的顺序，决定先和共同建物株式会社进行店铺租赁的初步谈判，再和饭店业主进行经营权及经营物品收购的谈判。因为他们在考察中了解到，共同建物株式会社的出租报价已经低于当时日本该地区该等级房屋租赁平均水平，所以价格谈判中的弹性相对比较小；而景德镇饭店经营权及经营物品出售的价格可比性小，如不在一定时间内转让，就无法收回其在共同建物株式会社70万美元的保证金，所以价格谈判的弹性很大，把它放在后面谈，可利用共同建物株式会社对景德镇饭店施加压力，以达到心理价位。随后，他们将谈判所准备的内容及顺序向X集团总裁作了汇报并得到确认。

一切都在按部就班地进行。在与共同建物株式会社的店铺租赁价格谈判中，史建三代表收购小组向对方分析了他们对日本餐饮市场的看法，阐述了投资经营的前景并不如景德镇饭店预测的那么美好的理由，提出了免除保证金并降低房租对于增强收购者的信心以及保证该店铺不再放空的意义。经过两次会谈，共同建物株式会社同意在将押金由原来的5万美元增至15万美元的条件下，免收70万美元的保证金，每月的房租及管理费由原来的2.7万美元减至2.4万美元，并表示愿意配合X集团方面做好景德镇饭店一方降价的工作。

在得到共同建物株式会社愿意配合的承诺后，他们胸有成竹地同景德镇饭店打起了降价大战。在一番相互寒暄之后，史建三要求景德镇饭店原业主的丈夫及儿子详细列举经营权的主要内容及经营物品、设备的清单，并根据清单查验了实物。之后，双方共同探讨了对收购经营权以后预期收益问题。史建三等收购方代表谈及了许多赴日经营面临的困难、降低收购价格对说服X集团领导作出决策收购的作用等。在这些铺垫之后，收购方代表说明他们的意向价格：他们打算以对方报价四分之一的价格——15万美元，来收购饭店经营权及经营设备和物品。

这一下，差点没把老头给气昏过去。愣了好一会儿，才用史建三身边的日语翻译听不清的音量，对着其儿子耳语了一番。然后，他儿子对史建三等人说，这样的价钱他们无法接受，他们不打算卖了。面对此次谈判这样的结局，史建三等人泰然处之。在告辞前，史建三等人交代说："我们明天就要回中国了，你们什么时候想再谈，可以通过S国际株式会社与我们沟通。"

这些都在史建三等人的预料之中。回国后，史建三不急不慢地等着来自日本的消息。不久，他就得到信息，景德镇饭店在共同建物株式会社的压力下，同意再进行谈判，并希望收购方考虑到他们一家对中日文化和体育交流所做的贡献，能否把收购价提高至 20 万美元。这一价位处于 X 集团原先 20 万到 25 万美元预算的最低处，经 X 集团领导同意，X 集团和 S 国际株式会社最终以 20 万美元的价格收购了景德镇饭店的经营权及经营设备和物品。

市场调查和价格谈判完成后，可行性研究报告初稿也随之完成。经过 X 集团总裁办公会议讨论研究，作出了正式收购景德镇饭店的决策。

接下来的问题，就是如何在尽可能短的时间内完成组建合资公司，共同收购景德镇饭店的任务了。其中的一大难题是海外投资的审批程序。

根据《关于加强海外投资项目管理意见的通知》（国发〔1991〕13 号）的精神，如果此项收购按新的海外投资项目进入审批程序进行常规操作，时间上无法得到保证。有无其他的合法途径在较短的时间内达到收购目的呢？

这时，X 集团投资发展部为史建三等人提供了一条重要的信息。该集团有家下属公司曾与日本大厦株式会社在 1987 年搞过一个在日本合作经营中餐馆的项目。由于该合作项目属于餐饮技术输出项目，有利于为国家创汇，却不涉及外汇的流出，所以该项目很快得到了上海外经贸委[①]的批准。该合作项目的合作期限为十年，但是在合作两年后，由于日本的合作伙伴无法按合作合同的要求办妥中方餐饮技术人员的派出签证，故该海外项目不得不无限期中止。据向上海外经贸委了解，尽管历经几次海外项目的清理，该海外合作项目的"户口"仍还保留着。

在 X 集团投资发展部的努力下，上海外经贸委在征得外经贸部的同意后，允许他们沿用原来的"户口"操作。于是，史建三和组员们

[①] 上海市对外经济贸易委员会的有关职责后划入上海市商务委员会。

赶紧起草了一份《关于日本"上海QQ饭店餐厅"变更名称、性质、合作对象的请示》，附上可行性研究报告、合同、章程，上报上海外经贸委。一个月之后，就得到了上海外经贸委同意的批复。项目性质由合作改为合资，日方合作对象由日本大厦株式会社改为S国际株式会社，经营范围也得到了进一步的扩大，由原来单纯的餐饮服务扩大至旅游代理和投资咨询等。

随后，史建三和组员们又落实了资金汇出的法律手续，根据日本入出国在留管理局的规定，为全体派出人员顺利出国办理公证手续。1996年10月，首批派出人员赴日本接收景德镇饭店，并开始改建装修等筹建工作。1997年1月，X集团在日本注册的"QQ国际株式会社"正式领取了营业执照。2月，召开QQ国际株式会社第一次董事会，确认了董事长人选和社长人选，收购景德镇饭店并改换门庭后的QQ国际株式会社在日本正式开业。

回顾收购中的法律服务过程，由于案件较小，整个并购过程并不复杂，加之事前准备也较充分，所以这件事情总算是圆满完成。在后来的几年，史建三又经手了几个跨境投资并购项目，逐渐积累了这一领域的法律业务经验。

附篇二 | 国家重大项目西气东输服务案

一

2004年1月1日的元旦佳节，举世瞩目的西气东输工程正式向中国的经济中心上海商业供气。来自陕西靖边的天然气源源不断输往上海，代表着中国西部大开发的标志性工程——西气东输东段工程胜利建成投产，中国西部的资源开发以及管道沿线的经济发展和环境保护将因此获得巨大推动力。

西气东输工程，西起新疆轮南，经甘肃、宁夏进入陕西，在陕西的靖边与长庆气田连接，再穿越黄河经山西、河南、安徽、江苏、浙江，东抵上海，工程总投资达到1200亿元以上——是我国进入新世纪后启动的最大工程。西气东输工程的实施对我国经济的发展具有重大的战略性意义：一方面，西气东输承担着改善我国的能源结构的作用，使我国现有的以煤炭为主的污染能源消费逐步转变为以天然气为主的清洁能源消费；另一方面，西气东输工程还承担着扩大内需、拉动西部经济增长的重任，堪称我国经济发展的一个有力的"助推器"。

上海是西气东输工程在东部地区的最大用户，该工程的实施将给上海提供一个调整能源结构的良机，改善上海以及长江三角洲能源紧缺的现状，并有力推动上海经济的发展。据当时的权威部门预测，西气东输工程在上海地区投入使用后，到2020年，城市天然气在上海市能源结构中的比重将达到7%——这个估计从今天看其实是保守了，事实上，上海在"十三五"时期（2016—2020年），天然气和非化石能源占比已经分别提升到了12%、18%，远远超过了二十年前的预期。

按照规划，整个西气东输项目的工程分为东段和西段。东段从陕北靖边到上海，全长1485公里；西段从新疆轮南到靖边，全长2500公里。靖边—上海段的输气管道工程于2004年年底建成投产，先期从长庆气田向上海供气，2005年年初，则改由新疆轮南到靖边段的塔里木天然气向上海以及长江三角洲东部地区供气。

然而，在2004年元旦这个项目顺利通气的背后，则是无数人付出的艰辛努力，其中就包括史建三和易芳团队律师加班加点的工作。

二

"西气"其实早在2003年的10月就已经抵达了上海，从当日起，"西气东输"末站——青浦白鹤站开始接收自陕西靖边源源而至的西来之气，但尽管所有的供气条件都已具备，上海这道门始终没有打开。原因就在于，中石油西气东输管道公司与上海方面的上海天然气管网有限公司（以下简称上海管网），始终没有就供气问题达成合作协议。

西气东输工程中入沪部分的天然气购销协议项目是以中国石油为

买方，上海管网为卖方而进行的，为此，双方将签署一份为期20年、交易额高达600亿元、具有照付不议特点的西气东输天然气销售协议。为最终签署该协议，双方自2002年即开始了协商，并在2003年1月至12月底为期一年的时间里集中展开了一系列的合同谈判工作。上海管网作为中间运营商，肩负着承上启下的中轴作用，其一方面承担着从中国石油购入天然气后再将所购天然气销售给包括电厂、工业用户和城市燃气用户在内的涵盖整个上海地区的各类型用户；另一方面还承担着西气进入上海地区以后的全部的管输工程的建设任务。

西气东输工程的天然气购销模式采用的是目前国际上通用的"照付不议"合同模式，同时，西气东输工程也是我国首个真正意义上采用"照付不议"合同模式的天然气项目。"照付不议"取自英文"take or pey"，除"照付不议"外，合同还包含"照供不误"的含义，即合同中要求买方承诺最低用气量支付义务，如果实际用气超出买方承诺最低用气量，就按照实际用气量付款，少于它，就仍要按最低用气量付款，而且用户的付款行为要在银行的监督下执行（卖方出具银行保函）。"照付不议"合同要求以最严格的商业信用和合同法律文本来落实天然气买卖双方的各项权利义务，并保证上游、中游投资的回收和盈利。"照付不议"合同模式对合同双方的谈判工作均提出了很高的要求。

根据规划，西气要从2004年1月1日起正式供应上海，这不仅是商业谈判问题，更是一项政治任务。因此，合同谈判至迟应在2003年年底完成，从而确保双方能在预定的正式供气日期前签署正式合同，以及西气能在预定时间顺利供应上海。协议迟迟未能签订的问题也引来了媒体的关注，对外部媒体，项目组宣称签约的障碍"主要是一些技术问题"，"比如调峰问题、技术参数测算问题、财务结算问题等，难度很大"。

但实际上，分歧还远远不止于此，价格问题才是真正的敏感点。

"西气"的价格事实上包括了气价和管道输送费。管道输送费是由国家规定的，气价则可以在国家指导价基础上上下浮动10%。而"西气"到上海后的价格，中国石油方面已提出两种算法：一种是采用每方1.32元的综合价，另一种是按照三种类型用气单位的用气量分别计算——发电用气的价格为每方1.15元、工业用气价格为每方1.27元、城市生活用气为每方1.46元。

很明显，同样的"西气"，不同类型的用气对象所支付的价格差别很大。而中国石油与上海管网一个很大的分歧恐怕正是各类型用气单位的用气数量。如把发电用气的数量多计，城市生活用气的数量少计，价格总额就会下降很多，反之则上涨不少。

这个看似几毛钱的小问题，在未来大量供气后就会成为可能涉及数亿元资金的大问题。据初步估算，如果以工业用气的价格计算，每天供气约620万立方米，中国石油与上海管网签订的20年用气的合同金额总计高达600亿元。

三

上海管网将这一项目交给了锦天城律师事务所，锦天城则组成了以合伙人史建三为主要负责人，资深律师易芳为具体承办人的律师团队，为本次西气东输入沪部分的工程项目提供法律服务。

而对面的，则是世界知名的顶级律所。因为中国石油高度重视上海管网的本次谈判，不仅把西气东输工作组的主要力量集中在上海，还专门聘请了全球最大的顶级律师事务所贝克麦坚时律师事务所香港分所作为本次谈判的专项法律顾问。而且,按照国家确定的"全线开放,全面对外合作"的原则,在与上海管网进行合同谈判之前,中国石油已经与包括壳牌公司、俄罗斯天然气工业股份公司在内的壳牌投资集团,于 2001 年 12 月 29 日签订了为完成西气东输合营框架协议奠定基础的阶段性协议。这意味着本次谈判对象,除了已经十分强大的中国石油,还依稀可见中国石油背后国际石油巨头壳牌投资集团若隐若现的身影,天然气行业虽然在中国尚属新兴行业,但在国际上特别是欧美发达国家则是一个业已非常成熟的行业,国际石油公司对此亦已累积了十分丰厚的经验,国际石油巨头的介入更加增加了本次谈判的复杂性和难度。

史建三和易芳自 2003 年 1 月受聘担任上海管网的专项法律顾问以来,一方面为谈判工作小组成员进行合同法律知识培训,为协议关键条款进行法律论证,向上海管网的下游用户介绍销售协议基本框架;另一方面,也为双方的会议纪要进行法律把关、起草、修改、审核保密协议、销售协议及来往函件,参加销售协议谈判等。

当时,上海管网专门成立了一个层次分明的谈判梯队:合同工作小组和谈判小组。合同工作小组成员由公司主要领导和各相关部门负责人组成,公司董事长亲任组长,总经理、分管副总经理任副组长;谈判小组成员则由公司各相关职能部门包括市场部、计财部、总工程室的骨干人员和史建三、易芳两位律师共同组成。合同工作小组和谈判小组几乎聚集了公司全部的高级管理层和骨干人员,谈判小组负责包括谈判前期准备、合同谈判、文件拟草等在内的涉及合同谈判的各项具体工作,受合同工作小组领导并定期向其汇报工作进展。

为保证项目最终顺利完成,除在与谈判小组人员共同协作、集思广益、群策群力合作之外,史建三和易芳还在结合项目特点和上海管网实际情况和需求的基础上,从专业角度针对整个项目提出了包括咨询、进行法律论证、提供法律意见等在内的一系列的法律策划,包括确定明确的谈判目标、谈判原则和谈判策略,协助落实配套制度、提出分块谈判的建议等。

基于上述认识,在合同谈判的前期准备阶段,史建三和易芳协助谈判小组分别制订了与上游谈判和与下游谈判的不同的谈判原则和谈判策略。2003年年初,中国石油向上海管网提供了一份共计39条、309款,长达100多页的天然气购销协议的合同初稿,该合同文本从最大角度极尽可能地维护了卖方的利益,双方权利义务极不对等,显失公平。针对中国石油提供的合同文本,律师在与谈判小组其他成员共同认真学习、研究的基础上,协助上海管网方面确定了不同的谈判阶段的针对上游不同的谈判策略,如第一阶段在确定坚持据理力争的谈判原则的基础上,采取"严防死守、坚守阵地"的谈判策略,在谈判进入到第二阶段,则根据谈判进程适时地将谈判策略调整为:"借用外力、抓住要害、有效调整"。同时,针对下游用户的用气意向,确定与下游用户的谈判策略,即整体维持与上游签署的合同框架不变,适当保留一些空间,尽力分散风险,将风险合法和有效地传递给下游用户。

由于双方谈判内容涉及天然气技术条件、计量和质量,付款结算,担保安排,商务条款,法律条款等各个方面,内容十分复杂,每次谈判时,如果方方面面的内容俱到,一来,双方将很难深入交流和真正解决问题,容易使谈判流于形式;二来,双方所有的谈判人员每次都要到场,无形中增加了不必要的谈判成本。针对该情况,为提高谈判效率,推进谈判进程,史建三向上海管网提出了分块谈判的建议,即按照合同内容分成法律、商务、技术和财务四大板块,由双方就该四大板块组织专题谈判。在上海管网内部，同样按照四大板块进行分工，落实责任，商务方面主要由市场部负责准备，技术方面由总工室负责，财务方面由财务部负责，律师则在主要负责法律条款的同时还整体兼顾。在进行过两轮的整体谈判后，双方开始组织专门人员按照划分的四大板块内容进行专题谈判，大大提高了谈判效率，降低了谈判成本。

西气东输工程项目是我国第一个严格意义上采用国际通用的"照付不议"合同模式的项目。在此之前，尚没有国内的律师事务所介入天然气行业，在国内同行业中无现成的专业经验可供借鉴，而合同谈判中涉及大量的天然气领域的专业技术问题，因此要更好地提供服务，必须迅速地掌握天然气工业的行业特性、"照付不议"合同的特点、国际操作模式以及基本的技术知识。介入项目后，史建三和易芳为迅速进入角色进行了大量的酝酿准备工作：认真和详细地听取客户的各项介绍；进行实地考察工程建设情况以理解上海管网对于项目整体运做的安排；项目合伙人史建三专程赴徐州参加发改委西气东输工程工作会议；全程参加专家咨询会。经过上述一系列的服务准备工作，每一个律师均得以迅速而深入地了解天然气工业的行业特性、天然气"照付不议"合同的国际惯例。同时，律师还充分剖析了该项目作为国家战略性工程及国家重点立项项目，该项目在运作过程不可避免地带有行政色彩和体现出部分非市场化因素的特点，从而准确地把握了国家重点项目的法律服务特点。

四

2004年一点一点临近，项目组的压力也在增大。而且，冬季到来后，上海的用气缺口也在增大。如何尽力扭转现有谈判形势赢得主动地位，争取有利的条件,在谈判小组成员集思广益、前期认真学习研究形成合同修改意见的基础上,史建三和易芳从法律的角度,协助谈判小组在谈判中据理力争,充分地阐述了合同的修改意见和修改依据,达到了使谈判对方感觉到上海管网坚持原则、有理有据、不轻易退让和不委曲求全的态度。9月13日,经过连续几轮的谈判,双方进行了合同文本的草签工作,至此,第一阶段谈判告一段落。上海市发改委副主任蒋应时对上海管网第一阶段合同谈判的评价是:严防死守、坚守阵地,为下阶段双方平等谈判创造了有利条件。

9月底,史建三和易芳作为谈判小组成员参与了上海管网召开的合同工作专题研讨会,重点研究第二阶段的合同谈判,并总结和草拟了《对天然气销售协议的几点意见和建议》,梳理出了双方第一阶段合同谈判中存在的主要分歧和争议的焦点问题,对于第二阶段的合同谈判,则本着维护公司利益和推动谈判进程兼顾的原则,协助上海管网努力寻求双方达成共识的结合点,寻求解决问题的可替代方案,内部进行条款的调整,并按解决分歧的不同层面,从日后是否可履行的角度,分别为不同层面领导提供解决分歧的商务法律方面的建议。

10月份,新一轮合同谈判开始,双方在新一轮谈判中均作了适当的调整,拉近了谈判距离,为谈判创造了良好氛围,有力推动了谈判进程,但一方面,在一些涉及双方重大利益的条款方面,双方仍存在较大的分歧,僵持不下,导致谈判陷入僵局;而另一方面,随着预定日期迫近,双方供气压力也愈大。在该种局面下,史建三和易芳积极寻求各种方式协助上海管网以打破僵局,拉近双方距离。他们在与委托方研究后,创造性地提出了渐增期特别条款的设置,即鉴于供气初期,天然气市场尚处于启动和逐步培育发展阶段,市场不确定性因素较大,如合同条款过于严格,买方将难于执行,因此将合同的前三年设定为渐增期，在渐增期内对双方的权利义务作出特别约定。渐增期特别条款的提出，有效地缩小了双方的分歧，满足了上海管网相当一部分条款的要求，对于双方最终达成协议、签署合同起到了积极的促进作用。

在谈判中，史建三和易芳也更积极地发挥自身的沟通谈判经验，适时调整谈判氛围。如在每次谈判过程中，双方就某个议题讨论陷入僵局时，为缓和双方争执和创造和谐的谈判氛围，他就及时从中立的角度进行调停，建议暂时休会以调节双方的精力、时间和气氛，或转换谈判内容议题，把僵持的议题暂时搁置，代之一个争议较小的、较为轻松的议题，等其他议题解决好，再在友好的气氛中讨论、解决僵持的问题。

在整个合同谈判过程中，史建三和易芳充分发挥专业思维缜密、措辞严谨的特点，协助上海管网起草、修改、审定了合同谈判涉及的各类文件，如保密协议、天然气销售协议合同文本、谈判纪要、双方领导沟通备忘录、合同条款修改意见与理由、下游合同文本和合同谈判专报等。

五

2003年12月下旬，谈判进入了关键时期，史建三和易芳律师与谈判工作小组的成员一起，开始了不分昼夜的连续工作。

12月25日，经过国家发改委能源局、国家西气东输工程建设领导小组办公室的协调，上海管网与中国石油双方谈判小组人员齐聚上海就主要问题达成基本共识，签署了备忘录，谈判进入最后冲刺阶段，经过几天几夜不分昼夜的最终谈判和文本校对等各项工作，在2004年1月1日正式签约仪式前2个小时，双方顺利完成了全部协议的谈判、修改工作，正式签署了长达 8 万字、共 136 页、为期 20 年、金额高达人民币 600 多亿元、全国第一个真正意义上的"照付不议"合同——《天然气销售协议》，保证了西气东输工程上海正式通气仪式的如期举行。

2004 年 1 月 1 日，春申欢庆，西部优质天然气在上海点燃，长江三角洲地区一大步跨入清洁能源的新时代。气贯东西，曾是华夏儿女多少年的梦想，今朝终得梦圆。

在 2 月 27 日举行的谈判工作内部总结会议上，上海管网的领导层对于史建三律师团队在本次项目中所提供的法律服务给予了高度肯定。通过本次项目，律师在包括服务成效、律师为大型项目提供法律服务的模式探索以及专业经验的累积方面，均取得了巨大的成功和圆满的结果。

六

常言道："前事不忘，后事之师。"在法律服务的道路上，每一次案件的结束，其实都只是一个新的开始。案件结案后，认真地总结本次法律服务的经验教训，并整理成文，不仅是对过去的尊重，也是对未来的期许。

法律服务的独特性和复杂性，就如同夜空中的星辰，难以捉摸。每个案件背后，都隐藏着其独特的法律问题和复杂的利益关系。因此，对于每一个法律服务者而言，每一次案件的结束，都意味着一次新的学习和成长。

经验教训的总结与整理，就如同夜空中的北斗，指引着前行的方向。通过文字的梳理，我们能更加清晰地看到案件的全貌，更加深入地理解法律法规的内涵，更加熟练地掌握法律服务的技巧。如此，在面对类似的案件和法律服务时,我们便能做到事半功倍。

这次项目结束后,史建三和易芳并没有停下脚步。他们认真总结了这次法律服务的经验教训,撰写了长达24000余字的结案报告。他们在报告中深入探讨了为国家重点项目提供法律服务的心得体会,对未来类似案件的处理具有极其重要的指导意义。

他们的经验总结并不是简单的回顾,而是对整个法律服务过程的深度解析。他们将每一个环节、每一个细节都详尽叙述,并配以案例和图表,让读者可以更加直观地理解他们的服务内容和方式。这样的经验总结,不仅对其他律师具有参考价值,对整个行业的发展也有着积极的推动作用。

史建三的法律业务之路,是一条不断探索、不断学习、不断进步的道路。他们的经验教训总结,是他们在法律服务道路上的又一里程碑。他们的努力和坚持,不仅赢得了客户的信任和赞誉,更为整个行业树立了一个榜样。史建三用自己的亲身经验告诉其他律师,法律服务并不只是关于法律条文的解读和运用,更是关于智慧、经验和团队精神的结合。每一次案件的结束,都是一次新的开始。只有不断地总结经验教训,不断地提高自己的专业素养和服务能力,才能在未来的法律服务之路上走得更远、更高。

附篇三 | 如何做好仲裁员？

一

1995年，史建三步入不惑之年，人生掀开了新的篇章。那一年，上海仲裁委员会成立，他受聘成为首届仲裁员。从此，他与公益仲裁结下了深厚的情缘，这段旅程一走就是二十多年。

作为学者型律师，史建三拥有丰富的学术声望和实务经验，在股权交易、并购重组领域尤为突出。因此，他经常被指定为首席仲裁员，审理和裁决复杂的仲裁纠纷。他的公正、公平和专业知识得到了广泛的认可。

然而，对于史建三来说，仲裁不仅仅是解决纠纷的一种方式，更是一种公益行为。他相信，通过仲裁，可以为社会带来更多的公正和公平。因此，无论是作为首席仲裁员、独任仲裁员还是普通仲裁员，他都全力以赴，尽心尽责。

在这二十多年里，史建三先后在上海仲裁委员会、中国国际经济贸易仲裁委员会、深圳国际仲裁院、上海国际仲裁中心、广州仲裁委员会、"一带一路"（中国）仲裁员、武汉仲裁委员会等7家仲裁机构任职，处理了数百件仲裁案。每一个案件，他都认真对待，仔细研究。他深知，每一个决定都可能影响到一个企业、一个家庭的命运。因此，他总是慎之又慎，力求做到最好。

二

除了具体的仲裁工作，史建三还积极参与了仲裁制度的改革和完善。他提出了许多中肯的建议，为推动仲裁制度的发展作出了重要贡献。

作为仲裁员，史建三在实际裁断仲裁纠纷或代理当事人处理仲裁案件时，亦经常会遇到涉及仲裁第三人的争议问题；在案件处理中，也会经常出现仲裁一方当事人提出运用"刺破公司面纱原则"引入仲裁第三人的情况。但是由于我国现行的《仲裁法》、最高人民法院司法解释以及相关法律、法规中均没有此方面的明确规定，加之在仲裁实践中对仲裁第三人问题也倾向于保守的处理方式，所以我国仲裁庭一般情况下都不会同意当事人的这种请求。

这样的问题，属于法律适用上的细节问题，但是史建三在处理仲裁案件中，碰到了一个特别的案例，引发了他关于这一问题的更多思考。

A公司的董事长赵某在一次商务会议中结识了钱某，钱某向赵某介绍了一个海外投资项目。根据钱某介绍的情况，赵某认为该项目具有极好的投资价值，遂决定对该项目进行投资。在赵某作出投资的决定之后，钱某提出自己要设立一个离岸公司B，然后以B公司与A公司签约完成投资事宜，并指出设立离岸公司B是为了合理避税。其后，

B公司在英属维京群岛（BVI）设立，该离岸公司共有4名股东，分别是钱某、钱某的太太、金某（钱某的朋友）以及金某的太太。之后，A公司与B公司签订了投资协议，协议中载有有效的仲裁条款。根据该投资协议，A公司按照约定支付了1000万美元的前期投资款，但是该投资款没有支付到B公司的账户上，而是在钱某的要求下支付到了钱某太太的私人账户上。在双方当事人的后续合作中，赵某逐渐发现该投资项目存在重大的虚假和编造情况，根本就无法实现原来预定的投资回报，甚至根本无法收回成本。为此，赵某决定退出该项目，要求钱某返还1000万美元的投资款。但是，钱某拒绝返还，并指出是B公司而非钱某个人与A公司签订的合同，A公司只能要求B公司返还投资款。最终，赵某只能提起仲裁程序。

仲裁程序所依据的投资协议的签字方是A公司与B公司，而B公司的4个自然人股东并没有在该协议上签字。然而，作为离岸公司的B公司只是一个壳公司，其根本没有任何资产可供执行。在律师的建议下，A公司在提起仲裁程序时，依据"刺破公司面纱原则"请求将B公司的4个自然人，即钱某、钱某的太太、金某（钱某的朋友）以及金某的太太，作为仲裁被申请人一起加入仲裁程序。其核心理由包括两项：（1）B公司只是这4个自然人股东的一个傀儡，B公司不具有真实的法律人格。（2）这4个自然人股东利用B公司这个傀儡进行了商业欺诈。

依当事人的请求，史建三所主持的仲裁庭陷入了在公正裁断与依法裁断之间作出合理抉择的困境：一方面，如果同意了上述案件中A公司引入仲裁第三人的请求，也许会实现公正的裁断，也许会更有效地保护A公司的利益。但是，由于我国缺乏此方面的明确法律规定，作出这样的裁决就会存在被法院撤销的极大可能。另一方面，如果不同意上述案件中 A 公司引入仲裁第三人的请求，那么仅针对没有实际资产可供执行的壳公司的仲裁程序，对于 A 公司而言，除需要额外地承担一定的律师费和其他仲裁成本之外，根本无法得到任何实际的救济。在这种情况下，仲裁这种纠纷解决机制对于 A 公司而言，不仅不是一个公正、合理、有效的救济体系，相反却成了帮助欺诈者有效逃避法律责任的帮凶与工具。

审理了这个案件之后，史建三更加感觉到，要解决这一难题的途径只能是在深入研究以"刺破公司面纱原则"引入仲裁第三人的国外理论与相关实践之后，在我国《仲裁法》的修改过程中增加这一法律规定。因此，他和石育斌经过调研与论证，通过公开发表论文和提交内部专报等方式，提出建议，在《仲裁法》修改过程中加入运用"刺破公司面纱原则"引入仲裁第三人的机制，也即在《仲裁法》中应该加入这样一个条款——"在发生我国《公司法》所规定的刺破公司面纱的情况时，对公司行为承担直接法律责任的非仲裁协议表面签字者的股东或相关主体，受该公司所签订的仲裁协议的约束。"该条款，一方面是体现了将"刺破公司面纱原则"的判定交由 2005 年《公司法》第 20 条第 3 款所规定的"刺破公司面纱原则"来处理；另一方面，提供程序性指引规定，确定引入仲裁第三人的基本符合条件与规范框架。当发生"刺破公司面纱"情况时，其最终的法律结果是，对公司行为承担直接法律责任的非仲裁协议表面签字者的股东或相关主体，受该公司所签订的仲裁协议的约束。

这一建议提出后，也得到了许多学者、律师以及仲裁员们的认可。但是由于存在一定的争议，在后来 2009 年、2017 年《仲裁法》的几次修改中，并没有作相应修改。不过，追加仲裁第三人的思路已经得到了越来越多的仲裁案例应用，2017 年《广州仲裁委员会仲裁规则》、

2019年《北京仲裁委员会仲裁规则》、2019年《深圳国际仲裁院仲裁规则》中,都已经有了追加第三方当事人的规定,且无须以该第三人是否同意为前提。

三

在股权交易与并购重组的领域中,史建三这三个字照亮了无数迷路者的前行道路。学者的深邃与律师的敏锐,在他身上融为一体,使他在理论与实践之间架起了一座坚实的桥梁。

在仲裁委秘书处的办公室里,当复杂的股权交易和并购纠纷摆在他们面前时,史建三的名字总是如同定海神针般首先浮现在他们的脑海中。这位学者型律师在并购领域的声望、丰富经验和独到见解成为解决这些纠纷的利器。

数十次被指定为首席仲裁员的他,每一次都如同一位沉稳的指挥家,面对错综复杂的仲裁纠纷,他总能找到那条通向问题核心的路径。他对于股权交易、并购重组的深入理解,使得他能够迅速把握案件的关键点,为公正裁决做好铺垫。

每一个经他手的案件,都如同一部厚重的教科书。不仅是因为这些案件涉及的金额巨大、情况复杂,更是因为史建三总能在其中找到值得深思和学习的点。这些经验,如同珍珠般被他一颗颗精心收藏,为他日后的仲裁工作提供了宝贵的参考。

而他所制作的裁决书,更是被仲裁委秘书处誉为仲裁裁决书的范文。每一份裁决书,都如同他的一篇篇学术论文,逻辑严密、论据充分、语言简练。读他的裁决书,就像是在听一场精彩的学术讲座,让人受益匪浅。

面对复杂的股权交易和并购纠纷，史建三如同一位守护者，用他的智慧和经验，守护着市场的公平与正义。他的名字，已经成为了仲裁委心中的一个符号，代表着公正、专业和智慧。当纠纷再起，当疑难未解，人们总会想起那个名字——史建三。而他，也总是站在那里，准备好再一次为公正而战。

然而，史建三并没有满足于个人的成就。他的智慧如同泉水般源源不断，流淌向更广阔的市场。他深知，市场中千千万万的潜在企业，每一家都可能面临股权和并购交易的纠纷。如何提高他们的安全意识、矛盾化解意识、风险防范意识？如何帮助代理律师提高代理技巧，真正做到以案为鉴，防患于未然？

为了回答这些问题，史建三联手争议解决领域的领军律师包伟，共同著写了《企业并购纠纷仲裁案精析》。这本书不仅是他多年仲裁经验的结晶，更是他对市场、对企业、对律师的一份深情厚意。书中23个案例中，15个都是他亲身经历或深思熟虑的结果，每一篇分析，都是他为了给读者提供更多有价值的建议而精心撰写的。

这本书在并购法律实务领域具有重要意义，进一步从法律视角，厘清了企业并购纠纷原本尚处模糊的领域。它为企业家们提供了宝贵的借鉴，也为律师们提供了有力的支持。史建三用自己的实际行动，再次证明了他不仅是一位杰出的学者型律师，更是一位富有社会责任感的公益人士。

四

涉外仲裁实务，对史建三而言，则是又一片充满挑战与智慧的领域。作为中国国际经济贸易仲裁委员会、华南国际经济贸易仲裁委员会和上海国际仲裁中心的仲裁员，史建三在几年来一共受理了数十件涉外仲裁争议案件，亲身经历了涉外仲裁的复杂性和专业性。

涉外仲裁，作为解决国际商事争议的一种重要方式，具有独特的优势和价值。它不仅能够跨越国界，解决不同法律制度和文化背景下的争议，还能够提供高效、灵活和保密的争议解决机制，为当事人提供公正、合理的裁决。

在涉外仲裁实务中，史建三深刻体会到了法律智慧的魅力。每一起案件都有其独特的事实和法律问题，需要仲裁员们运用专业的法律知识和丰富的实践经验进行深入的分析和研究。在这个过程中，他不仅学到了丰富的法律知识和有关的行业规则，更学会了如何运用法律智慧，解决复杂的争议问题。

同时，涉外仲裁实务也让史建三深刻感受到了团队合作的重要性。在处理涉外仲裁案件时，仲裁员往往需要与来自不同国家和地区的律师、专家证人等紧密合作，共同为当事人提供优质的法律服务。在这个过程中，不仅需要专业的法律知识，还需要良好的沟通能力和团队合作精神。

作为仲裁员，史建三深知自己的责任重大。每一次裁决都可能对当事人的权利和利益产生重大影响，甚至影响到整个行业的发展。因此，在处理涉外仲裁案件时，他始终秉持公正、公平、合理的原则，认真听取当事人的陈述和申辩，仔细审查证据材料，力求作出公正、合理的裁决。

五

回首这段经历，史建三深感仲裁委员会对学者型律师的青睐并非偶然。学者型律师在仲裁领域确实拥有独特的优势和价值，这主要归

功于以下几点:

首先,深厚的法律知识和理论素养是学者型律师最坚实的基础。多年的学术研究,使学者型律师对法律体系有着深入的理解和掌握,让他们在处理复杂案件时能够站在更高的角度,作出更合理的判断。

其次,学术研究中培养的多维度分析能力也在仲裁工作中发挥了重要作用。学者型律师习惯于从多个角度审视问题,这种能力使他们能够全面把握案件的争议焦点,作出更具说服力的裁决。

再次,学者型律师在学术研究中倡导的创新性思维,在仲裁工作中同样是一种宝贵的财富。运用创新的法律理论和方法解决复杂案件,为当事人提供独特的、有效的解决方案,是学者型律师一直努力追求的目标。

最后,学者型律师始终坚守的公正、中立地处理问题的方式,也与仲裁员的角色高度契合。他们的独立思考和客观判断,有助于保障仲裁的公正性,为当事人提供一个公平的仲裁平台。

不可否认的是,学者型律师在学术界和法律界的影响力也为仲裁委员会带来了更高的认可度。这不仅提升了仲裁委员会的声誉,也为其吸引更多优秀人才创造了有利条件。

学者型律师与仲裁员的身份相结合,确实能够为仲裁工作注入更多的活力和深度。他们为仲裁委员会带来的不仅仅是专业的法律知识,更有学术深度、多维度分析、创新性思维以及公正中立的特质。这一切,都有助于提升仲裁的质量,维护仲裁制度的权威性,并推动其健康、稳步的发展。

回顾这二十多年的仲裁生涯,史建三深感欣慰。他说:"我为自己能够为社会做点事情感到自豪。我相信,只要我们坚持公正、公平,仲裁就会越来越受到社会的认可和尊重。"

附篇四 | **独立董事——上市公司的监督制衡者和决策支持者**

一

独立董事在现代企业制度中扮演着至关重要的角色。他们的存在不仅仅是为了满足监管要求，更是为了确保上市公司的决策过程合理、透明，并且能够有效地监督管理层，防止利益冲突，保护中小股东的合法权益。独立董事的职能可以归结为辅助决策、监督制衡和提供专业咨询，这些职能体现了独立董事在公司治理中的多维作用。

作为经济、法学的交叉学科学者，同时又是律师界的翘楚，史建三毫无疑问具有成为一名优秀独立董事的必备条件。在经济学与法学的交汇点上，史建三展现了他独特的魅力。如同古人所言的"经世致用"，他将经济之理念与法学之精神相结合，为上市公司的发展提供了独特的视角。这种视角，既包含了宏观经济的智慧，又不失法律人的严谨与细致。

得益于他丰富多样的职业经历——史建三曾在公务员与企业管理的岗位上任职，深知两者的异同，他能够在公司治理领域中游刃有余。他了解政府的需求，懂得企业的追求；他熟悉外部监管机构的规则，又能与投资者、公众和其他利益相关者沟通无碍。这种能力，使他成为上市公司独立董事的理想人选。

史建三不仅拥有扎实的法律理论基础，更具备公司治理领域的实务经验。这种经验，使他在董事会的各个委员会中都能发挥应有的作用——无论是辅助决策、监督制衡，还是提供专业咨询。也正因如此，龙头股份（600630）、中化国际（600500）、江铃汽车（000550）、中南建设（000961）、苏交科（300284）等上市公司都曾邀请史建三担任独立董事。

二

2002年，正是一个变革盎然的季节，国企改革已经进入了新的阶段。

经过了20世纪90年代的政企分离改革、利税分流改制以及一些股份制试点，国有企业的所有制改革已经初见成效，广大国有企业已经逐步克服了体制改革的阵痛，进入正常发展时期。到2000年，国有企业改革三年目标基本完成，国有大中型企业基本摆脱困境，初步建立起现代企业制度；大量国有中小型企业从不具备竞争优势的领域退出；经过新一轮政府机构改革和职能转变，新型政企关系也初步形成。而随着中国"入世"，全面融入全球经济体系，在国有企业完善公司治理结构势在必行，国企改革进入了以大型国有企业为重点，以建立新的国有资产监管体制为核心内容的阶段。

2002年11月，党的十六大报告正式发布。报告指出，建立中央政府和地方政府分别代表国家履行出资人职责，享有所有者权益，权利、义务和责任相统一，管资产和管人、管事相结合的国有资产管理体制。同时报告针对不同类型国有企业的出资人职责作出划分，其中"关系国民经济命脉和国家安全的大型国有企业、基础设施和重要自然资源等由中央政府代表国家履行出资人职责，其他国有资产由地方政府代表国家履行出资人职责"，这一表述从顶层设计层面为下一阶段国企改革特别是新的国有资产监管体制的建立奠定了基础。

这一年，中化国际董事会换届，史建三被聘任为中化国际的独立董事，并当选为董事会薪酬与考核委员会主席，从此开始了与其他两位才华横溢的独立董事携手偕行，共同擘画中化国际的壮丽新篇章，谱写公司治理的华彩乐章。他们的智慧与勤奋，为中化国际的繁荣注入源源不绝的生机。

王巍，是提名委员会的总指挥官，他的犀利目光洞悉至企业表皮之下，直达公司治理的核心区域。在他的引领下，提名委员会进阶为提名与公司治理委员会，这不仅仅是名称的更迭，更是职责范围的扩大。他在推动公司规范运营的征程上，步伐坚实有力，实事求是。

李若山，作为审计委员会的舵手，他的精准与严谨如同紧握缰绳，确保公司的财务状况始终稳如泰山。他不仅精心构筑了合理的框架与规范，提高了内部审计制度的效能，还毫无保留地传授财务智慧，使公司的财务管理如同精细运行的时钟，每一刻都不容许偏差。

而史建三作为薪酬和考核委员会的主席，则专注于激励体系的研究与构建。他们顺应国家政策的调整，不断探索、力求塑造一个公平而高效的激励机制。在股权激励方面的努力,更是离不开与监管机构的紧密沟通与协作,所有的付出,无不希冀为中化国际的辉煌明天添砖加瓦。

刚刚到任后,中化国际的投资经营出现了一些波折,几个投出的项目遇到了种种问题。这些事情发生后,董事会进行了反思,他们意识到,这些问题折射出的是公司治理机制并不完善,治理结构成为企业战略转型的瓶颈。经过独立董事参与的讨论之后,中化国际决定,请全世界认可的美国标准普尔公司来对中化国际的治理结构评估打分,为公司做一场诊断。

这也开创了公司治理国际化评估的潮流。

在这个过程中,史建三深受王巍、李若山两位独立董事的敬业精神、独立风骨和创新思维的影响。他们相互学习、互助合作,共同为中化国际的未来披荆斩棘。他们的携手,不仅是工作的默契配合,更是理念的碰撞和精神的共舞。

经过美国标准普尔公司治理结构评级,需要完善的方向被一点一点指了出来,并提交给董事会。在史建三负责的薪酬与考核方面,标准普尔公司指出的问题是:目前的高管薪酬只有现金而没有中长期股权激励,可能导致高管人员更重视企业当前利益而不考虑股东的长远利益。史建三在收到评级报告后,随即主持召开了薪酬考核委员会会议,会议立即决定分步骤来解决这一治理问题。

薪酬委员会首先了解了现有高管人员的薪酬结构与奖金水平,并通过审计与风险管理委员会所提供的管理建议书,进一步了解各部门的经营状况与存在的问题。然后在此基础上,考虑到股权激励的复杂性,提出首先从目前的薪酬考核与发放流程入手进行改革,作为过渡。

中化国际的收入标准是市场化取向的,中化国际追求的始终是市场化的人才战略。公司每位员工的薪酬及年终奖励均与其工作目标的完成情况紧密结合，凸显了公司以人为本的管理理念，从而将人的主观能动性和创造性充分激发出来，这与传统国有企业有很大区别。全公司从董事会到总经理，再到员工，必须按照委托机制逐级签订绩效合同，绩效合同的基本格式是一致的，主要包括职责和年度目标、薪酬面谈记录、目标和奖励的关系、季度面谈记录、价值观评估、年终评价，前有预期，后有推力，其核心思想是在沟通的基础上，形成目标和激励预期的一致性。

为此，每年的预算制定及考核指标的确认，成为史建三和其他薪酬与考核委员会委员董事们所关注的问题。在董事会的努力下，公司每年的预算制定成为十分关键的程序。每年年底，史建三和其他委员董事们，在质询预算的各项指标上倾注了大量精力，在反复权衡市场机会、公司现有资源、同行水平等各种主客观因素后，很慎重地确定预算指标，而且这类指标主要分为对当前有直接影响的经营指标及与未来相关的战略指标，对二者均予以量化并制订了严格的考核方法。

当决算出来后，首先由审计与风险管理委员会对决算各种指标的完成情况进行审核，并报告决算完成的质量与程度，然后在此基础上，再由薪酬委员会来决定每位高管人员当年的工资实际领取金额与奖金数量。由于考核指标极其严格，经常有高管人员在公司实际利润超水平完成后，因其他关键指标没有完成，而没有得到分文奖金。特别是对一些事关重大的安全质量事故等，薪酬委员会更是采用了一票否决制。这些做法使高管人员很清楚地认识到：高管人员的工资和奖金，是由代表股东的薪酬委员会来决定的，而不是高管人员自行决定的。

而审计与风险管理委员会出具的对管理层的绩效评价报告，是薪酬委员会评定奖励的重要参考资料，为考核高管的薪酬与奖励提供了很有力的依据,达到了奖优罚劣的效果。个别高管因为生产事故等原因,被一票否决,奖金分文没有,有的高管因为业绩突出,获得了丰厚的回报。

在董事会每次讨论高管人员当年薪酬与奖金时,所有被考核的高管人员,即使本人是董事会成员,也必须现场回避。这一程序的采用,在一定程度上保证了薪酬委员会与其他董事会成员能够畅所欲言,比较中肯地讨论与评估高管们的薪酬与奖励。公司董事会为进一步理顺高管人员的薪酬结构及实际水平,要求薪酬委员会与国际著名的人力资源咨询公司接触,就公司高管人员的股票期权的激励方案进行调查与设计,并拿出初步方案。

而董事会下设的提名委员会、审计委员会,也在其他两位独立董事的主持下,针对标准普尔公司所提出的问题,完善了相应的公司治理机制。在董事会和独立董事们的辛勤耕耘下,公司治理水平大大提升。等到2005年,中化国际第二次委托标准普尔公司评分时,得分已经上升到了6分,据标准普尔公司说,6分已经相当不错了,即使在美国被认为治理结构最成熟的GE公司也只得了8分。标准普尔公司自己也承认,满分10分只是在理论上存在而已。而治理结构评级改善最多的部分,是公司在董事会层面上建立了许多制度与流程,使得公司在股权、薪酬、提名及战略事项上,更多地依赖科学的程序。值得一提的是,独立董事在公司治理结构中发挥的作用,是这次评级得分较高的另一个原因。

独立董事们参与的这项工作,为中化国际斩获了无数荣耀,先后荣获"中国上市公司治理百强榜首""中国最佳董事会奖""中国最独立受尊敬的上市公司奖""中国最具责任感上市公司奖""中国最佳治理上市公司奖"等诸多殊荣。这些荣誉是对独立董事工作的肯定,更是对独立董事们专业精神的赞美。

三

担任中化国际独立董事期间，史建三也经历和见证了一场股权分置改革。

2004年，国务院再次发布《关于推进资本市场改革开放和稳定发展的若干意见》。明确提出"积极稳妥解决股权分置问题"。有了之前的经验和教训，这次改革采取了尊重市场的做法，规则公平统一、方案协商选择，即由上市公司股东自主决定解决方案。方案的核心是对价的支付，即非流通股股东向流通股股东支付一定的对价，以获得其所持有股票的流通权。"对价"指非流通股股东为取得流通权，向流通股股东支付的相应的代价，对价可以采用股票、现金等共同认可的形式。首批试点的四家上市公司都选择了送股或加送现金的方案，得到了多数流通股股东的肯定。

将全流通的实现手段从国家强制统一的规则改变为双方的市场对价谈判，这是一个重大的转折，也是将市场结构的错配进行全面重组，而且将重组权力交还给市场。这个重组持续了两三年，最终中国证券市场上所有上市公司实现了股份全流通，上市公司股价提高，市场规模急剧扩大，这是又一次证券市场的重大变革。

鉴于国家股东与公众股东之间对价谈判的需求，独立董事成为重要的协调人，史建三当时作为中化国际的独立董事和专业委员会主席，深度参与公司的全流通对价过程。特别是中化国际作为第二批试点上市公司，得到了社会的广泛关注。

中化国际的股权分置改革方案被提上董事会时，史建三原本已经定好了前往俄罗斯的全家旅行。俄罗斯的白桦林和圣彼得堡的夜晚，是岳父母多年的梦想，也是一家人欢聚的美好期待。但股权分置改革的大潮等待不得，中小投资者的利益更需守护。史建三毅然决然地取消了旅行计划，留在了国内。

中化国际是一家成熟央企，在管理科学性方面水平总体比较高，经过经营层把关的改革方案科学可行，因此很快得到了董事会的同意，并准备交给股东大会表决。

但是，相比于严谨规范的董事会，股东大会则是另一番风景了。由于中国证券市场是一个发展中的市场，中小股东素质还是有些参差不齐，某些股东大会开着开着就变了形。很多时候的股东大会，常常开成了菜市场。史建三之前也见过其他上市公司的股东大会，开会时总会陆陆续续地来一批小股东，老太太、老先生居多，嘻嘻哈哈地做股权登记，大多数小股东购买的股票并不多，有几千股的，有几百股的，最低有一百股的。他们参加股东大会的目的，就是冲着开会时的"纪念品"和"福利"。在会议登记处，他们索要矿泉水、文具、文件袋等，且数量越多越好。接下来，在股东大会过程中，他们往往也全程不在状态，只有到了股东大会的茶歇时间，这些老先生、老太太才完全变了个样，立马冲上去，拿出事先准备好的各种袋子往里装，不消几分钟，桌子上所有的点心荡然无存。

因为有前车之鉴，在准备股权分置的股东大会会议时，公司做好了许多细节上的准备，比如，股东大会上发生过打架斗殴，茶杯得用纸杯，怕成为斗殴的工具。所有股东进场得安检，怕带什么利器，否则发生斗殴就麻烦了。甚至不设主席台，因设主席台，也发生过斗殴，股东提意见：你跟我都是股东，为什么你坐在台上，我坐在台下。

会议地点选择了一个相对宽敞的五星级宾馆。除了在会场外面配备一定数量统一着装的专业保安之外,在会场的设置、茶具的准备、座位的安排,以及发言的流程上也考虑得十分细致周到。同时,还在会场内部安排不少身着便衣的公司内部工作人员,以防开股东大会时发生不测。

在董事会的共同努力下,中化国际的股权分置改革方案以一种全新的形式展开——独立董事向全体流通股股东征集投票权。这一创举,让中小投资者真正感受到了自己的力量,能够充分行使自己的权利,真正参与到公司的重大决策中。史建三作为具体实施者,不仅保证了改革方案的顺利进行,更为中国资本市场的深化改革探索了一条新路。

那场股东大会开得非常顺利,由于董事会通过的股权分置改革方案对价相对宽松合理,给予流通股的补偿相对较高,在整个股东大会过程中,除了极个别小股东有意见表示反对之外,整个股东大会开得比较平稳。等到会议结束,该股权分置改革方案被高票通过后,史建三和其他所有董事才长舒了一口气。

中化国际的改革方案最终的成功实施,为后来的股权分置改革积累了宝贵的经验。而史建三的名字,也被镌刻在了这段历史中。

四

随着中国资本市场的发展,上市公司在治理与内部控制方面出现的问题越来越多。当时除了银广夏、蓝田股份外,还有一批上市公司暴露出治理结构差、内部控制混乱等问题。

财政部会同有关部门于2006年7月发起成立具有广泛代表性的企业内部控制标准委员会,研究推动企业内部控制规范体系建设。2007年3月2日,企业内部控制标准委员会发布了《企业内部控制规范——

基本规范》和17项应用指引的征求意见稿。与此同时，上海证券交易所在2006年6月5日发布了《上海证券交易所上市公司内部控制指引》，并要求所有在上海证券交易所上市的企业自2006年7月1日起施行。

作为央企的中化国际，当然要一马当先予以响应。在财政部及上海证券交易所发布文件后不久，董事会审计与风险管理委员会针对中化国际内部存在的问题，召开会议。史建三作为审计与风险管理委员会的委员，也参加了这次整改工作。在会议上，史建三主要从律师角度，结合法律法规与公司治理结构，提供自己的意见。

从如今的视角来回顾，当时史建三与其他各位董事、高管对中化国际的内部控制问题的认识比较到位，非常重视，既有对问题的剖析，也有解决问题的对策，而且，还特别重视对现场的调研。当然，这些措施最后结果不是非常理想，实际上是公司成立多年所形成的利益格局所致。

一个公司内部控制的建立与完善，需要对现有利益格局进行调整。这是在经历了若干年的独立董事实践后，史建三通过一次次的会议与项目的历练，悟出的一个道理。

作为上海证券交易所上证180指数成分股及信息披露优秀公司、2004年度中国上市公司100强公司治理排名第一（中国社会科学院公司治理中心评选）、2004年中国"最佳董事会"第一名（《董事会》杂志和中国董事网评选），中化国际在董事会及独立董事们的监督与帮助下，一步步地建设规范透明的公司治理机制。

其中，自然也有史建三作为薪酬与考核委员会主席的一份力量。

在那几年，他的身影频繁出现在委员会的会议室，那里是他发挥才智的舞台。委员会在他的带领下，2006年举行了五次会议，每一次都是对公司治理的一次深思熟虑。他们评估并核准了公司经营层拟订的年度薪酬方案，那是对员工辛勤劳动的肯定，也是对优秀人才的吸引。他们制定了公司高管人员的绩效考核标准，那是对成果的量化，对未来的期许。

2006年，以史建三独立董事为主席的薪酬与考核委员会举行五次会议。委员会评估并核准了公司经营层拟订的公司年度薪酬方案，制定了公司高管人员的绩效考核标准并进行考核，审查了公司董事及高管人员的薪酬政策与方案；同时，结合国家相关激励政策的变化，在已实施的企业年金、储蓄计划等中长期激励措施的基础上，积极研究和制定期限配比更为合理、结构更加多元化的激励体系，在股权激励方面进行了大量的研究分析以及与监管部门的沟通协调工作。

在史建三的引领下，薪酬与考核委员会审查了公司董事及高管人员的薪酬政策与方案，确保每一分钱的发放都公正合理，每一项决策都能经得起时间与法律的考验。他们还结合国家相关激励政策的变化，积极研究和制定了更为合理的中长期激励措施，这不仅是对员工的激励，更是对公司未来发展的投资。

史建三在股权激励方面的研究和分析，尤其是与监管部门的沟通协调工作，更是展现了他智慧与耐心的结晶。他深知，一个合理有效的激励体系，能够激发员工的潜能，提高公司的整体竞争力。他的努力，不仅是为了今天的中化国际，更是为了明天的中国企业。

在那一年，史建三作为独立董事的工作虽然不为大多数人所见，但他在董事会中的每一次发言，每一份报告，每一个决策，都在为中化国际的长远发展打下坚实的基础。他的身影，成为了公司治理和合规建设中不可或缺的一部分；他的贡献，成为了中国企业改革与发展中的宝贵财富。

附 篇

史建三指导的首届研究生为老师祝寿

附篇五 ｜ 我们眼里的史老师

以下是史建三的学生们对老师的印象：

求学期间，史老师对我的影响是全方位的，除了知识的传承之外，更多的是史老师精彩人生中不同身份的完美切换，这也是同学们至今仍津津乐道的话题。在此期间，我更加惊叹于史老师在不同人生阶段的高瞻远瞩，以及在此基础上的身体力行。在职业发展方面，锦天城无疑是致力于律师职业的广大法科生的梦想之所，我虽未做过"城里人"，但史老师创设锦天城的这段经历仍深深影响着我，无形中也增加了对锦天城的感情。

除了上述影响之外，史老师对我在毕业之后人生旅途中的许多方面都给予过宝贵的指导和支持，老师持久的关注和无私的关心一直铭刻于自己内心。毕业之后，史老师成为我经常"骚扰"并求经问道的对象。其后十余年间，随着自己工作岗位的变动和接触领域的变化，也会就许多法律、管理等领域的问题向史老师请教。每每占用老师时间，导师总是不厌其烦、耐心解答我面临的困惑甚至困顿，并及时用他人生中相似的场景和答案给予我宝贵的智力支持。

史老师从社科院退休后，学生们向史老师的汇报机会并未减少，大家在一起其乐融融互相交流的机会反而相较从前更多了。每年的教师节前后，"史门"的同学们总会和史老师相约一次，向老师报告一下各自人生的年度进展，互相分享一些各自所在行业、所处领域的新鲜话题；史老师也会和我们畅谈一些他在退休之后的人生趣事，包括踏足一百多个国家旅途中所见识的那些独特的风土人情。每每这个时间段，我总会再次尝试去体会史老师所秉持的思利及人的胸襟和气度，让自己的思想接受洗礼的同时，和同学们一道去领略史老师的精彩人生旅程！

春风化雨，润物无声！在回忆导师对我指导时的那些片段，心中总是充满了快乐！谨以此文，祝愿导师史建三教授身体健康！万事顺遂！未来的人生之旅更加精彩！

——贺大伟（现为上海市法学会航空法研究会副秘书长）

在指导理论研究方面，同史老师交流和讨论问题是一种享受，他开阔的思路和独到深刻的见解总能为我打开研究的思路，引导我发现研究的切入点和兴奋点。在指导法律实务方面，史老师更是世事洞明、人情练达，善于抓住解决问题的关键点，擅长用理论指导实践，通过理论和实践相结合处理棘手的重大复杂问题。

史老师处世智慧豁达，待人温文宽厚，史老师践行的"思利及人，造福社会，惠及家庭，愉悦身心"的人生信条让人高山仰止，心向往之，能得到史老师的言传身教是我人生的幸运。

——丁华（现为上海市锦天城律师事务所高级合伙人）

都说"师父领进门，修行在个人"。但有一个能把我们领进门的师父，却是可遇而不可求的。

这二十多年来，史老师不断地为我打开一扇扇门，让我见识到了各种知识。这些给我的影响是巨大的。在我的人生不同阶段，都能感受到他对我的引领和鞭策，他不是在逼着我进门，而是在悄然间将门打开，提着灯笼给我展示门里的那个世界的轮廓，然后让我一点点跟着他的指点，去探索、去闯荡。

——鲍方舟（现为上海市锦天城律师事务所高级合伙人）

人生五十年，如梦亦如幻。有生斯有死，壮士复何憾！史建三律师这一代的法律人，出生在20世纪50年代，作为1977年中国恢复高考以来最早的一批幸运儿，读书的诱惑和现实的束缚如影随形。这已足证，这位后来人人尊敬的法律界前辈，很早就有着远超常人的毅力和眼光。

五十年弹指一挥，当年的创业者已成为一位退休老人，但是他的事业、他的梦想和他所身处的时代，已经成为中国法律发展的重要组成部分，古人以立德、立功、立言为人生三不朽，诚如斯言，史建三律师当为同辈人中的楷模了。

——陈运（原上海市锦天城律师事务所行政与人事主管）

衷心感谢史老师对我的引荐和教导，感到愧疚的是，我不太善于表达感恩之情，但我至今仍然铭记，如果没有那些年史老师带给我的一次又一次的推荐机会和对我的指导，我也不可能走到今天，衷心感谢史老师。我只是按照史老师所言传身教的严谨与务实，一步一步走过，仅仅是做了自己的分内事，希望自己所为不要辜负史老师的教导。

——于是（现为司法工作人员）

附 篇

对于史老师的了解是一个持续的过程，而每一次的深入接触都是一次学习的机会。史老师在瀛东律师事务所这十年的发展过程中进行了三次指导和加持，不仅不收一分咨询费用，而且每次都认真准备，决不敷衍。

第一次是在瀛东筹建之初，史老师在战略定位、组织框架、业务开拓、团队组建等方面将自己的经验、思考甚至教训都和盘托出，目的就是希望我们这些年轻人能尽可能少走弯路，也正是史老师的鼓励和指引，瀛东所在创立第六年即实现营业收入过亿元，经过十年的发展，瀛东在上海乃至全国也具有了一定的品牌影响力。

第二次是瀛东成立五周年时，当时我们合伙人在筹划搬迁至位于南京西路的兴业太古汇，但一时举棋不定，就专门邀请了史老师为我们提供建议。史老师从瀛东的业务现状、收费模式以及未来发展规划、整体的经济形势等方面进行分析，虽然他未直接给出结论，但引导大家深入地讨论。后来我们最终未选择搬迁，而是在原有一层办公面积的基础上继续扩租了一整层，这不仅为瀛东赢得了继续发展的物理空间，同时也让我们能更从容地面对近年来由于整体经济形势变化所带来的挑战。史老师的客观、理性、不敷衍的行事风格，不仅为他自己的事业发展奠定了基础，也深深地影响了身边的人。

第三次是瀛东成立十周年前夕，我邀请史老师来给所里的年轻人面授机宜。史老师分享了他的执业经历与经验，使得年轻律师一扫由于市场环境变化所带来的迷茫，重新点燃了大家对于业务发展的激情，我也明显感受到他们对于律师行业的热爱又更进了一步。

做人做事能给到学生如此的指导且自己身体力行，堪称行业楷模，这样的老师可不就是真正人生导师吗？感恩遇见我的人生导师史建三先生！

——张浩（现为上海瀛东律师事务所主任）

能成为史建三老师的学生，是一种幸运，也是一种缘分。我回想起向他求学过程中的点点滴滴，关于史老师的传奇经历，令我们印象深刻。从最早 2005 年偶读史老师的著作开始，我和史老师产生交集已有二十年，我常想，人与人之间的因缘际会，一定有一些特别的因果。我不知道和史老师在另一个时间和空间会是什么样的身份和关系，但我一直觉得，在人生旅途的修行过程中，从此岸到彼岸，一直有一些烛光在不远处或明或暗地闪耀，不断照亮着我的心，也让我知道人生其实并不虚无，有来处，也有归途。

史老师的人生经历，经常会让我联想起奇幻电影《本杰明·巴顿奇事》中的一段经典台词："只要是有意义的事，再晚去做还是有意义的，做你想做的人，这件事没有时间的限制，只要愿意，什么时候都可以开始。你能从现在开始改变，也可以一成不变，这件事没有规矩可言。我希望你能活出最精彩的自己，我希望你能见识到令你惊奇的事物，我希望你能体验未曾体验过的情感，我希望你能遇见一些想法不同的人，我希望你为你自己的人生感到骄傲，如果你发现自己还没有做到，我希望你有勇气从头再来。"

——祁达（现为君合律师事务所上海分所合伙人）

感谢史建三先生，我学位论文的选题灵感即来自先生在授课中关于反垄断法的阐述，文章的结构设计、材料准备、细节调整也无不受到先生严谨而热情的点拨与指导。在与先生相识的三年中，不仅使我感受到了先生端肃的治学态度、深厚的学术素养以及出色的人格魅力，更让我看到了他对学术和学生的热爱，先生不仅本人著述频繁，亦筹办诸多学术活动，为学生的教学更是不计个人得失。点点滴滴，皆在心头，并将令我终身受益。

——杜晓淳（现为司法工作人员）

有幸在学生群里拜读了史老师撰写的《建业仗韬略 联手创辉煌——合并创建中国大所的心路历程》，重新了解了史老师的职业生涯、对于律师行业的理解、追求以及为此所作出的努力，我深受感动。作为一位先行者，出于对事业精益求精的追求，史老师能够在教学科研和实务两个层面不停地转换身份，凭借自己的深厚学识和优异禀赋在理论与实践两方面都取得了很高的成就，更可贵的是史老师在取得诸多成就时依然能够坚持初心，坚持为推动中国律师行业更好更长远发展而不断努力。

感谢史老师对中国律师业、中国法治建设作出的贡献，在此请允许我再次向史老师致以我最诚挚的敬意。

——于琼［现为北京大成（三亚）律师事务所律师］

代后记 | **我的老师史建三先生**

一

我在上海社科院上的第一堂法律课,就是史建三老师给我们上的。那是第一次见到史老师,在一个并不是很大的教室里,史老师给我们讲授"地方法治"。他戴着金丝边眼镜,穿着老派的西装,鬓角斑白留着岁月的痕迹,举手投足带着学者的风范;但我们同学之间私下讨论时,都感觉史老师的气质更像是上海滩里深藏不露的大亨,平日里不显山不露水,深藏功与名。我本科并不是法学专业,所以这也是严格意义上我的第一堂正式法学课。

在这一堂课里,史建三老师并没有拿着教材照本宣科地讲授,而是和我们谈他自己从80年代以来的经历。从他在这三四十年间的从业视角,来让我们切身感受上海法治化发展的细节,见微知著。"地方法治"原本就是一门实践性很强的课程,史老师作为地方法治实践的亲身经

代后记 | **我的老师史建三先生**

历者，讲授的东西让当时的我大开眼界。

课堂里，我们听史老师介绍了自己的学术历程后，自然都是佩服得不得了，从最早的电脑量刑课题，到加入外高桥保税区，进而成为锦天城律所的创始合伙人，再到开创地方法治研究，如果时间充裕，每件事情都可以说道一整天。只是我那时对法律领域的认识还十分粗浅，对史老师的这些成就，还处于外行看热闹的阶段。

直到后来，我逐渐开始在法律领域入门，才知道这每一项成就的含金量。我工作以后，经历过律师和国企两个行业领域，经常听行业前辈们津津乐道于某些往事，而史建三老师的名字，就间或出现在那些传奇故事中。

毕业后几年，我在反垄断法、投资并购法律实务等方面下了一番功夫，而追溯到这一法律门类在中国的肇端，总能在知网或者相关专著里看到史建三老师在二十多年前发表的文章。比如在反垄断法中的经营者集中申报方面，史老师早在中国《反垄断法》颁布的四年前，就发表了论文，探讨投资并购的反垄断申报审查的实践路径。昔年颜渊有过喟然之叹，如今的我，亦有"仰之弥高，钻之弥坚"之感。

二

在上海社科院的第一个学期，我跟随史建三老师开始调研，从区政府到街道办事处，了解基层法治，尤其是社区自治的实践情况。其中，我跟着史老师撰写的关于浦东新区陆家嘴街道"自治金"项目的研究论文，发表在了那年的《上海法治蓝皮书》中。那是我发表的第一篇专业论文，当我拿着沉甸甸的书，见到自己的名字印在了标题下的作者栏里，心中满怀兴奋和喜悦。

到了研究生的第二年，史建三老师给了我一个更重大的任务——完成法治蓝皮书中的主打调研课题，对上海市各委办局、各区县的政府门户网站信息公开执行情况进行科学评价。这个课题邀请了一批研究生们参与，我是其中的牵头联络人。在史建三老师的指导下，我们一步步从零开始，搭建起了一个信息公开状况的评价体系，并给一个个评价指标赋予科学的权重、分值。随后，我们按照分工，对一家家政府门户网站进行一番全面的"体检"，分别给出最终打分。

完成这份报告，也是对我的一次锤炼。在课题进程当中，一个个问题接踵而来，需要我去应对、解决，那份压力每每回忆都觉得很大。但想到史老师将任务交给我时的信任，我的心里都会平添一份力量，让我迎难而上。

这次课题之后，我还跟着史老师完成了上海市人大、上海市政府法制办的几项课题。这些经历，都是我难得的体验。

2015年法治蓝皮书出版前夕，史老师对我说，他准备退休，开启一段新的人生。随后到了那年六月，蓝皮书出版，他完成了法学所里最后一项任务，终于到了交班的时候。当我去他办公室时，他的书桌已经清空，交代了之前课题的几项事情之后，他就和我一起下楼。在白玉兰树下，史老师步履轻盈地跨进了他的商务车，潇洒地和我告别，随后轻松地离开。

望着史老师离开的背影，我想着，有朝一日我退休时，虽然不能有史老师这样的成就，但希望能像史老师那样，为自己的职业生涯感到满意，并且毫无遗憾地告别。

史老师之前和我说过，他已经走了七十多个国家，他的计划就是在有生之年里，踏足一百个国家，见识那些地方的风土人情。我想，他退休后应该是去了很多地方了吧，后来在微信朋友圈、史老师学生群里，都能看到他全世界旅行的身影。（如今已完成百国游学计划。）

三

2023年11月,我在浦东图书馆做一个关于我新书的讲座时,在听众席上忽然看到了史建三老师的身影。

史老师退休后我们一直保持着联系,有时他与学生们聚会,相互分享各自生活与事业上的心得。不过三年疫情期间,由于诸多不便,所以我们已经两年多没见了。原来,这次史老师在微信上看到我发出的活动预告,便欣然报名参加了这次讲座。

那一天,我在讲台上,忽然又想起了我在上海社科院上第一堂法学课时,那个眼神清澈而无知的自己,不知史老师那时是否也会有相似的感慨。

与史老师交流之后,我便有了这样一个想法,何不将史老师的四十多年人生经历写下来?正好史老师也有此意,所以我从史老师那里要来了他这几十年的资料,以及他自己整理的笔记。我花了一个星期时间,把它们一口气读完,跟着文字走过了一遍史老师经历过的跌宕起伏的数十年人生。此时的我才更加深刻地感受到,他那充满传奇的人生,原本就是一部无须书写就已经足够精彩的巨著。

在改革开放刚刚发端之际,经济与社会法制的发展方兴未艾,史建三老师从那个时候便开始参与法治实践,也就随之面对一个又一个的选择。理想与现实之间,工作与家庭之间,学术与实务之间,保守与突破之间……我通过史建三老师留下的文字,可以想象和体会到当时他面对那些选择时内心的纠结。毕竟每个选择,都是一条完全不同的道路,依靠他的智慧与经验,完全可以在他未选的另一条路上获得同样的成功,甚至可以获得更多的财富或权力,但这样的结果,也许不符合他内心本来的希望。

而史建三老师，最终坚定地遵从己心，作出了他真正想要的抉择，并且毅然在他选的这条路上走下去，最终获得了成功，并且大放异彩。

在我心里，则更佩服史建三老师在取舍之间所做到的潇洒自如，当他有所取时，就坚决果断地付出拼搏，最终成就了一番影响深远的事业；而当他有所舍时，又毫不瞻前顾后，干净利落地完成了华丽转身，转而去追求他真正想要的目标。

四

在撰写这本书时，那些往事又浮现在了我的眼前。我忽然想到了当年我承受着压力，完成史建三老师交办的课题任务时的场景。

当年的史建三老师，在受徐建先生的要求，去完成青少年犯罪问题研究时，或者在受苏惠渔先生之托，去完成苏州女孩杀人案的辩护任务时，是否也有与我当年类似的心情？也许这些都是老师对他的一次次考验，让他跳出舒适区，完成那些原本想象不到自己能完成的事情。

而就在这样的契机之下，我们才能更好地领会到做学问、办案件的那些门道，而老师们看似随意的那些讲解和指导，其实都是在指点至关重要的迷津。

这就是一种法治精神的传承，也是我从史建三老师这里，所获得的最珍贵的礼物。

范西园

2024 年 11 月于黄浦江畔

图书在版编目（CIP）数据

上海律界往事：一个法律人的激荡五十年 / 范西园著. -- 北京：法律出版社，2025. -- ISBN 978-7-5244-0201-5

Ⅰ. Ⅰ251

中国国家版本馆 CIP 数据核字第 2025QP0624 号

上海律界往事
——一个法律人的激荡五十年
SHANGHAI LÜJIE WANGSHI
— YI GE FALÜREN DE JIDANG WUSHI NIAN

范西园 著

策划编辑 孙　慧　王　曦
责任编辑 王　曦
装帧设计 鲍龙卉

出版发行　法律出版社	开本　A5
编辑统筹　司法实务出版分社	印张 12.5　　字数 307 千
责任校对　杨锦华　李景美	版本　2025 年 6 月第 1 版
责任印制　胡晓雅	印次　2025 年 6 月第 1 次印刷
经　　销　新华书店	印刷　永清县金鑫印刷有限公司

地址：北京市丰台区莲花池西里 7 号（100073）
网址：www.lawpress.com.cn　　　　销售电话：010-83938349
投稿邮箱：info@lawpress.com.cn　　客服电话：010-83938350
举报盗版邮箱：jbwq@lawpress.com.cn　咨询电话：010-63939796
版权所有·侵权必究

书号：ISBN 978-7-5244-0201-5　　　　定价：69.00 元
凡购买本社图书，如有印装错误，我社负责退换。电话：010-83938349